imaginist

想象另一种可能

理
想
国

imaginist

枪，偶尔有音乐

Gun,
with Occasional Music

Jonathan Lethem
乔纳森·勒瑟姆 著
姚向辉 译

广西师范大学出版社
·桂林·

版权登记图字 20-2010-257

图书在版编目（C I P）数据

枪，偶尔有音乐 /（美）勒瑟姆著；姚向辉译.
—桂林：广西师范大学出版社，2011.7
ISBN 978-7-5495-0619-4
Ⅰ.①枪… Ⅱ.①勒… ②姚… Ⅲ.①长篇小说－美
国－现代 Ⅳ.①I712.45
中国版本图书馆 CIP 数据核字 (2011) 第 115097 号

广西师范大学出版社出版发行
桂林市中华路22号　邮政编码：541001
网址：www.bbtpress.com

出 版 人：何林夏
全国新华书店经销
发行热线：010-64284815
山东人民印刷厂印刷
山东省莱芜市嬴牟西大街28号　邮政编码：271100

开本：880mm×1230mm　1/32
印张：8.625　字数：140千字
2011年7月第1版　2011年7月第1次印刷
定价：28.00元

献给 Carmen Fariña

一切顺利。“超级首领”号列车和以往一样准时到达，

我要找的目标和穿小礼服的袋鼠一样容易辨认。

——雷蒙德·钱德勒

第一部

1

醒来的时候它就在那儿了，我敢发誓。那种感觉。

自从我退出上个案子，不再替梅纳德 · 斯坦亨特办事，时间已经过了两个星期。没等我打开床头收音机，收听音乐阐释的新闻，我就已经有了这种感觉，但最后给予证实的还是音乐新闻：我又要工作了。案子即将上门。小提琴在合唱编曲中杀出血路，但一连串的上行连奏始终没有得到解决[①]，没有攀上顶峰，只是悄然淡出，但取而代之的依然是类似的玩意儿。这种曲调代表着麻烦，是某些私密和悲剧性的事情；无关政治，而是自杀或谋杀。

迫使我竖起耳朵的正是这类音乐新闻。现如今谋杀很少得到大肆宣扬。你通常只能在休闲场所喝酒时听见这种事，又或者是你自己在办案的过程中偶然遇见，然后就轮到你在酒吧里絮絮叨叨，向不敢相信你的听众讲述谋杀的故事。

小提琴数落着我。小提琴说我今天早晨该起床下楼去办公室。

---

① 解决（resolve）：在音乐中，不稳定和弦能够赋予曲目张力，让曲子继续下去，直到稳定的和弦为止。这种情形称之为解决。

它们说有案子之类的东西在那儿等我。它们让我的钱包阵阵跳痛。

于是我沐浴刮脸，刷牙时刮破了牙龈，跌跌撞撞地走进厨房，想用滚烫的咖啡烙灼伤口。镜子仍旧平放着，我自己混合的药物摊在上头，每一条的量都很足，足够吸半鼻孔，形状像是双关节的白嫩手指。我拿起剃须刀片，把剩下的药品刮回蜡纸信封，拿袖子擦擦镜面。接着，我慢条斯理地煮咖啡。等折腾完毕，上午差不多就过完了。不过我还是下楼去了办公室。

我和一位牙医共用等候室。这个套房原先为两位精神分析师设计，比起我和牙医的客户，他们的客户恐怕更容易相处一些——想当年你得告诉别人你的问题就在于愤怒。我有时觉得这很讽刺，精神分析师多半希望让我这种人物停业，到头来结果却截然相反。

至于我本人，我实在没法想象去回答那些私人问题。我愿意打破提问的禁忌——事实上这正是我的工作——但扯到回答问题，我就只好敬谢不敏了。我不喜欢回答问题，就这么回事儿。

我匆忙地走过牙医的午间病患，进了自己那间办公室，放低衣领，松开脸上的讥笑表情。我差不多一周没来过了，但房间没有任何改变。灯光闪烁，家具底下的灰尘绒球随着我开门时的微风来回飘动。之所以看不见墙上的水迹，那是因为被我用椅子遮住了，但这并不妨碍我知道水迹就在那里。我把外套和帽子挂在弯腰驼背的帽架上，在办公桌前坐下。

我拿起电话，只是想听听是否还有拨号音，我放下听筒：拨号音正常。我打开收音机，收听口述新闻，假设真有什么新闻的话。等到口述播音员捡起话头，初期播报的不谐和乐音往往已经平息，只给你留下几分不安的感觉：发生了什么事情，在某个时候，某个地方。

但这次不一样。这次的确是新闻。梅纳德·斯坦亨特，这位富有的奥克兰医生，在距离办公室五个街区的廉价汽车旅馆遭致射杀。播音员道出即将处理此案的调查员姓名，还说斯坦亨特与妻子处于分居状态，除此之外就没别的了。等他说完，我连忙转换电台，希望能听到其他人的报道，但这件事已经变成了头条新闻，各个频道内容雷同；上午禁止说空话废话的默契已被打破，我没听到更多的新鲜事。

我心中五味杂陈。我没料到自己会认识受害者。梅纳德·斯坦亨特为人傲慢，是个很有钱的医生，积累了相当多的羯磨[①]点数，与他在银行的海量存款相得益彰，他不吝于让你知道这一点，但提示的方式颇为微妙。比方说，他开的是镶着姓名铭牌的古董车，而非标准配置的省油车型。他在加州大厦有一套华贵炫目的办公室，有个经常夜不归宿的漂亮老婆，至少他是这么说的。如果没遇见过这家伙的话，说不定我还会嫉妒他呢。

我不嫉妒斯坦亨特，是因为他把自己的生活搞得一团糟。他服用遗忘剂成瘾。别误解我的意思——我对促进剂的依赖跟任何人一样深，或许还更深，但斯坦亨特却用遗忘剂切分他的人生，就仿佛他的人生是只感恩节火鸡。这是我在某天夜里发现的，我给他家里打电话，他却不认得我的名字。他既没有语无伦次，也没有酩酊大醉——他只是不知道我是谁了，也不清楚我为什么打电话给他。他在办公室雇用了我，也许是因为他不喜欢让衣衫褴褛的私家调查员

---

① 羯磨（karmic）：即“业”或“业力”，是印度教、锡克教等印度传统宗教中的普遍观念，指个人过去、现在或将来的行为所引发的结果的集合，其结果会主导现在及将来的经历。

将家中的昂贵地毯踩得全是烂泥，但晚上的他根本不认得我。这没什么，有正当理由。我这人很邋遢，梅纳德·斯坦亨特想必把家里拾掇得很不错。梅纳德·斯坦亨特从头到脚都很不错，只有他雇我去做的活儿除外：吓唬他老婆，叫她回家。

当然了，他没有这样直说。他们从来不直话直说。我受雇于他差不多一个星期，做的活儿我以为仅限于偷窥，到最后他才说出他究竟想让我干什么。我都懒得跟他解释，我之所以转战私家领域，部分原因正是我不喜欢这份工作中恃强凌弱的那部分活儿。我拒绝从命，他解雇了我，说我主动退出也行。

现在，这位金童搞得自己丢了小命。真是糟糕。死者曾经雇过我，这个巧合将会让异端调查局的人找我谈话。我对这种事情没什么胃口，但也并不特别恐惧。这种谈话多半马虎，因为调查员很可能已经锁定了嫌犯：要是没法把案子办成一场凯旋，他们是决计不会让案子传遍所有口述播报的新闻频道的。

基于同样的原因，我知道这里不会引出任何工作，太可惜了。异端调查局的探员会爬得到处都是，不会给我这种人留下足够的空间——前提是还得有客户委托。这案子破起来兴许只是举手之劳，更何况充当客户的那条可怜生魂多半本也罪孽深重。杀人会送你进冰箱，调查员若是认定某个家伙有罪，他距离冷库顶多不过几小时路程而已。

这不是我的问题。我换回音乐新闻。上头已经开始安抚平民，竖琴演奏七和弦当作背景舒缓人心，隆隆作响的大号代表正义的无情脚步。我放松下来，趴在桌上，音乐带着我睡去。

我不知道自己睡了多久，是牙医的说话声最后叫醒了我。

“麦特卡夫，快醒醒，”他第二次说道，“等候室里有位先生不是来洗牙的。”

牙医转身离开，留下我独自按摩下巴，它跟木制桌面有过一场狂虐式的短暂婚姻，这会儿失去了知觉。

2

“我叫奥顿·安格韦恩。”

说话的是个大块头年轻人，外表温顺，声音细小。这声音恐怕都没法叫醒我，他得绕到桌前摇晃我的肩膀才行。不过牙医替他省了这番麻烦，我这会儿正在一边用大拇指揉搓朦胧的双眼，一边从口腔后部搜集唾液帮助我开口说话，因此在我振奋精神的这段时间里，他只能站在那儿，傻乎乎地看着我。发现要是没人邀请，他怕是不会落座，我连忙示意请他坐下。接下来，我打量了他一遍。

我经常试图在别人开口前猜测他的羯磨点数，对面前这位我很快就估计出了一个很低的数字。他眼窝深陷，沙色头发贴在汗湿的前额上，下嘴唇紧紧包住牙齿。他顶多二十五岁，但生活中已经有了许多值得后悔的经历。他看起来不久前从天上摔到了地下。现在的他，这条迷失的灵魂，与他过去的残片掺杂在一起。要我猜，最近几周前他还是两者中那个比较像样的家伙。

“我叫奥顿·安格韦恩。”他重复道，声音听起来像是用太多的漂白剂冲洗过的。

“很好，”我说，“我叫康拉德·麦特卡夫，我是一名私家调查员。

你知道这一点。你在什么地方读到过，因此有了希望。让我先跟你说清楚，想让这份希望存活下去，你每天都得掏出七百块钱。这笔钱换来的不是至交好友。对于花钱雇我和我即将与之对抗的人来说，我都是个难缠的大麻烦。许多人走出我的办公室时，都知道了与他们相关但他们不想知道的事情——除了听我说完小小的开场白后就离开的那些人。知道门在哪儿吧？”

“我需要你的帮助，我愿意付钱，”等我说完，他挣扎着说道，“你是我最后的机会了。”

“这我早就知道了。我是所有人最后的机会。你还剩下多少羯磨？”

“你说什么？”他翘起了腿。

这是标准反应。在这个问邻居现在几点钟都很失礼的世界上，我简直就是粗野二字的化身，我习惯于刺探隐私，习惯于用这种办法将他人推离起初的不适状态。我就是这么讨生活的。安格韦恩或许从未回答过任何直截了当的问题，出自异端调查局的除外。他们提的问题人人都得回答。

“让我跟你把话说清楚，”我说，“你付钱给我就是为了提问。这正是你我之间的关键区别；我提问，你不问。而我需要你的配合。你可以撒谎——大部分人都撒谎——你可以事后诅咒我，但请别瞪着眼睛傻看着我。现在，把你的卡片给我。我需要知道你的羯磨点数。”

他的心情太差，甚至酝酿不出受到了侮辱的感觉。他的手探进衣袋，拿出那份塑料账单，从桌面上递给我；我拿便携解码器查看的时候，他避开了我的视线。

空空如也。卡片上的磁条被彻底清空了。他的等级是零，这意味着他已经是个死人。我想他大概也清楚。

异端调查局把你的卡片置零，这意味着只要被撞见狠摔公共厕所的门，你的羯磨点数就会变为负数。摔门的声音过后，恐怕要过很长时间人们才能再次听到你的消息，也有可能永远都听不到了。我有段时间没见过置零的卡片了，每次看到，握着它的那双手总是属于一位即将因为重大失误而倒霉的人。

这是一项规定程序，意思是说针对你的这个案子已经尘埃落定，他们放你在街上再逍遥一两天，充当这套体系的活广告。你可以搀扶年老眼瞎的雌山羊过马路，试图给自己涨几个羯磨点数，也可以走进酒吧喝个不省人事——结果反正没有区别。你和你剩余的人生之间隔着一扇厚实的铁门，你所能做的仅仅是望着这扇门砰然关闭。

我把卡片从桌面上还给他。“麻烦不小，”我的嗓音软化了几分，“事情到了这步田地，我通常就没什么用处了。”至少我可以跟他坦诚相待。

“我希望你能试试看。”他的眼神在恳求我。

“呃，我反正也没事可做。”我说。所谓没事，是指没有比挣活尸的钱更像样的事。“不过我们的动作得快。我现在要问你问题，一个接一个地问，你多半从来没有遇到过这么多问题，每一个问题我都需要你正面坦诚回答。这样做你没问题吧？”

“异端调查局说我杀了一个名叫梅纳德·斯坦亨特的人。”

我觉得自己像个傻瓜。新闻使得我的大脑产生了一幅画面，不管有没有抓对凶手，但为了让调查局颜面生辉，肯定有人要为此进冰箱。这位老兄径直走进我的办公室时，我却没能认出他来。

“忘记它，”我说，“给你——我请客，忘了吧。”我拉开抽屉，取出一个小包，从桌面上递给他。这是一份我自己调制的混合物，我个人认为，这份混合物能对前途昏暗的人极有好处。“拿了药走吧。无论我怎么做，都无法改变哪怕一丝一毫你的命运。如果我胆敢涉足斯坦亨特案件，就相当于你我一起自杀——跟殉情似的。两周前我为斯坦亨特办过事，即便没有你帮忙，异端调查局也很难放过我。真是太谢谢你了。”我取出剃须刀片，扔在桌上那包促进剂旁边。

安格韦恩没有拿起那个小包。他只是坐在那里，面露哀伤和困惑的神色，在我眼中变得越来越像个孩子。我挥手叫他离开，自己伸手拿起那个小包。他不要，我要。

我把粉末草率地洒在桌面上，用刀片拢成一条，没去关心会有多少粉末嵌在木制桌面的缝隙中。安格韦恩站起身，拖着步子走出了我的办公室。我原以为他会摔门，但他没有。他或许把我当成了真正的调查员，而不是私人执业的，以为摔门会受到我的处罚。我能理解。这家伙没有任何多余的羁磨可以浪费在戏剧性的离开上。

我自制的混合物非常接近认可剂，加了那么一丁点儿后悔剂用以提供苦中带甜的余韵，还有足够的成瘾剂来让我在哪怕最灰暗的时刻依然渴求这东西。我拿卷起来的百元大钞吸了一条，很快便感觉到了效果。这东西很不赖。我花了好几年调制自己的混合物，当我偶然撞见这个特别的混合比例时，我知道我发现了我的魔术配方，我的圣杯。它让我产生的感觉恰恰正是我最需要的那一种。甚至更好。

至少基本如此。干我这行当的人承受不了吸食太多遗忘剂的后果，为了确保安全，我压根儿就不碰那东西。但此刻我挺需要遗忘剂，因为安格韦恩的事情正让我噬心蚀肺地不好受。倒也不能称之为良知什么的，仅仅是一种不安的感觉，因为有个家伙标榜他是所有人的最后机会，到头来却没能守住自己吹的牛皮。我不过是又一个在安格韦恩的处境前闭上眼睛的调查员而已；无论我是私人执业还是为调查局工作都差不多。

如果你不属于答案，就一定属于问题，对吧？

我又吸了一条混合物，叹了口气。插手斯坦亨特谋杀案比愚蠢更不知所谓。但我有了那种不可避免的感觉，每次新案件开始我都会有这种感觉。醒来时这感觉伴随我，始终没有离开。年轻的时候，你会觉得坠入爱河意味着遇见某个漂亮的陌生姑娘。听见音乐新闻时，我的感觉与之差不多。但接下来你发现自己跟挚友的小妹搞在了一起，这女孩在你腿边长大，见识过你最糟糕的一些时刻。

我的新案子就类似于这种事情。我用袖子擦净桌面，戴上帽子，穿好外套，离开了办公室。

3

梅纳德·斯坦亨特的办公室位于第四大街的加州大厦，离海湾很近。我驱车到了那儿，把车停在斯坦亨特的车位上，他应该不再需要了；随后我走进大堂，等待电梯。这幢楼里的东西看起来跟从前没什么区别，不过话说回来，谋杀案反正也不是在加州发生的。

我跟一头进化了的大母猪共乘电梯。她戴无边女帽，穿印花礼服，但闻起来仍有一股猪圈味儿。她对我笑笑，我也拼命挤出一个笑容还礼，她到四楼下去。我到七楼出了电梯，在泰斯达法和斯坦亨特这两位泌尿科医生的办公室门前揿下门铃。趁着等待的当口，我思考着人生是何等讽刺。两周前离开这个办公室的时候，我完全没有想到自己还会有回来的一天，至少在前列腺给我带来麻烦前不太可能。蜂鸣器响了，我走进办公室。

等候室里空空荡荡，只有一个身穿上等正装、发型古板的男人，他有可能来自异端调查局，但也有可能不是。我衡量着这两种可能性，没有做出判断。他飞快地抬头看了我一眼，旋即低头接着看杂志。我关上门。服务台没人，我坐进正装先生对面的沙发。

泰斯特法和斯坦亨特，与任何处理私密问题的执业医师一样，费率高得吓人，但治疗手段平平常常，更谈不上讲究什么待客之道。客人悄悄地来，悄悄地去，见到诊所很干净、他们的问题得到解决就已经感激不尽了。斯坦亨特是冉冉升起的新星，至少到昨天为止还是这样。泰斯特法已把他的东西收拾好搬出去了，只留着门口的名牌还挂在那儿。泰斯特法的专长和斯坦亨特的应该没多少区别，都对钱包施行激进的切除手术。前五六趟上门的时候我都尽量避免碰见他，但今天只要有可能我就想会一会他。

后面的一扇门打开，护士走了出来。这位红发姑娘生着一双好动的乳房，只要有机会就要歪到旁边，就好像她的内衣都是在等外品折扣店里买的。她认出了我，嘴角立刻往下一撇。我在意识的深渊中搜寻出她的名字，但还没等派上用场，她就抢先开了口。

“你该不会又是来找活儿做的吧？你不至于那么没品位，也不至于那么愚蠢。今天关门，但没歇业。”她很擅长她的工作，这点我必须承认。

“小公主，真不知道我竟给你留下了这么深的印象。我还挺盼望看见一张好脸色的。看起来我只能满足于泰斯特法医生了。”

“如果我告诉泰斯特法医生你是干什么的，他会叫我告诉你他不在。所以，他不在。”

“您可真贴心，我认输了。现在，能把预约登记册找出来吗？”

“接下来的四十八小时我们停诊。我想你应该能理解原因吧。”

我决定继续火上浇油，把我手头的那一丁点儿料全加进去。“告诉泰斯特法，我想交还一些材料，是我在为梅纳德做事的期间搜集到的。”纯属虚张声势，“我一直拿在手里，但现在看起来没有任何意义了。”

“你想——”

“宝贝儿，我想四点半见到医生。写下来。告诉他，我这儿疼得要死要活。”我把地方用手指给她看。

这时候，我们的对话引起了正装先生的注意。他放下杂志，站起身，用肉乎乎的大手揉了揉下巴，似乎在考虑下巴和手之间大致上存在哪些毗邻关系；具体来说，是我的下巴和他的手。

“我正在琢磨你这个人，先生，”他说，“你似乎非常粗鲁。”即便他是调查员，也没有一上来就用问题表明身份。

“别琢磨我了，”我说，“没用——我自己试过了。”

“我建议你回家接着琢磨去。等你想明白怎么道歉再回来。想不明白就别回来了。”

他的恐吓让我大为吃惊。他的眼神明亮，充满智慧。我很想把他看作一名调查员，但就是不敢确定。

“道歉不属于一个人愿意对镜练习的好习惯，”我说，“但从你的模样来看，我猜你不会明白我这话是什么意思。”

我让他慢慢咀嚼我的话，这显然需要一段时间。

“写下来，”我扭头对女人说，“我保证准时，请确保医生收到我的留言，这样他也会准时的。”我转身走向房门，想在我占上风的时候离开。正装先生没有阻拦。

站进电梯，望着按钮亮起，我在脑海中回放刚才的一幕。面对那姑娘，我露出了平常的可爱本性，不过这种事不再困扰我了。我与女性处于永久的战争状态中，因为她们从我身上剥夺了一些东西，伤口仍在淌血，伤害仍未停止。我更愿意让她们恨我，要是喜欢我的话，我可就拿她们没办法了。我不再是一个男人了。这是达莉亚·莱姆特里的错，我永远无法原谅她。当然，她也没有回来祈求我的原谅。

达莉亚·莱姆特里和我做了一个理论上是暂时性的手术，医生调换两人的神经末梢，如果你是女人，就能知道男人是怎么一回事，如果你是男人，就能理解女人。按理说乐趣无穷，事实上也的确如此，但她在我们做手术调转回去之前忽然消失了。

她连个字条也没留。我一直不清楚她究竟是过于憎恶长着阳具的体验，住进了精神病院或女修道院，还是喜欢那件东西到了不肯交还的地步。我只知道消失那天她带着全套男性家什，而我嘛——好吧，你也能猜到留给我的是什么。外型上看起来仍旧具有男性特征，在其他人眼中它的功能也一切如常，但神经末梢的感觉却纯粹是女性的。医生建议我弄一套通用型的男性套装算了，但我就是想要拥有我个人烙印的神经末梢，那套达莉亚不知在哪儿使用或者弃用的神经末梢。我迟早要逮住她，取回属于我的东西，但在此之前我不得不禁欲。问题不大，反正我从来就比较喜欢药物。

走进底层大堂的时候，我对楼上的那场对话颇感得意，特别是我对待正装先生的手腕的方式。这时候，两名异端调查局的先生却站在了我的两边，各抓住我的一条胳膊。

“白痴，你该回自己的公寓去，”左边那位说。“我们派人去找你谈话。谈完之前你最好老实待着。”

“麦特卡夫，来这儿是个错误。”另一位说。他把磁性探头对准我的衣袋，数字计数器滴的叫了一声。“十五点羯磨，私家侦探先生。现在回家等着去吧。”

我的手插进衣袋，怜惜地握住我的卡片。“弟兄们，十五点也太苛刻了。我好歹是有执照的。”

“你没出示给楼上的人看。”

“那是你们的人？他左右两个脑细胞倒是挺对称的。”

右手边那位揪住我的衣领，想扇我一巴掌。我动了一下，结果让嘴巴撞上了手腕。“别质疑我们，白痴。你早该知道的。”他们推着我走向旋转门，“滚吧。”

我匆忙走出旋转门，举着手捂住嘴巴。对面的小隔间里是一条进化了的腊肠犬，他正蹒跚着走进这幢建筑，我猛然推动玻璃门，他被弹进大堂，速度快过了那两条小短腿的极限。他一头栽倒在两名调查员面前的瓷砖地面上，我回头的时候，看见他们正在搀扶腊肠犬起身。多么温暖的小场景。我绕过街角，走进停车场。我的嘴巴很疼，不过拿开手的时候，手上只沾着唾沫，没有见血。

距离我与泰斯特法医生的约会还有两个钟头，我不知道自己能跟他谈些什么。我并没有客户委托，也没有其他线索。还有什么？好吧，会有调查员在家里等我，办公室多半也一样。

还有，我卡片上的数字实在太多，我终于想到办法扣掉了十五点。

4

斯坦亨特原先雇我是为了盯紧他的老婆。现在我不得不怀疑，这是否仅仅是个幌子，我的窥伺是否为某处的某人提供了不在场证明，我是否在他要我施暴而我拒绝之前就被他骗了。不管怎么说，我都花了一周时间跟踪他老婆，这或许使得我在这件事上有了暂时的话语权。我决定登门拜访一趟。她和斯坦亨特最近才分居，两人摩擦出的静电越来越强——当时的斯坦亨特还有本事聚集电荷。现在没电了。我不知道那位女士在黑暗中的举止是否有所不同。也许她正是那位割断电线的人。

我和她见过一面，作为一个满嘴酒气、一脑子色欲的家伙在酒吧里找上了她。斯坦亨特怀疑他的前恋人在外面乱搞，我想自己亲身体验一下。为了演得更加可信，醉酒和色欲都是货真价实的。我是一名方法派演员。塞莱斯特 · 斯坦亨特很漂亮，隔窗偷窥还有钱拿的时候就更加不得了了。简而言之，我都不需要在脑海里扒光她的衣服。

此刻我在纠结的问题是，我该接着扮演偷窥者的角色，还是该跳出角色限制，直接上前敲门？我决定采取后一种办法。如果她认出了我，我可以推说当时受雇于她的丈夫——反正随着调查深入，这件事免不了要被揭出来。

我驱车挺进丘陵地带，经过一条条房屋之间静悄悄的林荫街道。这些街道有些过于安静，不太符合我的口味；我更喜欢看见孩子在门前玩耍、奔跑、喊叫，互相提出天真的问题和给出天真的答案。不过那都是“婴儿脑袋”发明前的事了，当时科学家还没有认定孩童长大需要的时间太长，因而着手研究如何加速这一过程。图斯特兰德医生的进化疗法正中他们的下怀，这种技术原本用于让所有动物直立行走和说话。科学家拿来用在孩童身上，婴儿脑袋则是令人欣喜若狂的成果。当代科学的又一次胜利，附赠礼品是静悄悄的美丽街道。

塞莱斯特·斯坦亨特居住的大宅位于蔓越橘街的尽头，单轨铁路在这里与树木背后的丘陵差不多呈直角相交。宅子栖息在岩石之上，仿佛猛禽站在刚猎杀的狼獾身上。比起绕到屋后寻找窥探观景窗的良好角度，沿着道路走到前门口要容易许多。

我揿响门铃，应门的是另外一位女士。我依然不晓得她的名字，但我充当塞莱斯特·斯坦亨特的影子窥视这所房子时见过她很多次。她很瘦，很白，有点儿修女气质，好像她从未离开过这幢大宅。我确信自己从未见她离开过。她扮演的是母亲角色，既照顾一个经常出出进进但多数时候不在家的婴儿脑袋，又照顾一只新近进化的小猫咪。除了外出挨家挨户推销“猫子军”曲奇之外，小猫总是待在屋里。这位女士对两者都宠爱有加，但猫咪的感激之情要远远胜过婴儿脑袋的。

塞莱斯特·斯坦亨特离开梅纳德后，就躲进了蔓越橘街的这幢屋子。我觉得这是临时措施，迟早要另找住处，或者返回丈夫身边，她和这个苍白的女士仅仅是朋友。受雇于梅纳德的时候，我或许该更有好奇心一些。不过亡羊补牢，为时不晚。

她一个字也不说，只是站在门口，她总是这个样子。开口问我是谁大概很失礼吧。

“我找斯坦亨特夫人。”我说。

这位女士皱起眉头。蔓越橘街的访客很少不经预约径直上门。

“我叫康拉德·麦特卡夫，”我很有礼貌地说，“我明白这是一个艰难的时候，但我正是为此而来。”

她犹疑着后退几步。我的怜悯使得她难以拒绝。我还是那副讨厌相，但她也只好听之任之了。

“请进，”她说，“我去向她通报。”我跟着她穿过了门厅。

这幢屋子很雅致，天花板很高，干净得一尘不染，不过这些我早就晓得了。女主人指了指沙发，我走过去坐下，她的身影消失在了楼上。这可不是能允许你在楼梯底下冲上面大喊大叫的地方。在这种地方，你必须一路走到楼上，用低沉甚至拿腔拿调的声音说有客人找，她需要确定我也知道这套规矩。

我坐在沙发上，努力琢磨我该问斯坦亨特夫人哪些问题，我该如何处置我已经知道的事情，假如我真的知道什么事情的话。我这是在凭经验办案，也许有点儿过于依赖经验了。我需要线索。我需要客户。该死的，我还需要三明治。塞莱斯特下楼请我吃三明治的可能性微乎其微。

我没有听见小猫爪从背后走过来时的卜卜声响，忽然，那只猫咪出现在了我身边，她身穿红白相间的礼服，像女学生似的抱着一摞书本。她透过胡须对我笑笑，然后低头看着地板。

“嘿，小姑娘，你好。”我说。

“我正在学习阅读。”猫咪说。她把书本放在咖啡桌上，在地毯上坐下，脱掉小小的鞋子。

“学习阅读，”我重复道，“不知道还有地方教这个。”

“成长训练营。我每天都去，我还和母亲一起去图书馆。”

“你的母亲是塞莱斯特。”我把问句变成了陈述句。胡乱闯进别人家中，向毫无抵抗能力的小猫提问，这很容易给我惹来麻烦。

“你真笨，才不是呢。我的母亲是潘茜。”

你的母亲是一只野猫，我心里想，但没有说出口。“潘茜和塞莱斯特住在一起，”我又试探道。

“塞莱斯特是客人。”

“塞莱斯特从前没来过。”这实在太容易了。

“你真笨，才不是呢。塞莱斯特经常来。”

我思考着可能存在的关系：姐妹、情人、雇主和雇员。干了我这个行当，你也会这样整理人际关系，其实并没有多少分类。

“不许说我笨，”我说，“你和潘茜单独住在这儿。”

“你真笨，才不是呢。”这游戏越来越好玩儿了，“巴里有时候也来住。”

“不许说我笨。巴里是只兔子。”

“你真笨，才不是呢。巴里是个男孩。”

“巴里是个婴儿脑袋，麦特卡夫先生，”塞莱斯特·斯坦亨特在楼梯中间说，“萨莎，你上楼去吧，让我和麦特卡夫先生单独待着。潘茜在楼上等你。”

“好的，”小猫咪说，但她很想留下来接着玩耍，“塞莱斯特，麦特卡夫先生很笨。”

“我知道他很笨，”塞莱斯特干净利落地说。“现在快上楼去吧。”

“再见，萨莎。”我说。

小猫沿着楼梯跑了上去，刚开始时四足着地，随即觉察到了什么，赶忙恢复了直立行走。我听见楼上传来发闷的说话声，然后是一扇门关上的声音。

塞莱斯特看起来很不错。我必须称赞她的镇静沉着。她显然认出了我，但不知道该怎么应对。她可爱的下嘴唇在颤抖——但很难觉察。这是唯一的破绽，而且非常细微。

“麦特卡夫先生，你曾经引起过我的注意。我想现在该是你自我介绍的时候了。”她冷峻地顿了顿，“你为丹尼做事。”

丹尼。我把这个名字记在脑子里那个叫做记忆的破旧笔记簿上。运笔如飞。“不，很抱歉不是。还是说这是个好消息？”

“我今天回答的问题已经够多了，一辈子都用不完。有证件可以出示一下吗？否则我就叫条子了。”

“条子？”我不禁笑了起，“这话太难听了。”

“你的标点符号也用得很过分。”她伸出一只手，“硬汉小子，给我看看。”

我拿出影印证件递给她。“斯坦亨特夫人，我的上一个活儿是替你丈夫做事。两星期前。”

她翻来覆去地看了一会儿，把证件扔在我的膝头。

“你还真是个私家侦探，”她镇定下来了，“你的主子不是——”

“保证不掺假，”我说，“我的主子不是丹尼。事实上，我现在不为任何人工作。我想你可以说我这是业余爱好。”

“请务必原谅我的粗鲁。”她说。她很想收回刚才的那些话。“过去的二十四小时仿佛噩梦。”她换上迥然不同的音调，符合了这幢屋子、轿车型号和医生的身份。饰面剥落了片刻，她正在尽其所能地将其粘回原处。

我继续说下去：“您无需请求我的原谅。我自己的粗鲁也不止是一点点。你完全有正当的权利把我扔出去。”

“调查员对待我的态度相当粗暴。”她说着嘴唇又颤抖了。接着，她扮出力量依旧在的样子。“但是，假如有什么我可以帮助你的……梅纳德的朋友……”

“斯坦亨特夫人，请不要误会我的身份。你的丈夫不可能把我列为朋友。我们之间纯粹是供求关系。”

“我明白了。你提供的是——”

“我跟踪了你差不多一个星期。别发火。工作就是工作。”

她挑起一侧眉毛。“这么说，酒吧里那场插曲——只是工作的一部分？”

“手上有工作的时候，我基本上二十四小时连轴转，你想必是这个意思吧。不过呢，只要有机会，我总是要捞点儿红利的。”

她打开咖啡桌上的烟盒，取出一根香烟，然后哆哆嗦嗦地拿起一盒火柴。但她过于紧张，除了没有咬掉端头以外，简直把香烟当成了雪茄。

“麦特卡夫先生，我还是不太明白，你现在究竟在做什么。”

“我想我也不明白。很抱歉浪费了你的时间。”我翘起二郎腿，“你说调查员对待你很粗暴，你的意思是说他们把你当成了嫌犯？”

她微笑起来。“这话真不够坦率，即便对于你也一样。没有，他们挺有礼貌的。即便他们脑子里有这个想法，也没有说出来。”

“他们没有问你昨晚凶杀案发生的时候在哪儿吗？”

“麦特卡夫先生，我告诉他们我就在这儿。如果你问，我也会给出相同的答案。”

“那我就不多此一举了。请允许我换个角度问一声：你是否认识一个名叫奥顿·安格韦恩的男人？”

她答得很快，但声音中欠缺韵律。“今天早晨之前闻所未闻。我听说他对梅纳德怀有怨恨。”

“调查员似乎有这种看法。你确定这个名字没有让你想起什么吗？多数敌人一开始都是朋友——不过我确定你明白这一点。他从没来过这幢屋子？”

“没有。”

“很多人会说，‘就我所知，没有。’”

她听懂了我的笑话，欣然笑纳。“就我所知，没有。”她重复道，戏仿我的语气。

“不坏。但我这个行当更倾向于揭穿骗子，而非帮助他们磨练演技。安格韦恩和你们有什么故事？”

“麦特卡夫先生，四处管别人叫骗子可不是什么好行当。你身边的执照说允许你提问，但没说我非得回答不可。”

“我觉得这得看形势了。塞莱斯特，我们摊牌好了。你承受不了赶走我的后果。你不知道我接下来会去找谁谈话，也不知道我会发现什么。你想知道我站在哪一边——很好，我也想知道。在这场谋杀调查中，你我都是身不由己的参与者，只不过我觉得你实际陷得比嘴上说的更深。至于我，我是个自由探员。我拿钱办事不代表我能被收买。你很想让我带着你愿意合作的印象离开。告诉你，我也希望。唯一的问题在于，我身上穿着防扯淡背心，这不受我控制。我生下来就有这东西。谎话碰到我就要弹落在地毯上，架势跟从狗身上摘虱子差不多。”

我望着她翘起腿又放下，她在仔细思考我的话。这番场景能让男人从梦中惊醒。但当我抬起双眼时，却发现她的视线很严厉。

“你这话像是在说，如果肯帮你，就能得到一个有价值的朋友，”她小心翼翼地挑选词汇，“但根据我的经验，硬汉子不太喜欢交朋友。”

下午的时光正在飞逝，我跟医生还有约会，而这场踢踏舞跳得越来越不知所谓。“面具一层一层往下揭，”我乖僻地说，“可揭出来的永远是又一层。”我站了起来。

“别走——”

“一小时后要是还想跟我谈，就给你丈夫的办公室打个电话。”我喜欢让人把电话打到客场去，总能让当时正在拜访的人心惊肉跳。“再然后嘛，我的办公室。问索引台查得到。”

她忽然离开座位，贴在我身上每个该贴的位置上——对她来说几乎就是全身上下了。她不知道自己错得有多离谱。我把她推回椅子里，但没怎么用劲。

“你这混蛋。”

我用手掌抚平上衣。“我能理解，”我说，“你因为什么事情很害怕。”我在门口停了停。“替我跟猫咪说再见。”

坐进车里，我打开手套箱，在一张大瑟尔地图上倒了两条混合药物。我用随身小折刀分开后吸掉，等身体停止颤抖后，我收拾干净这些东西，开车返回奥克兰。

我沿着高速公路和海湾之间的滩岸行驶。天空晴朗，一片湛蓝。我尽量把心思放在天空中，不去回想刚才趴在我怀中、贴在我身上的那个物体，还有我靠揭他人疮疤维持生计的事实。不过要是我有哪一天甩不掉这种自怨自艾的痛苦心情，那肯定是因为我累得连手指都动弹不得了。

不许说我笨。

5

加州大厦的大堂不见调查员的踪迹，我很喜欢这么干净的地方。我穿过大堂，来到电梯口，揿下按钮。我和泰斯特法的约定时间已经过了几分钟，都怪我在海边做的白日梦，但如果我的虚张声势起效了的话，他肯定会等我。我很确信我的虚张声势能起效。我为斯坦亨特办过事，泰斯特法的种种事务与死者有着莫大关系。我或许知道什么的可能性会让他等我的。

我在同一张沙发上坐定，等护士出来继续我们未完的斗嘴，但隔了很长时间也没有人出现。终于，一位矮胖的红脸男人从里屋走了出来，他有一双神经质的眼睛，衣着整洁，头发浓密，呈纯白色，这更加衬托出了五官的红润。他的打扮不像是要接待患者，但我觉得他就是泰斯特法。我站了起来。

“医生，我叫麦特卡夫。”

“好极了，”他有些言不由衷地说，“我一直在等你。跟我来。”

我跟着他走进后面的办公室。他在梅纳德 · 斯坦亨特的办公桌前坐下，但现在的名牌上写着格洛佛 · 泰斯特法，后面跟了一长串缩写。他在桌上合起双手，他的脸孔有多红，这双手就有多白。

“珍妮说你手上有一些属于这间办公室的文件。”

“医生，传话的时候有点儿弄混了。我的文件都存放在这儿。”我敲敲自己的脑袋，“没有属于你们的文件。”

“我明白了。那么，我想我得猜测一下你想见我的原因了。”

我把影印证件扔在桌上。“我想见你是为了一个正当的理由。我在主持一场调查，想问你几个问题。我肯定不是头一个上门的吧。”

“不是，”他说着挤出笑容，“我今天和调查员待了一个钟头。他们替我热过身了。”

“很抱歉我逼得这么紧，但我的客户就要没时间了。”

“嗯，”他说，“我看得出。”

“也许你能帮我解决这个问题。问一声，他们在案件中是怎么指控安格韦恩的？”

“他们说他们找到了一份威胁信——显然就是在这儿找到的。”他指的是这张办公桌。“他们问我有没有见过他，我说没有。我近来很少来办公室。我正在把生意转交给梅纳德，放到他的手掌心里。安格韦恩是他的病人，至少已经开始看病了。他在登记册上出现了两次，时间是三个星期前。珍妮没有从描述中认出他是哪一位，我们毕竟有不少固定患者。”

“是啊，”我说，“再说你们想必也不怎么注意长相。你见过那封信吗？”

“没有。真希望我见过。我得知梅纳德的死讯前，调查员就已经来这儿了。”

“安格韦恩和斯坦亨特之间出了什么岔子，你有任何想法吗？”

他装出思考的样子，一般而言，这总是代表着并没有在思考。“没有，”他最后答道，“想不出来。我估计是私人问题。”

“你们处理的都是私人问题吧，”我说，“没法说得更清楚了？”

“我指的是他们之间的问题。跟诊所没关系。”

“我懂了。”我答道。从某种程度上说，我的确懂了。泰斯特法想和某些他非常厌恶的事情划清界限。他闪烁其词有可能是为了掩饰他和事情有关系，但同时也符合他的个性。

“梅纳德和我从来就不是很亲密，”他解释道，“我正准备退休，但若是做得到的话，也愿意留下这家诊所继续开业。梅纳德是个好医生，我可以把诊所交给他而不至于引发任何困窘。我们之间是非常成功的业务关系，互相尊重，但从来不是很亲密。”

“你这么年轻就打算退休了。你才多少岁啊？五十五？五十八？肯定挣了一大坨钞票。”

我的用词惹得泰斯特法直眨眼。“麦特卡夫先生，我快六十了。你猜得很准确。”

他尽量不提起“一大坨”这个说法。我觉得继续逼他也是浪费时间。他正在跟我打官腔说套话。我必须另想办法去试探他。

“现在这局势你打算怎么办？”我问，“另找一个金童，还是干脆关张？”

这次终于让他有些生气了。“我必须要为患者着想。我将重新开始诊治他们，等到有了新的安排再说。”

“这是自然。斯坦亨特夫人呢？梅纳德的半家诊所归她继承，还是还到你的手上？”

“斯坦亨特夫人和我还没有联系过。但她会得到妥善处理……”他正在临时现编，这让他非常紧张。

“直到有了新的安排再说？”我提示道。

“呃，对。”

我抛给他一个曲线球。“我想你的计划恐怕不包括丹尼吧？”

他仔细地打量着我。“很抱歉，我不懂你在说什么。”

“别抱歉，”我说，“肯定是我弄错了。”

“我想也是。”

我摆弄袖口的时间终于长得让他厌烦了。无论丹尼是谁，他反正不想谈论这个人。

“关于塞莱斯特·斯坦亨特现在的住处，有什么能告诉我的吗？”

“潘茜·格林立夫和她的儿子住在那儿，”他说，“但潘茜的儿子很少在家。他是个——婴儿脑袋。”他很惋惜地说出这个词。

“我注意到了。她养了只进化后的猫咪，充当儿子的替代物。格林立夫太太靠什么过日子？”

“我不知道，”他用嘲讽的语气说，“从没想过要问她。”他把重音放在最后两个字上，让我明白这是在侮辱我。“她是斯坦亨特夫妇的朋友。”他又用轻蔑的语气补充道。

“而你和斯坦亨特又从来不是很亲密，”我替他把话说完。

“正是如此。”

我假装忽然注意到了时间。“好吧。不再耽搁您的时间了。你真是帮了大忙。”

“乐意之至。”他说着重重地吞了口唾沫。他似乎急于让我离开。

“如果想起了什么我应该知道的……”我把电话号码写在一张处方单上，然后站了起来。“我自己出去就行。再见。”

我走进过道，随手关好门。护士已经走了。我打开通往接待区的门，重重碰上，但人仍旧留在房间里，接着匆忙翻看起了办公室的存档文件。

我先找的是奥顿 · 安格韦恩，但没有他的档案。我随手翻看了一两个文件夹里的内容，但所有东西看起来都很正规。即便这些文件有什么蹊跷，也只有一名泌尿科医生才看得出来。

我能听见泰斯特法在背后的办公室里走动，因此我估计我并没有太多时间——他要是一开门，我就位于视线正前方。不过话说回来，他看起来就算抓住我也不会闹得满城风雨。他对我有所畏惧，害怕我在调查中或许会揭露的事情，否则他就不需要表现得那么合作了，甚至有可能根本不会同意见我。

但问题在于，我不知道他为什么害怕我。我可以问他——举例来说——丹尼是谁，但这样一来他就知道我并不知道丹尼是谁了。要是连让他心惊胆战都做不到，我岂不是白跑一趟了。

我拿起一份似乎并不怎么有害的病历，属于名叫毛瑞斯 · 加斯珀的六十七岁老先生，他患有充血性尿道炎——天晓得那是什么疾病。我关上文件柜，把档案塞进外套内侧。接着，我走回办公室门口，转动门把手。

泰斯特法正趴在桌上，用金属麦管吸食摊在化妆镜上的白色粉末。我走进房间，他猛然一抬头，半鼻孔量的促进剂漏出了一缕。他一个字也不说，我也沉默了足足一分钟。这就仿佛在镜子里看见二十年后自己的模样。

“给你。”我说着把那份档案扔在桌上。他用双手捂住化妆镜，保护促进剂。“这就是斯坦亨特允许我带出办公室的文件。我拿着也没有用了。”

泰斯特法发狂般地一页一页翻看毛瑞斯·加斯珀的病历，寻找能够控罪的内容，干粉构成的白色条带淌到了他的下嘴唇，星星点点地洒在下巴上。我则悄然离开。

6

我开车回到自己的办公室，一路上给自己打气，跟异端调查局那些人的对质不可避免，我得做好准备。这是迟早的事情。运气好的话，他们能引我找到奥顿·安格韦恩。如果想让这场调查继续下去，那我必须得到他的帮助，更何况我的钱包想苟延残喘也必须有他的钞票滋养。我对此倒是没什么良心不安的感觉。要是我不帮他，金钱对他恐怕很快就会失去用处。

然而，等候室里空荡荡的，只有两只身穿微型三件头套装的进化兔子。他们正在阅读一份画报，只在我急冲冲走进套间里我那块地域时，抬起两双红眼睛投来最短暂的一瞥。我能听见牙医的清洗仪器在里屋嗡嗡作响。总得有人给他们清洗假牙的齿桥，我这位牙医伙伴生意不怎么好，没法拒绝送上门的生意。

我把外套挂在帽架上，在桌前坐定，深呼吸几次，拿出我的卡片，用抽屉里的解码器扫了一下。调查员喜欢歪曲真相的名声在外，经常不跟你实话实说他们在卡片上扣了或者加了多少点。我不怎么记得在加州大厦底楼那一幕之前我还剩下多少羯磨了。

卡片磁条的读数是六十五点，不算太糟糕。调查员通常会返还我在调查过程中失去的点数，若是我的工作给调查局添了光彩，偶尔还会满腹怨恨地额外奖励一些。六十五点算是差强人意，多得足以让我继续工作，同时又少得让他们不会再因为要拿我取乐而扣除点数。在调查局眼中，六十五点什么也不是；但想要很多点数就是自欺欺人了。干我这份工作，低羯磨是你必须学会与之和平共处的东西之一。

我拿起电话，拨打街角熟食店的号码，要了一份鸡蛋色拉三明治外卖。接下来，我拨通索引台，在电脑查阅了几个名字。不出意料，查不到奥顿 · 安格韦恩。然后我又试了试潘茜 · 格林立夫，也就是塞莱斯特去投奔的那位女士，甚至连蔓越橘街大宅的地址也喂进了电脑，但都一无所获。纯属好玩之下，我查了查我自己的名字，非常不错，名录中有我的名字。何等的安慰呐。

我看了一遍邮件。邮件堆积了差不多一周，大部分是账单和垃圾信，某个欠我钱的家伙从拉斯维加斯寄来明信片，某家宇航公司寄来一支免费钢笔。我把笔从信封里倒出来，它飘荡在我的面前；反重力技术，这还是我头回见识。最伟大的创新发明总是以最卑微琐碎的方式呈现于世。你以为会发生什么范式转变，结果来的却是印有销售员电话号码的钢笔、梳子或鼻吸麦管。笔也不是什么好笔，用上一个星期就没墨水了。

传来一下敲门声。“请进。”我说。我把那支笔塞进衣袋，开始在抽屉里翻找买三明治的零钱。但来的却不是送货小弟。

走在头里的男人跟我年龄相仿，一口烂牙，十块钱理的发型。这是标准的异端调查局人员，模样和思路全都差不多，唯一不同的是所用咳嗽药片的口味。他们站得总是离你太近，你能闻到种种不同的口味，对每个人思路的独创性也将有所领教。我跟这种人跳过上百万次华尔兹，未来恐怕还有上百万次要跳。要是我在调查局一直待下去的话，到最后想必就会变成这种角色。

第二位就迥然不同了。他身材粗壮，衣冠不整，胡子刮得乱七八糟，佩戴了肩章和几枚奖章。我曾经得到过铜章。他挤进房间，摔上门，嘴里说着“麦特卡夫？”，他眼睛盯着我的双眼时，我必须承认我吓得一哆嗦。

“正是在下。”我说。

“一小时前你在哪儿？”

“二位不是来给地板打蜡的对吧？我约了看医生。”

大块头坐进办公桌对面的椅子，也就是今天早晨安格韦恩坐的位置。另一位看了看角落里遮水渍的那把积满灰尘的椅子，决定站在门口算了。“请出示你的执照和卡片。”高级官员说。

他仔细端详我的证件，而我盯着天花板。他把两件东西摆回到我们之间的桌面上，我听凭它们放在那儿，以此显示我的勇气。

“卡本戴尔调查员呢？”我问。

“调到马林县去了，”大块头说，“我叫摩根兰德。这位是科恩菲尔德调查员。”不说话的那位听见长官提起他的名字，对我们点点头。

“很高兴知道你们如此蓬勃兴旺。”

“真希望我也能这样说，屌脸。”摩根兰德笑了笑，“你在斯坦亨特案件中的工作有问题。我们想给这方面的推测画上句号。”

“绝无问题，调查员先生。答案是好的。”我从抽屉里拿出香烟。

“答案是不行，”摩根兰德说，“利益有冲突。屌脸，你是我的嫌疑犯。”

“摩根兰德，我已经遇见过你的嫌疑犯了。那家伙正在垂死挣扎。您真是厉害。”

“安格韦恩有他的问题。他的未来已经报废了。我很不愿意看见同样的事情发生在你这样的屌脸身上。”

我扭头对连一个笑容都没有露出过的科恩菲尔德说：“我脸上真长了一个屌吗？请跟我说实话。”

“屌脸，你最好别乱打岔，”摩根兰德欢快地说，“在我眼中，你的执照就好比雪地上的尿斑。”他正了正领带，仿佛他的脑袋在持续扩张，他必须给脑袋腾出空间来。“现在，请跟科恩菲尔德调查员说说你是怎么看医生的。”

“我在看专科门诊，”我答道，“想知道能不能取掉脸上这个屌。”我点燃香烟，狠狠地吸了一口。摩根兰德凑上前，一巴掌从我嘴里扇掉香烟。香烟滚到了屋角那把椅子底下，在灰尘中暗自闷烧。

“屌脸，你在浪费我的时间。回答问题。”他从衣袋里掏出磁性探头，漫不经心地对准了我的卡片。

我朝屋角吐了口唾沫。这地方越来越肮脏了。

“请便。”我说。

“是谁让你插手斯坦亨特案件的？”

“这事情还没变成案件前我就参与其中了，”我说，“我替斯坦亨特跑腿，那时候他的后脑勺上还没长出一个窟窿来。”

“你替安格韦恩做事？”

“我也想，但就是找不到他。”

“狗屁，”摩根兰德说。“是他派你去找那位医生的。他还想收账。”

等旋转木马停下来的时候，我非得晕眩好一阵不可。“这就是说，安格韦恩是勒索者。”我希望，这个问题能趁他兴奋时蒙混过关。

“屌脸，少跟我装傻。他要你给医生带什么话？”

我决定接着玩下去。“他没有提任何特别的要求。我只是去摸摸泰斯特法医生的底细。”

传来一下敲门声。科恩菲尔德调查员从门口移开，我大声喊道：“请进。”楼下餐厅里一条进化了的爱尔兰长毛猎犬拿着一个底部浸出油渍的白色纸袋走进房间。他紧张地看了看两位调查员，然后从他们身边走过，把纸袋递给我。

我道了声谢，比账单上的数字多给了他五块钱。他倒吸一口凉气表示感激，然后退出敞开的房门，进了外面的等候室，看模样很想四肢着地，嚎叫着逃之夭夭。科恩菲尔德关好门，斜倚在墙上。

我打开纸袋，拿出鸡蛋色拉三明治，谁也没有吭气。最普通的人类活动有时能让大家尴尬地停止咆哮，放下敌意，暂时抛开各自扮演的角色，这就属于那种有趣的时刻。我咀嚼着吞下一块楔形的三明治，用纸巾擦了擦脸，摩根兰德这才重新开口，他没再用屌脸二字称呼我。送货小狗和三明治不知为何让我们俩都成熟了。

“这案子很难办，”他说，“上头把安格韦恩盛在碟子里端给我，有很大压力想让我就这么了结这个案子。”

摩根兰德的语气接近于同行在谈话，或许仅仅是我的想象，但科恩菲尔德尽管没有开口，却显得相当不以为然。“安格韦恩是只沟渠老鼠，”他继续道，“他就算进了冰箱我也不在乎，但案子没那么简单。”

我点点头，让他接着往下说。

“我不是说他是无辜的。人确实是他杀的。我只是说，案子没那么简单。麦特卡夫，我必须要警告你退出。事情就这么简单。”他把磁性探头放回衣袋，对科恩菲尔德点点头。

我重重地吞了口唾沫，试着挤出笑容。我有很多话想问，但科恩菲尔德似乎更喜欢闭紧嘴巴的我。比起盘问一名调查员，存在许多更健康的方式能够推进案件进展。我用大拇指抚摸着第二块楔形三明治，一小方亮晶晶的蛋白掉到了蜡纸上。

“说实话，我对私家侦探向来敬佩有加。”摩根兰德说。他对我绽放笑容，但语气却像是可以擦燃火柴。“但你非得知道进退不可，”他解释道，“现在就是你该后退的时候了。”他疲惫不堪地站起身，展了展外套的袖子。

科恩菲尔德到现在还没有说过哪怕一个音节，此刻他摘掉帽子，用粗哑的嗓音说了声“日安”，然后替摩根兰德拉开房门。大块头在门口回过头来，又对我亮了亮他扭曲的笑容。我举起手，掌心向外。他们关上了门，我听着他们踱着步子走出外间办公室，经过那两只兔子，向着电梯而去；抛下我与鸡蛋色拉三明治还有满嘴问不出口的问题独处。

我转身面对窗子，卷起遮光帘。窗口面对东方，但我望见奥克兰的丘陵地带反射着日落的各种颜色，隔着海湾相望的成片窗玻璃映出针尖般的缕缕阳光，仿佛挂毯中嵌了许多金线银丝。从远处眺望，那片丘陵的确很不错。我转回桌前，推开三明治，往木制桌面上倒了点儿混合物。我用小折刀分开粉末，正要趴上去吸食的时候，电话铃响了。

“麦特卡夫。”我对听筒说。

“是我，奥顿·安格韦恩，”对方说，“我需要和你谈谈。”

“很好。”我说。

“听说你在调查这个案子。”他犹豫不决地说。

“没错。你何不来我的办公室坐坐。我可以等你。”

“不行。我不想一头撞进调查员手里。你来见我。”

“我很确定调查员知道你在哪儿，”我温和地提醒他，“有相当多的注意力集中在你身上。”

“不，我不这么认为。我想我甩掉尾巴了。我在维斯塔蒙特饭店的酒吧。”

“好吧，”我说，“留在那儿。”我说完挂断电话。

我趴下去吸干净桌上的混合物，把半个三明治连同蜡纸扔进垃圾桶。我朝粉红色的山丘投去最后一眼，然后放下遮光帘，下楼开车离去。

7

我在路缘边停了停，买了份《奥克兰图片报》的晚间版，看报摊的是头脾气暴躁的老山羊。新闻媒体中的文字一直在逐渐减少，一年前被认定违法后终于彻底消失。宣布违法总是效果奇佳。我挨着别人的车子停在马路上，翻了一会儿报纸。报上和平时一样，有不少没有说明文字的照片，拍的是政府正忙于工作：总统和调查局局长亲切握手，国会议员与特殊利益集团亲切握手，州长和本月最高羯磨获得者亲切握手。我翻到本地报导，在这儿找到了一系列斯坦亨特遇害的旅馆房间的照片。粉笔线条勾勒出他趴在地毯上的样子，旅馆床单上有片血污。照片中的调查员抬起窗帘一角，上面有个血手印；接下来的照片是白布包裹的尸体被抬进厢式货车的后门。这让我想起羯磨耗尽者被运往冷藏拘留所的照片，他们将在那里度过很难说多少年的储存时光。反正没什么区别，我想。

最后一张照片是摩根兰德调查员一边挥动张开的手掌，一边在和左手边画面外的某人交谈。科恩菲尔德调查员站在他背后，跟往常一样紧咬牙关。这个报导的要点在于我们尊贵的调查员正忙于本职工作，正在纠偏导正。这是在公然简化扭曲事实。谋杀案和打嗝什么的不一样，绝非凭空产生。要有一连串不可撤销的事件奠定基础，最终通过这个手段达到高潮，其造成的各种余波向未来延伸，远远超过普通调查所能包括的范畴。我听着自己如此思考，忍不住哈哈大笑。谋杀就如同车库减价大抛售。谋杀就如同仅限于男人参加的联谊会。谋杀就如同消防练习。异端调查局希望谋杀是什么，谋杀就是什么。

我把报纸扔在乘客座上，发动引擎驶向丘陵地带。天已经黑了。阿什比大道很安静，风景如画，我放开思绪随意漫步于今天发生的各种事件之间，希望能找到什么新鲜的联系，只可惜一直开进丘陵地带也没想到任何有用的东西。我刚吸过我的混合配方，新进入血液的接受剂大概钝化了必须有的冒犯欲望。还不如把时间花在听收音机上呢。

维斯塔蒙特饭店是个上流场所，跟斯坦亨特不幸丧命于斯的劣等旅馆不可同日而语。若是维斯塔蒙特饭店里发生了凶杀案，他们恐怕会剥掉地板、指纹和其他东西，转到某个不那么受尊敬的低级场所，然后再打电话叫调查员。谁知道呢——兴许这就是斯坦亨特的遭遇。维斯塔蒙特饭店是有钱人想告诉别人他们来过奥克兰但又不想弄脏鞋子时住的地方。地方很大，活像个迷宫，有足够多的餐厅和水疗馆，你根本不需要接触外面那个巨大而可怕的世界。

我把车停进维斯塔蒙特的停车场，夹起报纸下车。那些照片或许能激起有罪的人做出反应，不管他们先前有没有看到过。事实上，不管安格韦恩是否有罪，照片都足以让他惶恐不安；但我急于得到线索。我从来不以手段精妙或诡计多端而著名。

我停下脚步，让门童打量了我几眼。这是一位年长的黑人，现如今你很难在仆役的位置上看见人类。进化了的动物尽可能地填充这方面的职位，但维斯塔蒙特始终坚持传统并引以为傲，这正是他们坚持的传统之一。他露出堪称完美的笑容，替我拉开门，我对他抬了抬帽子。

酒吧里黑洞洞的，下沉式设计，未经固定的桌子漂浮在一片昏暗中。时下想在建筑业挣得盆满钵满，你非得琢磨出新路子让人们看似聚拢，实则保持距离，眼前这正是一个标准例子。我走下台阶，进入凹陷区域，寻找安格韦恩。必须承认，他至少找到了一个隐踪匿迹的好地方。我发现他在最远处的墙边，坐在一张双人桌前的旋转椅里。我坐进他对面的座位，背对墙壁。椅子很松软，我陷了进去。

"这么久才来。"安格韦恩抬起头。他的面容不再那么憔悴，没了卡片上羯磨点数的保护，他被苦涩的现实磨砺得坚硬起来。

"你又没花钱买我的时间。"我答道。

安格韦恩窃笑道，"麦特卡夫，你总这么唯利是图，对吧。"他的手探进外衣，抽出一个信封，扔在我们之间的桌上。我拿起信封，里面是一千四百块。"今明两天。"见到我要数钱，他补充道。

"今天算我自己的时间。这笔聘金可以雇我到周五结束。"我收起钞票，把信封留在桌上。我在黑暗中看不清信封上的地址，但把任何与安格韦恩有关系的东西带在身上或许都不甚明智。

"你很乐观。"他阴郁地说。

"此话怎讲？"

"因为前提是你到周五还有事情可做。"

"说实话，我不明白调查员为什么还没把你抓进去。我们现在还能谈话，这已经是许多乐观加起来的结果了。摩根兰德非常敏锐。

他没有足够的证据结案，这让他很烦恼。”

“他似乎很确定是我干的。”

“安格韦恩，别气馁。你不经常跟调查员打交道。摩根兰德基本上只是个中间人。他们把某某人推到前台去，聚光灯全打在他的身上。他身上背负着别人给的压力，但他能把事情处理好；或者即便处理错了，也肯定能弄得很有说服力。”

“我不明白。”

“我也不明白，但我打算搞明白。”我想示意叫女侍者过来，但这就好比在散兵坑里挥旗召唤直升飞机。“我会找到杀害斯坦亨特的凶手，还有原因。如果你有罪，我建议你收回钞票，花在药品或女人身上，以最快速度花掉，因为到时候我就没有理由替你打掩护了。”

“我是清白的。”

我把报纸扔在桌上，但黑暗使得它失去了效果。“他们有什么针对你的证据？”我问。

安格韦恩没有回答。我望着他的脸，但他面无表情。“我威胁过他，”他最后答道，“他们手里有一封我写的信，但他们误读了——”

“摩根兰德说那是封勒索信。你有什么斯坦亨特的把柄吗？”

“我跟他更多的是私怨。我姐姐曾经为他工作，结果被毁了生活。我让他知道了我对此有何感受。”

“说清楚点儿。”

“她给斯坦亨特养了个孩子，是个婴儿脑袋。真是个小怪物——”

“所有的婴儿脑袋都是怪物。”我说。我有了个猜想，而且心知肯定正确。“你的姐姐名叫潘茜·格林立夫？”

我引起了安格韦恩的注意，也许还让他稍稍更加尊敬我。他凑上前来，灯光照亮了他的五官。“正是如此，”他说，“你显然已经跟她谈过了。”

“没有，但我应该跟她谈谈的，明天有机会一定要去找她。接着说你的故事。”

他坐回阴影中。“我现在没有刚开始那么确定了。”他说，“我认为他让我姐姐怀了孕，他付钱给我姐姐平息事态。”

“从那幢屋子来看，这笔交易对你姐姐挺不错。”我说。

“你不明白。我离开这儿去洛城前，我姐姐有属于她自己的生活。可现在——她在畏缩。她很害怕，不肯告诉我实情。斯坦亨特待她就好像对待什么小狗似的。”

“所以，你想斩断孽缘，”我推测，“或者给钱就不斩断。”

“麦特卡夫，你就接着侮辱我吧。谢谢你一百万遍。”

“不客气一千遍。安格韦恩，说实话吧。虽说我知道的内情还非常少，光线不足，但你的故事仍旧怎么看怎么不干净。”有时候我的隐喻来源总是就在手边。“摩根兰德已给你钉上了勒索者的牌子。泰斯特法医生让调查员看了登记簿，你的名字出现在上面，而且不止一次。你和斯坦亨特不止一次肩并肩绕着那片街区散步。”

他像学童似的把双手叠放在桌面上。“刚开始，我去找他就是为了我说的原因。我很激动，直呼他的姓名，想引出他的反应。”他绞动双手的方式告诉我，这段回忆并非虚构。“但他根本没有为自己辩解。他无疑在隐藏什么东西，事实上是他强迫我收下那些钱的。”

“等等，说慢点儿。言下之意是你们俩达成了某种形式的妥协——你付出愤怒，换得了现金。”

“他想吓唬我——他说‘水很深’，比我想象的更深，他请我别管这事。他看得出我很落魄，于是给了我些钱，我收下了。那点钱对他来说显然什么也不是，但对我而言就大不相同了。”

“他把你看作家庭成员了。小狗中的一只。”

“去死吧。”

我不禁笑了。“安格韦恩，你是打哪儿来的？在哪儿学的如何扮演替罪羔羊？你就好比一个笑点，对应的是所有人心中最烂的笑话。”

提问已经很粗鲁了，这个问题更是放置在侮辱的泥淖之中。我很惊讶于他一眼就看到了问题，而且回答得直截了当，不过话说回来，他毕竟已经绝望到了极点。

“我是从洛城来的，”他冷静地说，“我在陆军服役六年，原想在军队社会学方面谋个学位，但总被军队里的调查员找麻烦。他们找人刷马桶的工钱非常便宜，这之后我就开始看清现实了。退伍时我只有少许一丁点儿羯磨，现金就更少了。然后我就来这儿探望我姐姐。”

“你住在哪儿？”

“刚开始跟个朋友住在帕洛阿尔托，然后到我姐姐家凑合了几个晚上，那是在塞莱斯特·斯坦亨特搬进来之前。现在嘛，没有住处。”他摊开双掌，像是要演示现状。“摩根兰德说得很清楚，不准我靠近蔓越莓街的那幢屋子。我在基督教青年会过了几夜，但他们有最低羯磨点数限制，所以那儿我也没法去了。”

我对他渐渐有了兴趣，但这只是面对比我还要凄惨的家伙时的一般反应罢了。我跟巴甫洛夫手底下淌口水的杂种狗一样容易预测，也同样邋遢。

有位女侍者终于看了看她的地图，想起来还存在我们两个人。

她对着桌面俯下身子，问我们是否要点些什么。我要了一注龙舌兰酒，又吩咐她拿面镜子来。安格韦恩在黑暗中摇摇头，女侍者转身离开。

我意识到了一件事情。“你给我的是斯坦亨特给你的钱，对吧？”

他思考了一小会儿，决定还是跟我说实话。“是的，你莫非打算还给我，叫我忘了什么钱不钱的。”

“才怪，”我说，“只是觉得很好玩。我们都在吸同一个奶头，不过现在它干了。”我拍拍口袋。“就剩下这些了？”

“差不多吧。”

女侍者回来了。她放下我的酒水，还有一面斜削的小化妆镜和一根塑料鼻吸管，上面印着维斯塔蒙特的徽记和电话号码。我付给她一张二十块，趁着钱包在外面，我拿出一个铝箔小包拆开，把特制混合物倒在桌上。正在切分的时候，我不经意抬头，发现安格韦恩正死死地盯着我。

“你不吸这个？”

“不吸。”

“军队规矩？”

“不，只是从来没试过。”

我又对他产生了几分怜悯之情，但表达出来的时候却变成了轻蔑。“安格韦恩，你这个勒索者可真是够幽默的。斯坦亨特常吸遗忘剂，用量相当大。你走进去威胁他的时候，根本不晓得他当时究竟知不知道被威胁的原因——这实在太愚蠢了。你与之谈话的那个版本也许根本不知道你姐姐是何许人也。”

我趴下去，用塑料导管吸食药品，然后往后一靠，让喉咙后部吸收掉多余的药粉。等我吸够了，我拿袖口擦净镜子，把免费赠送的麦管揣进衣袋。安格韦恩大概用这段时间琢磨了一番说辞，因为等他开口的时候，说出来的话仿佛经过了排练。

“这其实是红脸白脸的一个精细变种。”他说。

“什么？”

“你其实并不真的为我做事。你只是调查员的托儿而已。你一直在刺激我，在问我问题。你利用的是我对他们的恐惧，但你和他们并没有真正的区别。”他窃笑了两声，“只是一场游戏。他们拿走我的羯磨，你拿走我的钞票，然后游戏就结束了。你表现得很唯我独醒，很愤世嫉俗，仿佛你不止是机器里的一个齿轮似的，但那只是姿态而已。”他的声音开始升高，有些歇斯底里，像是一个人正在试图说服自己。“你在他们的保护伞下生活和工作，否则他们早就让你见鬼去了。”

“你弄错了，安格韦恩，事情要比这个复杂得多。”

“那是当然，”他说，“讲给我听听。”他活像是被险恶环境逼得直呲牙的小白兔。

“首先，我若不是从刚遇见你的时候就相信了你，肯定是不会接这个案子的。调查员不在乎真相，更喜欢漂亮的结果；这是我转为私人执业的原因之一。你在我和他们的关系中看到了几分共生的味道，这很正确，但没有我的帮助他们也一样可以表演红脸白脸，这点他们一清二楚。我花了很多时间琢磨，调查局为什么这么容忍我，答案很难三言两语说清楚，而且我现在根本没兴趣跟你解释。

“正如我一开始就说过的，你不是在用钱换至交好友。我为你工作，但你不是我的老板，而是因为我比你更清楚事情该怎么做下去。如果我让你不好受了，很好，去参加本地的兄弟会分会好了。你已经付过了入会费。很久以前我就醒悟了过来，我的工作不但要揭开人们不想让别人知道的秘密，一样要或者更要揭开人们不想让自己知道的秘密。”

我让安格韦恩细细咀嚼我的话，自己一边品着龙舌兰酒，一边观察四周。我的双眼已经适应了昏暗的光线，我分辨出远处几张桌子边还坐了几名酒客，但仅能勉强看清而已。发现有只进化了的袋鼠独自在窗口喝酒，我有那么一点儿惊讶，月光从后面照亮了他毛茸茸的脸。他正盯着我们这张桌子，我的视线扫过去，他立刻望向别处，但他不可能听清楚我们在谈些什么，我没把这件事往心里去。禁止进化了的动物入内的规矩正在各处土崩瓦解，我这种死硬分子看来非得习惯于现状不可了。

“我仔细思考过了，”安格韦恩说，“我肯定要被冻起来。”我扭头重新面对桌子。他又变成了小白兔，不是龇牙咧嘴的那种，而是吓坏了的小白兔，又是恐惧又是疲惫。

“这话什么意思？”

“不可能避免的。你只是没有明说而已，但我自己想清楚了，答案显而易见。我该为此做好准备，但我对这件事毫无概念。”

“其实很简单，”我说，“给你打上标签，然后垒进冷库，要是你有个好律师或者有家庭成员身居高位，那就好好照顾你，最后还给你解冻。就我所知，事情一直是这个样子。”

“我不懂你的意思。”

我尽量把话说得不那么难听。“监狱和冰箱的唯一区别在于，在监狱里你可以打牌，可以庆祝生日，可以建立起对社会的许多仇恨，而冰冻后你做不了这些事情，对管理者和纳税人而言也更便宜、更干净。等你出来的时候，你反正一样蠢，一样穷，女朋友一样嫁给了别人。但至于谁获得轻罚，谁为整件事情掏腰包，那就只能靠钱和关系决定了，过去如此，以后也永远如此。有谁罩着你吗？”

“我姐姐，”他虚弱地说，“只有我姐姐。”

“在洛城没有哥们儿吗？没有军队里的弟兄？”

“实在没有。”

“你姐姐也并非没有嫌疑，”我向他指出，“她抚养的那个孩子，老爸就是据说被你杀害的斯坦亨特。你们俩最后一次谈话是什么时候？”

“塞莱斯特一出现我就搬了出去，以后就没再说过话。”

“我可以试着帮你跟她说两句，”我提议道，“说说要是他们拿走了你的卡片，她该怎么做。”

“好啊，”他答道，“那就谢谢你了。”

我们静静地坐了一阵子。我的酒已经喝完了，我心里也清楚，但实在无事可做之下，我拿起酒杯，尽我舌头的最大长度舔着杯子内侧。我望向窗口台子边的袋鼠，袋鼠又低下脑袋，把视线转回了面前的酒水上。

我最后说道：“这是我办公室的钥匙。你今晚可以睡那儿，明早把钥匙给牙医。别碰抽屉，也别接电话。”

“好的，”他明显吃了一惊，“谢谢。”

“算了，小事一桩。”我戴上帽子，“我走了，我家里的电话有自动答录机。保持联系。”

“行。”

“我走出去的时候，留意一下四周情况，如果有人跟着我离开就记住长相。什么也别做，记在脑子里就行。”

“行。”

我推了一把，从没有底座的椅子上起身，按捺住回头张望的冲动，抬起软绵绵的双腿走向吧台。我把又一张二十块扔在吧台上，说道，“请我的朋友喝一杯。”

女招待点点头，抬头望向我们那张台子。我把双手插进衣袋，离开了酒吧。大堂的灯光让我眯起双眼，空气也新鲜得多。我对前台点点头，走出饭店，进了停车场。

我在车里坐了一分钟，等太阳穴上的怦怦重击停止。可惜未能如愿。我感觉不怎么好，但另外一方面，有人肯花钱买我的时间，尽管那位先生没剩下多少属于他的时间了。我的脑子里有个声音建议我回家，把更多的促进剂灌下鼻孔，但另外一个声音说现在该出去搜集情报才对。我叹了口气，决定听从后一个声音。仅此一次，下不为例。

于是，我决定前去勘察犯罪线索。谋杀发生于夜间，如果我的把戏耍得足够好，就有可能跟发现尸体的人聊上几句。我和旅馆员工打交道的时候碰到过好运气，但对方毫无例外都是值夜班的。原因我不清楚。值夜班的跟我似乎天生有亲和力。要是运气不好的话，调查员也许安排了全天候的挖泥船式筛查，但即便如此，我或许也可以哄骗新手吐出点儿围绕这案件泛起的办公室政治浮渣。

我和宿醉明天有个约会，但在此之前还有许多好玩儿的事情可供选择。

8

从维斯塔蒙特饭店到湾景成人汽车旅馆，要沿着羯磨旋梯往下走很长一段路，但既然斯坦亨特和杀他的凶手走得了，那我肯定也行。我开进停车场，找到空车位；停车场里已经停了四五辆车，都是本州牌照。湾景是本地人避开丈夫或老婆的度假胜地，你很难在停车场看见其他州的车牌，是因为其他州自有其类似湾景的地方供人们度这种假期。这地方正对海湾，风景说实话还真不赖，但恐怕很少有人观赏。

我钻出汽车，忽然停下了：有摩托车或速可达[①]的噗噗声在我背后放慢了速度。转过身，恰好看见一辆摩托车绕过街角，转弯而去。下山的时候，我在后视镜中见过一盏单个的车头灯，这会儿感觉到俗话中说的脖子上有人吹气了，但我并不想让这件事吓得让我轻举妄动。尾巴就好比青春痘，迟早会自己冒头。你可以催促它快快现身，但结果往往一塌糊涂。

我走到旅馆办公室前，透过窗户望进去。大堂里只坐了一位前台，

---

① 速可达（scooter）：即小型轻便摩托车，亦有电动。

我能听见后面某个地方传来的收音机尖声细气的呜呜声。我走了进去，小心翼翼地不在门口充当欢迎地垫的那东西上蹭鞋底，它看起来会对我的鞋子造成严重损伤，更不用说把鞋子擦干净了。

办公室很破败。破败是我想得出的唯一字眼。家具新归新，但毫无品位可言，墙壁需要彻底粉刷一遍。就连后面收音机里爬出来的音乐声也像是蒙了一层灰尘。夜班前台从他或者在阅读或者只是在盯着看的东西上抬起头，望向我的那双眼睛带着偌大的眼袋，灰蒙蒙的，在我这四十三年照镜子的生涯中还是头次见到这么大的眼袋和这么灰蒙蒙的眼睛。他大概五十多岁，面色像是烟灰，头发正在与底下的白色头皮打一场注定要输的战争。我关上门，小铃铛叮咚轻响，通报着我的到来。

前台低下头，觉得他的杂志比我重要得多。我说了声哈啰。

“必须让我见到姑娘，”他说，“动物禁止进屋。如果是动物的话，请另寻别的去处。”

“我是一个人，”我答道，“我是调查员，正在查案，想问你几个问题。”

他连头也没抬。“没有证件没得谈。”

我抽出影印证件，他几乎算是看了一眼。隔了一会儿，我收起了证件。

“私家调查员，”他自言自语道，“不行，不顶用。明天早上找经理吧。”他打了个驱赶的手势，但他甚至都懒得出这个力气，结果让手势变成了轻轻一挥手。

我离开办公桌，想窥视一眼里屋。前台就当我不存在。除了收音机的声音外，没有任何其他响动。灯光黯淡，就我所看得出的，这里只有他和我两个人。钥匙架基本上是满的，我觉得即便把这间破败的小办公室砸个稀巴烂也不会引来多少注意。

“很好。”我说着伸手摸向钥匙架。

他合上杂志，推到旁边，抬起头来。再次看见他的眼睛，我明白了他为什么要把眼睛藏在杂志里。汽车旅馆的办公室好比小联盟，这位前台接待员也是一样，但这双眼睛不属于这里。这双眼睛属于大联盟，甚至名人堂。这双眼睛见识过两次死亡，又继续生活下去。我心中想要粗暴行事的念头原本跃跃欲试，此刻却没那么活络了。倒不是说我拿不下他，我确定可以，但这双眼睛中有什么东西让我觉得，如果我还有什么价值可供榨取的话，那他也有。

“好吧，”他冷漠地说，“他妈的划出道道来。你惹错人了。”

“我正巧想找你谈谈。”

“我正巧不想跟你说话。”他的语气很平静，但双手在紧张地轻敲台面。

我从安格韦恩给我的那卷钞票上剥出最外面一张，举在半空中，让他看清楚这是张百元大钞，然后沿着肖像正中间一撕两半。我收起半张，把另外半张扔在桌上他的手边。他连动也没动。

“要是你肯带我去凶案房间，我就让双胞胎团圆。”我说。

他笑了起来，眼中的古怪神色随之消退。“你说了算。”半截钞票消失在了抽屉里，抽屉的钥匙上锁后消失在了他的衣袋里。他从台子后面起身，脖子酸痛似的摇摇头，从墙上拿下一套钥匙。

我伸出手，报上姓名。他怪有趣地看着我，没和我握手，但还是说道：“山德。”我猜这是他的名字，但按照他说这两个字的方式，是咳嗽或者打喷嚏也有可能。

“昨晚是你当班吗？”我后退两步，让他领着我走出房门。

“好像是的。”他背对着我说。

他领着我走到那个房间。我从照片上认出了这里，言下之意这是个平平常常的旅馆房间，墙上有个硕大的视频显示器，摄像机仿佛秃鹫俯瞰床铺。撕破的窗帘已经更换，咖啡桌上还留着一大块斑迹，那是擦洗血迹后留下的。

“他们把杀人过程录下来了？”我问。

“没有。”山德若有所思地揉着鼻头说，“我觉得他们来不是为了干这个的。”

“他们是谁？”

“斯坦亨特先生和杀害他的凶手。”山德没有落入陷阱，说出他的猜想。

“你看见他了？”

“我看见斯坦亨特先生了。”

“他独自登记的？”

“斯坦亨特近几周经常出入这儿，他总是独自登记。我还不至于骚扰客人取乐。他付账付得很爽快。”

“这倒是，他有爽快付账的好习惯——也许有谁的价码开得太高了。你从没见过他和任何人在一起？”

“跟你说过了，没有。”山德站在门口，手握门把，清楚表示出他宁可回去读杂志的想法。

我在床边坐下。“尸体是你发现的？”

“是啊。门开着。我愣着看了足有一分钟，然后给办公室打电话。没进去。”他的语气仿佛这是在打金罗美[①]。

“没见到武器？”

“我的工作又不是拿眼睛看的。那群调查员就算发现了武器，也没有告诉过我。”

我点点头。山德只是呆瞪着我，他那双死气沉沉的眼睛见识过太多的东西，现在根本什么也看不进去了。

“你在这儿工作很长时间了？”我问。

“那得看你的‘很长’怎么说了。我在这类地方工作了很长时间，但倾向于经常换换地方。”

“你的好奇心想必早就不如往昔了。”

他很喜欢我的话。“这倒也是一种说法。”他从衣袋深处掏出一个玻璃小瓶。我望着他拧开盖子，小拇指伸进去，拿起来的时候沾了一撮白色粉末。他按住一侧鼻孔，极为熟练地将白色粉末送进另一侧鼻孔，然后拧好瓶盖，收起小瓶。我想这白色粉末——无论是什么，多半是接受剂或逃避剂——填补了那双噩梦眼眸背后的空间。

停车场里的车声引得我们两人一起抬头。他转身背对着我说：“我想这样可以——”

“让我在房间里多待几分钟。”我说。

他扭头再次投来令人恐惧的目光，然后耸耸肩。他认为我属于不值得搅扰的那种人。“我等会儿回来锁门。”他说着离开房间，走向办公室。

其实并没有什么特别的原因。我只是想在房间里看看，我想看看这个房间本身，想试着透过斯坦亨特的双眼去观察它。不用说，

---

① 金罗美（gin rummy）：偶数个参与者玩的配对型牌戏。

房间谈不上漂亮。我想象着斯坦亨特用打量我的眼神看着这个房间，也就是说，低头俯视。梅纳德·斯坦亨特的所有言行与这个汽车旅馆房间和住在这种房间里的那种人生格格不入。然而，有什么事情将他带到了这里，而且还不止一次。有什么事情值得他或者迫使他必须放低标准，把一部分人生消耗在这个房间里，最终甚至让他不得不把小命也丢在了这里。

我的任务是弄清楚那到底是什么事情。我估计等我弄清楚的时候，会发现这事情相当简单。但就眼下而言，我还毫无头绪，一丁点儿线索都没有。

走廊里的脚步声打断了我的沉思。我抬起头，以为会看见山德，来的却不是他。站在门口的是一只进化的袋鼠，正是我在维斯塔蒙特的酒吧里见过的那只。他穿帆布外套和塑胶长裤，扎一条弹性腰带，两只前爪揣在口袋里。他踱进房间。我从床边站了起来。

“蠢货，你陷得太深了。”他的发音很清楚，像是在背书，声调对他着力表现的硬朗气质而言有些太高了。

“我明白了。”我答道。

“我也希望如此，为了你好。我很不情愿割了你的卵蛋。”

“乔伊，我们彼此彼此。”我想从他身边走过，但他往旁边移了一步，挡住我的去路，我们的肩膀撞在了一起。

“别那么快嘛，蠢货。我们得聊聊，不如先上你的车吧。”

我什么也没说。他从上衣内侧掏出一柄黑色小枪握在爪子里。他随随便便地拿着枪，那样子仿佛拿的是糖果棒或者香皂。只是这把枪没法让任何人变得更干净。

他颇为笨拙地将躯体塞进我那辆车的乘客座。我关上驾驶座的车门，头顶灯随即灭掉，他的身形化作一团粗糙的剪影。我看不见他握着的那柄枪，但我知道枪就在那儿。

“听我说，而且听清楚了。”他说。他的声音有些颤抖，我得到的印象是他这套吓唬人的把戏是拿自家小弟练出来的——假如他有那东西的话。我不知道该怎么判断袋鼠的年纪，至少不看牙齿肯定分辨不清，但很明显乔伊还有点儿乳臭未干。

“你惹某些人不高兴了，”他说，“你不知道这对健康有多大妨碍。安格韦恩是个坏伙伴，你不该那么频繁被人看见跟他在一起。放手吧，回家去。我们会送你些离婚生意的。”

“‘我们’是谁？”

“蠢货，你没资格问问题。我不是来回答你那些业余鸟探问题的。”

“乔伊，别跟我扮人类。我对你拥有任何人对一只袋鼠拥有的全部特权。谁派你来的？”

他用枪顶住我的腹部，以防万一我忘了那东西。和许许多多进化了的生物相同，他不喜欢与人提起他的血统。“我为冯布鲁姆做事，希望你明白这个名字有什么含义。”

我耍弄了一下直觉。“丹尼·冯布鲁姆？”

他用枪戳了一下我的肋骨。“没错。不过，你更该希望自己从未听说过这个名字。丹尼远远望见你就觉得恶心，明白吗，因此如果他非得凑近了端详的话，那我可就要深深为你惋惜了。”

他这一戳想必碰松了我衬衫口袋里的反重力钢笔，因为钢笔飘了出来，浮在我和他之间的半空中。袋鼠大惑不解地打量了片刻，随后伸手把笔拍落在他脚边的地板上。

“这么说，你和丹尼处得不错？”

“没错。”他在座位上动了动身子，调整那条大尾巴的位置，但枪口始终抵着我的太阳神经丛。这个姿势无疑让他很不舒服。

“所以，你可以替我带个话给他吗？”

“可以。”

“告诉他，下次想跟我说话，别派有袋目动物。”

他将手枪从我的腹部拿开，我在黑暗中看不清他要把枪移向何方。紧接着，我的嘴上挨了重重一击，重得让我的脑袋磕在了座位头靠上。我立刻尝到了鲜血的味道，但体内过高的促进剂浓度令我没有感觉到多少疼痛。

随后是一阵不自然的沉默。他或许和我同样被暴力的真实性吓住了。由俏皮话和刺人的讥讽构成的乒乓球游戏中并不包括暴力；暴力给所有事情画上了令人尴尬的句号，只会让你希望今天早晨自己要么卧床不起，要么躲到了床底下。

“好吧，”我透过在嘴里聚集的唾液和鲜血说，“你小子够硬朗。”

“你觉得你能一路虚张声势到凯旋而归，蠢货，但你错了。这次不行。这次你必须退出。”

我伸出双手，握住方向盘，免得自己去掐他粗壮的脖子。“口信收到。一路跳回家吧，卡西迪。”

他打开车门，头顶灯又亮了。他那张袋鼠的嘴巴扭出一个黑乎乎的难看笑容，亮晶晶的鼻子抽了一下。“蠢货，你刚开始倒是叫对了。名字是乔伊·卡塞尔。”

“我会记在心里的。”

他退出乘客座，枪口始终指着我的喉咙，然后狠狠摔上门，消失在了夜色中。我掏出口袋里的车钥匙，发动引擎，考虑要不要跟踪他；但是我的头依然很晕，没法马上开车。

因此，我坐在车里，关掉灯，让引擎继续空转。我没有去揉搓嘴巴，因为我不想让手沾血。听见有辆摩托车发动起来，我掉了个头，恰好看见摩托车的反光牌照消失在了进出停车场的匝道口。

我又坐了五分钟或者十分钟，或者二十分钟也不一定，心情非常阴沉。我摸到口袋里的半截百元大钞，但我总不能就这么下车，满嘴鲜血地走过去面对山德。

我琢磨着那只袋鼠，这家伙真是个青头。他太嫩了，甚至管不住自己的嘴巴，居然说出了他和冯布鲁姆的名字，还承认了他们俩有关系。我嘴上吃了一枪托，但迟早要找回场子。

就这样吧。我开动汽车，沿着海湾驶下高速公路。长路漫漫，但夜间的水面有些什么东西很能吸引我的视线。

9

我只在手头有案子的时候才上闹钟。那天早晨我正在做美梦，是个生殖器重定位的平常春梦，对象是一位理想化的金发女郎，各个部件各有出处，跟塞莱斯特·斯坦亨特绝无任何相似之处；但就在这个时候，预定的时间到了，闹钟开始往我的脑袋里投射唤醒梦境。今天早上的图像是一连串的卡通绵羊排队跃过卡通木栅栏，背景是静谧的蓝天白云。最后一只绵羊的后腿碰到了栅栏顶端，跌倒在满地的木头碎片中，咩咩直叫。云端伸下一只巨手，抓起绵羊，掸净它身上的灰尘，拍拍它的屁股，叫它快跑几步，跟上羊群大部队。紧接着，手腕一翻，亮出手表，表面离我越来越近，滴答声也越来越响，直到最后我终于醒转过来。

我边喝咖啡边拿起铅笔和记事簿，试着拼凑出我的下一步行动，但咖啡刺痛了牙龈上的新伤口，到头来我落得只好集中精神，用半边嘴喝咖啡。挣扎着喝完第二杯，我把注意力放回铅笔和记事簿上，写下“丹尼·冯布鲁姆”这个名字，这只是为了仔细看看而已。我在底下又写了“潘茜·格林立夫”、“格洛佛·泰斯特法”和“塞莱斯特·斯坦亨特”这三个名字。我在记事簿上接着花了几个圆圈和三角形，然后扯下这一页扔进垃圾桶。

吃完早餐，我打了个电话，询问泰斯特法的住址和电话号码，结果如愿以偿；然后我又要蔓越橘街那幢大宅的电话号码，但未能得手，即便我提供了特许存取密码也是一样。要么是我的密码被挂起了，要么是塞莱斯特·斯坦亨特的隐私比我的特许权级别更高。

不管是哪样，反正结果相同：如果想和塞莱斯特，或者潘茜·格林立夫说哪怕一个字，也得登门拜访那幢屋子。而我的确有话要跟她说——该死的，也许甚至有很多串在一起的话。不过就此刻而言，时辰尚早，我有的是时间。我先驱车前往埃尔西利图的丘陵地带，看一眼泰斯特法医生那美妙的住址。我的情绪正适合观赏风景。

医生住在戴蒙特法院街上，这几乎都不能算是一条公共道路了。这条路的尽头是两条车道，每条车道都有铁门阻断交通。左手边的邮箱标着“泰斯特法”几个字。我把车停在空地边缘，步行越过屏障，每一步都在砾石路面踩出很大响动，以免被误认为私自闯入的罪犯。

这幢屋子是法国乡间村舍的笨拙版美国复制品，铝合金防暴风窗和矮屋顶上的碟型卫星天线毁坏了观感。屋前没有停放车辆，但我还是走到正门口揿响了门铃。

看不见的内部通话系统中传出一个温顺的女性声音。“泰斯特法医生不在家。”

“我叫康拉德·麦特卡夫，”我说，不知道门口有没有安装拾音的麦克风，“我是私家调查员。想和你说句话。”不管你是谁，但我没把最后这句话说出口。

接下来是一阵沉默。我打量了一番正门，却没有找到内部通话系统的扬声器。

“我——我马上就来。”那声音答道。

我站在台阶上等待，但声音发出的时候却来自我的右手边，我转过身，看见屋子较低的位置上有一扇小门徐徐打开。说话声属于一只黑耳母羊，她身穿家居服和拖鞋站在门口，一只前蹄搭在袍子的腰带上，一双水汪汪的大眼睛在阳光下直眨巴。

我走到她的那扇小门前。“我叫康拉德·麦特卡夫。”我又说了一遍。母羊站起来刚到我的胸膛中部，我后退一步，免得看起来太过恃强凌弱。

“我叫达尔丝。”她的嘴唇和黑鼻头之间的部位随着说话不停颤动。“请——请进。”

我点点头。

“有点儿低，”她说，“我没有主屋的钥匙。”她转身踮着趾尖走了进去，留着门让我进屋。我弯下腰，走进室内。

房间很宽也很深，此处原本就该如此，但高度只有正常屋子的一半。我站在紧邻门口的地方，很不舒服地弯着腰，等双眼适应昏暗的光线后，走到房间最里面那堵墙边的沙发前坐下。即便是坐下来，我举起手依然差不多可以摸到天花板。泰斯特法把这一侧屋改建得适合这头母羊或者其他什么东西的体形。这套居所中的颜色都是孩童喜欢的各种粉红和蓝色，除了门把手和水龙头，几乎所有的东西都贴了衬垫。窗帘放下，挡住了晨间阳光；为室内提供照明的是两盏落地大灯，这两盏灯都弯曲了支柱以配合房间的高度。我觉得跟它们颇为投缘，我们都是来玩具房屋做客的真实生活的人物。

母羊紧张兮兮地跳了两个舞步，这才选定我对面的安乐椅坐下。我用双肘撑着膝盖，倾身向前，说道，“泰斯特法医生有没有告诉你斯坦亨特医生出了什么事？”

“呃，说过了，”绵羊说，“他非常生气。”

“我们都很生气，”我说，“特别是我的客户。他即将踏上前往冰箱的旅途，我个人认为他不是杀害医生的凶手。你和斯坦亨特熟吗？”

母羊打了个哆嗦，但这很难说是什么意思，我又不是杜立德[①]。“我见过他一次。”她答道。

“他来过这儿？”

“是的。”

“达尔丝，你有没有下过山？”

她扭起了嘴巴。“不常下。”

“肯定很寂寞吧。”我揣测道。

“我不会说任何格洛佛的坏话，假如你有这个打算的话。我在这儿很开心，如果不开心，我早就离开了。”

“对，我相信你的话。丹尼·冯布鲁姆这个名字对你有任何意义吗？泰斯特法医生似乎很不情愿谈论这个话题，我觉得你或许能帮我理清头绪。”

“我恐怕不行。”

“这可真是有意思，”我说，“泰斯特法医生听见冯布鲁姆也是同样的反应，所有人都恐怕不行。达尔丝，你在害怕什么？”

她的双眼陡然睁大，喉咙里升起奇怪的声音，像是被扼住了的咩咩声。“我——我不该跟你说话。格洛佛会对我发火的。”

“有没有见过一只名叫乔伊·卡塞尔的暴力袋鼠？他为冯布鲁姆

---

① 杜立德（Dolittle）：英国作家休·洛夫丁（Hugh Lofting）笔下的人物，能和动物沟通。

做事，至少昨晚上如此。”

“没有。”她坚定地答道。终于遇到能回答的问题，她似乎松了一口气。

“好吧。我们再换个风向试试。一些遗失的文件搞得泰斯特法忧心忡忡，是诊所里的文件。关于这事情有什么能告诉我的吗？”

“没有。”她踢掉右后蹄的拖鞋，开始一遍遍很不自然地挠左边侧肋，仿佛羊毛底下有跳蚤在咬她。

“好吧，”我说，“你在害怕某人，你不想跟我谈。没关系。我很有耐心，信不信由你。这片地毯很大，但不像你和泰斯特法那样收拾得一干二净。不妨看看有什么东西落在了底下。”我很佩服自己的隐喻才能，开始琢磨接下来该说什么。我不如听起来这么信心十足，而且我其实也没多少耐心——连一点儿也没有。

“格洛佛有很大压力。”母羊忽然说，我吓了一跳。“你必须要理解。不是他的错。丹尼·冯布鲁姆是——”

“够了。”门口传来一个声音。说话的人是格洛佛·泰斯特法，他手里的枪对准我的方向。这是一柄电子飞镖枪，从他持枪的样子看得出，他知道该怎么使用这东西。

“你好，医生。”我说。绵羊在座椅里颤抖起来。

泰斯特法走进房间，随手关上门，视线连一秒钟都没有离开过我。他晓得怎么弯曲膝盖以适应房间高度，他屈膝走到一盏弯腰驼背的落地灯旁。光从下方打上来，他红润的面容仿佛恶魔的面具。“起来。”他说。

“好。”我疲惫地答道。

“出去。”

我对达尔丝笑了笑，然后弓着背走到了门口。

“走。”他扭头对绵羊说，“你待在这儿。”他的声音很冷淡。

我伸手抓住门把手。“格洛佛，有个诀窍告诉你。你应该走在前面——”

“闭嘴。”

唉，别说我没有好心提醒过他。我打开门，往左边迈了一步，紧贴在木瓦板上。泰斯特法骂了声“妈的”，我没有回嘴。走出那扇小门的时候，他的腰几乎弯成了九十度；他的枪刚一出现，我就抬脚用尽力气狠踢了过去。紧接着，我从侧面冲上来，右手从腰部出拳，结结实实地击中了目标，险些在他的下巴上磕破手。他肥硕的身躯在门口瘫软下去，我在他仰天倒下前揪住他的衣领，推着他贴在屋子的侧墙上，伸手去抓那柄枪，但我的右手够不到地上的枪，于是抬脚踢出去几英尺远，枪消失在了没有割过的草地中。

泰斯特法仍旧贴在墙上，就仿佛我依然把他按在那里，他的面容皱成一团，显露出五十多年的恐惧和不安全感。口水从他的嘴角淌出来，那是我的拳头落下的位置。我觉得很抱歉。

“我们进去谈谈。”我喘着粗气说。他默默点头，蹒跚着走到大门口。达尔丝想必正在不折不扣地遵从命令，甚至没有从小屋里窥视我们。

泰斯特法的住处就比较有格调了，空间自然也更宽敞。客厅光线充足，很通风，至少相比小房间来说是这样。有一面墙完全被架子占据，展示着一本本旧杂志有光泽的塑封。透过铺着白色和蓝色瓷砖的厨房，我能望见屋后带盖顶的门廊。泰斯特法穿过客厅，径直走到水槽前漱口，含漱片刻后吐出一大口水，动作像是在品尝红酒。

我没有看见血，但我的手很疼，更加不愿意发现手上有血。

折腾完毕，他走回客厅，站在我的面前。他在漱口期间想办法恢复了镇定。“请坐。”他说，我欣然落座。

我们之间的桌子是一棵巨树的横截面，打磨抛光出了镜面效果。桌面上只在一角摆了个小银盒，看见泰斯特法打开盒子，往桌面上撒了些促进剂，我一点也不吃惊。“麦特卡夫先生，你真够执着的。”他说。从他发音的方式听得出，他正在活动下巴，搞清楚哪儿疼哪儿不疼。

我决定开门见山谈正经事。我厌倦了来回试探结果却一无所获。“我需要和冯布鲁姆谈谈。”我尽量让语气听起来像是我明白这话有何含义。

“这件事我想我可以帮你做到，”他小心翼翼地说，“你的风格跟异端调查局很不一样。”

“是啊，故意的。”

“我应该警告你，你已经超出了你的职权范围。”

“我这份工作有个乐趣，就是我能决定自己的职权范围边界何在，”我说，“这位如此受人尊重的冯布鲁姆，他究竟是谁？”

泰斯特法拿起盒子里的一柄象牙手柄小刀，此刻正在俯身切分促进剂，他挑起眉头仰望了我一眼，又垂下眼去接着对付亮闪闪的桌面上的促进剂。一束阳光照进房间，横在桌面上，泰斯特法切分药物的时候，我能望见细小的粉尘漂浮在光线中。

“我把成年后的大部分人生都花在了成就这些上，”他说着打了个手势，“我在城市里感觉不舒服。我不喜欢人们。我喜欢烹饪，还有音乐。”他把小刀放回盒子里。“每个人都要作出妥协。理想中的世界里不会有丹尼·冯布鲁姆这种人存在。”

我点点头，让他接着说下去。

“我通过梅纳德认识了他，我之所以愿意容忍他，只是因为我明白他们两人间的关系对梅纳德而言至关重要，但我一直不清楚原因。他是个下三滥的匪徒，你懂的对吧。但他拿住了梅纳德的把柄，等我知道的时候，一切都太迟了。”

“他也拿住了你的把柄吗？”

“不——没有。”泰斯特法又在活动他的下巴，“冯布鲁姆有办法操控事件和羁磨，以适应他的需要——他能让我的人生变得不堪忍受，但他没有这样做。然而，他并没有拿住我。一点儿也没有。”他从盒子里拿出一根麦管，凑近桌面。

“你管他叫‘匪徒’——他是发什么财的？”

泰斯特法停下了吸食的动作，但脸孔依然埋在促进剂里。“我不知道。”

“有谁知道？”

泰斯特法坐了起来，仔仔细细、一丝不苟地整理起了衬衫袖口和腰身。他的脸孔仍旧通红，但看起来已经足够沉着了。“冯布鲁姆自己吧，我猜。”

“也许是我弄错了，但我有个印象，再给你那只绵羊一分钟，她就能告诉我这件事。既然你不清楚，那我们不如去问问她？”

他不想谈起那只小母羊。他摆在膝头的双手攥得指节发白，与我们上次在他城里的办公室里磨嘴皮子的时候一样。“达尔丝不常和陌生人说话，”他勉强说道，“她非常……容易受到影响。”他仔细端详着我的面容，忽然站了起来，像是有谁猛地牵动了傀儡的操纵绳。

“你是个年轻人。”他说。

“我比看上去要老。”这句台词是偷来的，但我用的次数足够多，已经被我据为己有了。

“你不记得异端裁判之前的事情了。”

“不记得了。”我承认道。

他踱到架子前，拿下一册旧杂志。“这是电视指南，”他说，“那时候节目众多，你需要有指南告诉你该看什么。”

“拥有这些东西似乎是犯法的。”我说。

“我不管。我搜集这些东西。这是我的一个爱好。拿着，看看吧。”他把杂志递给我。书用透明塑料纸包着。封面上是一群表演者的照片——或许是杂耍艺人，或许是魔术师，我分辨不出来——还有他们的节目名称。

“抽象电视并不是进步，”他说，“有些曾经很平常的东西遗失了。一种艺术形式彻底消失了。”

我没有任何感觉。“你只是在通过这些杂志缅怀过去而已，尽管不应该，但的确有很多人还记得。这和电视没有关系。遗失的平常东西是人民生活中的连通感。对于做我这一行的人来说不是什么新鲜消息。你在谈论的节目不过是那玩意儿的心理反射。”

“你不明白。我在谈论的是一种失落了的艺术形式——”

“我从没看过旧时的电视，”我说，“但我确信当时的节目和现在的没什么区别。都是文化的镜子。现如今的抽象电视只是表现出文化有多糟糕。你觉得你在怀念旧时的节目，实际上你怀念的是那种人与人的接触，但现在已经不可能存在了。”这完全是我边想边说的即席发挥。

他拿回杂志。“如果你还记得过去，就不会这么想了。”

“有这个可能。听我说，医生——不是说我觉得这个话题很无趣，但我来找你是为了谈冯布鲁姆的。我需要见他。”

他轻手轻脚地把杂志放回架子上的原处，转身面对着我。他的笑容十分神秘。“我不怀疑你最后肯定能见到他，”他说，“虽说我不敢说这是什么良好的体验。然而，我无力帮助你与他取得联系。冯布鲁姆按他自己的时间表行动。”

“你知道的比告诉我的要多得多，医生，你的眼角泄露了实情。为什么怕成这样？”

他的笑容迅速蒸发了。“你真的不懂。如果你能够从我的角度看看你自己——要我说，你和丹尼 · 冯布鲁姆简直是一个豆荚里的两颗豆子。见到他的时候请记住我的话。你们都很危险，喜怒无常，热爱擅自闯入，驱使与你们无关的人做事情。你把你的暴力范式强加于他人。丹尼和你的唯一区别在于，他对自己的邪恶更有信心，他没有像你这样给它披上一层自认正义的外衣，因此，他比你更加危险。我愿意把赌注押在他那边，谢谢了。”

“好吧，随便你，”我起身要走，“人往高处走嘛。你显然习惯这么做了。只是这次你最好造条方舟，要下一阵子大雨了。”

“这个说法很有意思。”

“是啊，有意思。”

我走向正门。他只是站在那里。我忽然想起来，应该拿他和母羊的关系做做文章，但一时间什么也想不出来。我打开门，望向阳光灿烂的花园。中午了。

我转身看着室内。“格洛佛，后会有期。”

“如你所愿。”

我当着他白痴般的笑容关上门。沿着车道走向我的汽车前，我先弯腰在草丛中找到了泰斯特法的小电枪。我阖上保险，把枪塞进上衣内袋。

达尔丝的小门关着，但能看见门下透出的光线。听见我的引擎发动，泰斯特法多半会去看看她怎么样了，不知道他们会互相说些什么。他们会做爱吗？他会殴打母羊吗？他经常殴打她吗？

有时不用问题的形式思考或许更好，但这个习惯我就是改不掉。

10

上午过半的时候，我经常要拿自己取乐：夜里我已经戒断了瘾头，这会儿不需要那东西，以后也再不需要了；然后我总是一拍脑袋，我真的好久不吸了呀，于是开始东翻西找寻觅小包粉末和麦管。和泰斯特法快要谈完的时候，我血液系统中最后那点儿成瘾剂大概也消耗干净了，等我回到车道底下，坐进自己的车里，这时候我最需要的就是吸上一两条本人的特制混合物。

我翻了一遍衣袋，希望在到家前找到些什么东西先灭灭火。没找到雪茄。紧接着，我想起在手套箱里见过几个半满的小袋。外面越来越暖和，今天天气不错，车道尽头的空地就仿佛位于森林深处。我在车里看不见泰斯特法的屋宅，耳边只有大自然的声息——鸟鸣，头顶树叶间的风声。我没关车门，坐在座位上，把手套箱里的东西拽出来，在膝盖上摊成一堆。

我总算找到了一个几年前的小口袋，那时候我还没有找到足够可靠的混合配方，还在试验各种各样的组合。粉末结成团缩在小口袋底部，我用大拇指和食指将其碾碎。把一小块一小块硬结粉末塞进鼻孔的时候，我想我并没有对可能产生的效果想太多，等我再次望向手中的小口袋时，它已经空了。

我把小口袋扔出汽车，关上车门。等待混合物起效的当口，我突然意识到拿来殴打医生的右手疼得厉害。我在车道尽头体验到的孤绝感渐渐消失，混合物进入血液循环系统的时候，我正在转动引擎的点火钥匙。

这种促进剂和我用惯了的配方之间存在差别，使得我渐渐滑进一种被篡改了的意识状态中。我不再能够描述我的独门配方造成的效果，正如我无法描述意识状态本身一样，因为这两者变得密不可分。然而，这个旧配方很不一样；我觉察到大得不寻常的相信剂用量，而我平时吸惯了的后悔剂却分毫没有。引擎在转动，阳光透过挡风玻璃灼灼闪耀，我坐在车里，听凭此刻的新鲜感觉席卷而来。

相信剂是一种很好玩的东西。你会乐于屈服，会快快活活地住进它提供的一个舒适而令人倍感安全的世界——难怪有许多人喜欢使用这种药剂。但它不适合我。我的猜疑天性会过度补偿，结果让这个成分逆火回爆：我变得偏执妄想，疑神疑鬼。当然，我的意思是比平时更加严重。不过，在泰斯特法家的车道尽头，沐浴在阳光下，我发觉自己正在放纵相信剂起效，任其将我席卷而去。幻觉中这个低眉顺眼、温文尔雅的存在不是我的，不可能属于我，但在这包旧粉末失效前，我也可以暂时与之和平共处。要是能返回过去，警告那位吸食这种药物的年轻人，他所从事的行当有多么糟烂，一个灰眼金发女郎将把他变成一个疲惫不堪的早衰老傻蛋，我情愿付出极大的代价。

等我最后看表的时候，已经一点差一刻了。想到奥顿·安格韦恩正在某个酒吧或者某家餐馆躲藏，他这辈子最后的几个钟头正在一分一秒地逝去，而我却坐在太阳底下回忆昔日与现在吸食的药物有多么不同，我羞愧得连忙投入了行动。我松开踩着刹车的脚，让省油车退出这个死胡同，驾车驶出镶在丘陵边曲折如迷宫般的道路，回到了平原地带。

我的本能叫我去蔓越橘街的大宅，最大限度地利用我或许拥有的少许优势。公路上的微风吹散了重重蛛网，我又重新开始思考案情。促进剂的效果已经减退，接受剂、相信剂和逃避剂属于来得快去得也快的成分，不过我的循环系统里还存有足够多的药物，让我继续有舒适的感觉。挠破所有混合配方的表层，底下找到的东西毫无区别，都是各种促进剂的共有成分：成瘾剂。其他东西不过是锦上添花而已。

我在蔓越橘街尽头的大宅前停稳车子，懒得花时间藏匿汽车，也没有掩盖我打算上前揿响门铃的企图。街上停了几辆车，但没有一辆眼熟的，因此我无从得知有没有人在家以及有谁在家。这没什么。无论找到谁，我都有话题可以谈，即便没人在家，我也可以找到自娱自乐的法子。

我揿响门铃，耐心等待，但无人应门，我试着推了推门把手，门自己开了。透过门厅，我能望见我昨天与小猫和塞莱斯特聊天的客厅，此刻那里空无一人。我走了进去，关上门，环顾四周。

楼下的一切都很整洁，过于整洁了，与其说是有人居住的房子，更像是博物馆展览厅。窗户的设计思路是尽可能让阳光照进室内，它们正忙着完成这项任务；室内看起来像是涂了一层光线。谁也没把家中无人的消息告诉窗户和阳光，否则它们倒是可以休息休息了。

我走进厨房，厨房里也没有人。我看了看冰箱和储藏室，库存相当完善，但我却提不起食欲吃东西。我回到客厅，面对观景窗站好。我花了很多时间透过观景窗窥探室内，站在室内让我觉得自己有了肉身。我花了一分钟长久地望向风景，视线越过单轨高架铁路，落向雾气拥抱海滩的地方。双眼的焦距忽然改变，我所望着的不再是窗外景物，而是窗玻璃本身和我的镜像，我身穿褴褛的长外套，戴着帽子，站在这个因为眺望冰冷而潮湿的海滩变得浪漫的客厅里。我这是想糊弄谁呢？从我的住处到海湾不过五分钟车程，但我就是懒得开这五分钟的汽车。

上楼的时候，地毯吸走了我的脚步声，让我无意中变得鬼鬼祟祟的。这幢屋子里的所有东西都让我觉得格格不入。我先走进塞莱斯特的房间，放下遮光帘，让自己感觉更舒服些。床没有整理，枕头上扔着一件衬衫；除此之外，这个房间和楼下一样整洁。我走到五斗橱前，拉开顶上的抽屉，里面放满了袜子和内衣。底下的抽屉里只是更多的衣服，中间一层抽屉几乎空着。看起来，塞莱斯特在这个房间才住了几周时间。这是一间客房，她正处在过渡时期，即便她有什么秘密，也肯定保存在其他地方。衣物挺好闻，我允许自己多闻了一会儿，但只是短短一会儿而已，接着，我关掉灯，回到了走廊里。

最顶层一共有三个房间。我飞快地看了两眼一个凌乱的房间，这里无疑属于婴儿脑袋；然后是一个整洁的房间，无疑属于小猫咪，两个房间里都没有活物。等我确定这幢屋子里只有我一个人了，我就不再勉强自己刻意保持安静。

打开通往潘茜·格林立夫的房门，我的眼睛花了一小会儿才适应昏暗的光线，分辨出床上有个衰败的人影。她裹在被单里，或者在睡觉，或者失去了知觉；她的黑发披散在枕头上，唯有这一点告诉我，她不是一件摆设或是床上用品的一部分。我没有开灯，走进了房间。

床边的桌上满是一堆堆的促进剂，还有静脉注射所必须的各种器具。针管摆在床上她的身旁。从这个准备充足的场面看，她不是第一次在胳膊上扎针了。我伸手摸向她的脖子，想试试是否还有脉搏，这时候，她却机械地睁开了双眼。她眨了几下眼睛，然后闭上嘴，酝酿出足够多的唾液帮助说话。

“你是那位调查员。”她说。她没有移动任何肌肉，声音是从一个生命力的小蓄水池里挤出来的，除此之外，这具躯体死气沉沉。

我说她说对了。

“我知道你会回来，”她说，“我的卡片在衣橱里。”

“我不会从你的卡片上取走羯磨，”我说，“我不是那种调查员。”

她再次闭上双眼。她像是房间的一部分，灰色而阴暗，只是偶然显露出一下人格，然后又重新恢复灰暗苍白的状态。我拿起床上的针管，放在桌上的促进剂旁边，免得她翻身时扎疼自己。

她显然是个有经验的静脉注射者，但同样显然的是她此刻的状态不怎么好。我不喜欢坐视她死去的念头。我走到她存放卡片的衣橱前，拉开抽屉时故意闹出许多响动，但她没有任何反应。

抽屉里装满了纸张。我开始随意翻看，脑子里没有什么特定的想法。在各色账单、收据和直邮广告信之间，我偶然拿起了一个满是建筑蓝图的文件夹，里头还有一张手写的建议书。我随便扫了两眼蓝图，若不是注意到建议书是要在蔓越橘街的这片土地内额外添加结构，我恐怕会过眼就忘。建议书使得我又看了一眼图纸。

我并不擅长读蓝图，但最顶层的平面图却很容易看懂。图上有排满了一面墙的双层床，像是为进化了的动物大军准备的军营式卧室。我更仔细地打量起来。如果我没有拿错蓝图的方向，那么这些成双成对的床在北面墙边一共放了八张。北面那堵墙的标注仅有二十英尺长，算下来每张床还不到三英尺。这个点子很有趣，让动物如士兵般睡上下铺，想到这地方就在蔓越橘街豪宅的后院，事情就更有意思了。我把建筑结构牢记在心，将那些纸张塞回抽屉里。

“那是我的东西。”她说，我依然背对着她。

“我在找出生证明。”我答道。

“巴里的……”她的声音中有几分惊恐，“你找不到的。”

“我才不管巴里。我在找你的。”

“我不明白。”

“格林立夫女士，我是你弟弟的朋友。我正在琢磨‘安格韦恩’这个姓氏去了哪儿。格林立夫先生是谁，他在什么地方？”

她抓住床沿，转过头面对我。“没有这个人。”她的声音仿佛耳语。

“我懂了。潘茜·安格韦恩？姓名不怎么登对嘛。”

“派翠西亚。”

“没结过婚？”

“没有。”

我关上衣橱抽屉，回到床边。潘茜只是望着我，眼神空洞，一言不发，我用手指拈起桌上的促进剂，凑到鼻前仔细嗅闻。

“巴里是谁的孩子？”我问。

我想她大概以为我要问关于药物的事情，因为她的眼神在桌上的器具和我之间飘来荡去好几次，仿佛两者之间存在什么联系。其实这只是因为我的双手实在无事可做。

“那是我的事情。”她说。她的双眼又想闭上，但她在竭尽所能地抵御睡魔侵袭。我让她精神紧张。如果能在她半梦半醒挣扎时一直让她说话，我或许能挖出些什么情报。

“你为斯坦亨特做事，”我提示她，“具体是干什么的？”

她饱受折磨的小小躯壳深处爆发出一声鼻息，她用双手死死掩住脸庞，仿佛战争烂片中的受伤士兵捂住肚肠。趁她对面部的控制能力尚未恢复，我把一张百元大钞折成小信封，舀起一撮她的促进剂，封好后揣进衣袋。

“要喝杯水吗？”我问。她点点头。我到毗邻走廊的洗手间里接了杯水端回来。她用双手捧住杯子，一口接一口平静地喝完了一整杯水。

“你得把你为斯坦亨特工作的事情告诉我。”我说。

“斯坦亨特——”她犹豫起来，停下了。

“他给你买了这幢屋子。”

她抬起头，目光锐利。“不，我自己买的。”

“钱从哪儿来的？”

她想撒谎，但一时想不到合适的点子，因此只是瞪着我。对于长时间尽量避开麻烦的人来说，遇到需要回答直截了当的问题时总有些笨口拙舌。他们似乎没法像经验丰富的骗子那样事先准备好全套说辞。他们仿佛认为问题不需要回答，只要像打苍蝇似的一拍子消灭掉就行了。

“你的弟弟认为巴里是斯坦亨特的儿子，这幢屋子是某种方式的谢礼，换取你保守整件风流韵事和怀孕生子的秘密。”

“你也这么认为。”

“我很愿意听听其他的说法。你的弟弟没有做过功课。如果你是斯坦亨特的情妇，塞莱斯特为何在需要藏身之所时跑到你这儿来？”有时候，你只要把脑子里的思考过程大声说出来，听众就会有冲动插嘴帮你纠正思路。

“斯坦亨特医生和我从来不是情人关系。”

“我相信你。光一个塞莱斯特就够梅纳德·斯坦亨特头疼的了。另外，塞莱斯特很难控制。我想你已经发现这一点了吧。”

“塞莱斯特是我朋友。”她说着在床上坐起。她投过来的眼神在说问答时间即将结束。“我让她暂住多余的客房。我不后悔。”

“不知为何，我觉得实情比你说的更复杂。”

楼下的门铃响了，我们两人都吓了一跳。我从进屋后就在等待塞莱斯特现身，因为之前监视时我极少看见她出门。然而，塞莱斯特是不会揿门铃的。

“我去。”我说。来者如果是异端调查局，我反正也脱不了关系。我的车就停在门前，另外，他们要是想找我谈话，肯定会堵住所有的去路。

潘茜把空杯子搁在床边的桌上，杯子外壁的冷凝水覆上了一层促进剂构成的白色包膜。“好吧。”她说。她还在迷雾中艰难跋涉。

我走到楼下，深深吸气，然后打开门。一位衣着整洁、三十岁上下的女士站在门口，身后有个穿套装打领带的男人正在上台阶。“你好。”她说。

我也问了声好。

“我们是心理学的学生。如果您不是很忙的话，我们想给您念一段弗洛伊德的《文明及其缺憾》。”

我花了足有一秒钟的时间才驱散疑惑。这种事情可不会发生在我居住的地段。“不了，”我说，“谢谢你们，但不了。我本人不是信徒。”

她没有大惊小怪，还祝我今天过得快乐。关门的时候，我看见穿套装的男人已经在打量隔壁那幢屋子了。

等我回到楼上，潘茜·格林立夫——还是该叫她派翠西亚·安格韦恩？——坐在床沿上，睡衣恢复了平整，棕色的眼睛灵活明晰了。床边的桌子清理得一干二净。

“我不知道你叫什么。”她说。

我报上姓名，等待她整理思路。

“你肯定知道我的弟弟在哪里……”

“你的弟弟有了天大的麻烦。我让他在我的办公室过夜。接下来将会怎样，很大程度上取决于你。”

“你是说安排维护他的躯体——”

“我是说请把你对谋杀案的了解告诉我，好让我搞清楚前后经过。潘茜，他还没有变成冰冻躯体。他是个惊恐的年轻人。纠缠斯坦亨特是他犯了错不假，但我不认为人是他杀的。你觉得是吗？”

“我不知道。”

我只能报以微笑。“告诉我，接下来你打算怎样？继续保留这幢屋子？”

“斯坦亨特医生的过世与此无关。”

“对不起，我忘了。斯坦亨特的过世对你不造成任何影响。但那个婴儿脑袋怎么办呢？”

“你去问他本人好了。”她说。她正在恢复镇定，这意味着她对我的讯问越来越忿忿不平。“我不认为他会表现出多少兴趣。”

“我想我会的，”我答道，“他住在哪儿？我指的是他不回家的时候。”我添上后半句是出于礼貌。婴儿脑袋在蔓越橘街大宅里停留的时间一向顶多只够吃块三明治的。

“他喜欢在电报大道的婴儿吧消磨时间。我估计那儿有睡觉的地方。”

“他在逃避你，对不对？”

一丝愤怒跳上她的面孔，又迅即消失。“他和其他婴儿脑袋没有区别。都是成长疗法的结果。他和以前不一样了。”

“塞莱斯特呢？”我说，“她接下来打算怎样？”

“我觉得你该问她本人。”

“我想我会的。上哪儿能找到她？”

“我不知道。今天早晨起来的时候，她已经离开了。”

“什么时候能回来？”

“那是她的事情。”

“换个说法，你指望跟她共进晚餐吗？”

“跟塞莱斯特待久了，我已经明白最好什么也别指望。”

这番对话越来越像一个人打乒乓球。我不知道接下来该干什么，但我知道眼前这一步算是走到头了。

“我这就告辞了，”我说，“有什么临别赠言要带给你弟弟的吗？”

她在床边别过脸。她看起来镇定自若，但我不认为她心里有多好受。十分钟以前，她连把针管从床上放回桌面的力气都没有。“滚出去。”她最后说。我看得出，这句话是她硬挺着说出来的。

我走向房门。

“你不该假定我的人生是绕着我弟弟转的，”她说，“我有好几年没见过他了。我不再了解这个人，他当然也不了解我。我有我自己的生活。他要是犯了错，在我看来，那就理当付出代价。”

“在我看来，他犯的错就是来探望你。”

她在瘦巴巴的胸前抱起双臂，用冰冷带毒的目光刺穿了我。“快滚。别靠近我，别靠近这屋子。再趁我睡觉的时候摸进我的房间，我就空手宰了你。我向上帝发誓。”她坐在床边，像谈论天气似的说完这番话，但我看得出她瘦骨嶙峋的身躯在颤抖。

我没有费神提醒她，我进屋时她正在做的事情并不是睡觉。我默默离开，回到车上。我前后打量这条街道，那两个弗洛伊德傻鸟已经放弃传道，回家去了。天空暗沉沉的，云团如怒涛般遮蔽了太阳。湿漉漉的风从屋后的丘陵地带吹来，吹得我后脖颈发凉。快下雨了。我摇起车窗，沿原路返城。

11

他们没指望我会晃晃悠悠走进异端调查局的接待大堂。从没有过。我对前台报上姓名，他们派出来迎接我的家伙不是摩根兰德，或者科恩菲尔德，或者与斯坦亨特案件有关系的任何人。来的甚至不是个男人，而是个姐儿、妞儿、小娘们儿——我真不知道想要扮得有礼貌的时候该怎么称呼她们，因为我这人向来都很粗鲁。但她让我想要变得有礼貌，让我想变成我实际上不是的那种人。

我从座位上起身，她朝我走来，我们之间的距离忽然比应该保持的近了不少。我很喜欢这样，但实在太近了。她甚至没法抬肘跟我握手，我连忙退了半步。或许是我的错觉，但我抽身时确实感受到了她贴近的温热身躯，就仿佛她在我的上衣和裤子的正面留下了什么烙印。

“我叫凯瑟琳·泰利普罗姆特，”她说，“麦特卡夫先生，是哪阵风把您吹来的？”

这个问题告诉我，她的全名是泰利普罗姆特调查员。我遇到过几个这么年轻的调查员，但从没见识过这么漂亮的。我抹平脸上的邪念，说道：“去您的办公室详谈吧。”

她领着我拐了几次弯，穿过几条走廊，来到她的办公室，这个房间不比小酒杯大到哪儿去。我猜她是新来的。她到办公桌前落座，我坐进狭小的空间内仅能容纳的另外一把椅子。

她往后一靠，如帘幕的黑发洒落在肩头，露出的喉咙让我愿意花上一个钟头把玩。每天一个钟头，或者每小时五分钟。这使得我们很难开始谈话。我在盯着她看，她在盯着我盯着她看，她知道我在盯着她看，我知道她知道我在盯着她看，如此周而复始，永无穷尽。她扭头去看显示屏，终于打破了魔咒，发紫的光线照亮了她眯着眼睛看屏幕的面容。我觉得她需要戴眼镜，但不愿在我面前拿出来戴上。

“康拉德·麦特卡夫。”她说。

“正是在下。”

“私家调查员。执照五月到期。最后一条记录由摩根兰德调查员签入。他说必须要把你踢出某个案子。”

“真不知道大家为什么管这儿叫官僚机构。那是昨天才发生的事啊。恭喜了。”

“这么说，你想找摩根兰德谈谈。”

“直到你出现为止，的确如此。”

“要我怎么通报你的来意？”她没好气地问。

“就说我需要借电动汽车，不知他是否有电缆可以借给我。”

她拉开抽屉。“麦特卡夫先生，把你的卡片给我。”

我把手伸进衣袋。“您要明白——”

“你的卡片。”她打断我的发言。我递了上去。

她用解码器扫描我的卡片，我默默等待。

“麦特卡夫先生，对于一个闯进异端调查局、不回答问题而是乱开无聊玩笑的人来说，你的羯磨点数实在不够。”她把卡片放在她面前的桌上。

“事情和这个案件有关系，”我说，“按理说我应该放手，但案件就是要跑过来蹭我的脚踝,还咕噜咕噜直叫唤。我想让摩根兰德知道，我正在努力遵守他的指示。”我露出比较讨喜的笑容，她接受了我的好意，不过速度很慢。

“让我查查看他在不在楼里。”她说。

“不,别查。请允许我先问几个问题。”我伸手探过桌面去拿卡片，但她抬手盖在了上面。我险些把手按在她的手上，但事到临头想想还是算了。

“关于摩根兰德的问题。”我尽量把注意力集中在案件上。从功能角度而言，我不是男性，眼前这位漂亮的调查员按说不该让我忘记这一点。我想对她探出的那部分躯体如今不知在何方。“在这个案件里，他受谁的操纵，又是为了什么？他是局外人，来自其他辖区；如果调查局不想让他开展工作，那到底为什么要把他调过来呢？”

她恶狠狠地看着我。“你不该随便问出这种问题，你又不知道自己在跟什么人说话。你得到的或许会比答案更多。”

“我不确定自己介不介意这点。”我控制不住自己的舌头。

“我确定你应该介意，如果你明白我到底在说什么的话。拿着。”她把卡片滑到我够得到的地方，“我必须请你离开我的办公室了。这场对话的后果不是我能承担得起的。”

她揿下控制台上的一个按钮，请求和摩根兰德说话。接通摩根兰德后，她报上我的姓名，请他来接我走，然后挂断了通话。

“太糟糕了，”我说，“我们俩能谈出不少有水准的对话。”

“你曾经为异端调查局工作，对吗？”

“是的。”

“调查员。”

“想拿到私家调查员的执照，这是唯一的办法。”

她仿佛才看见我似的仔细端详着我。“发生了什么？”

“除非也发生在你身上，否则你理解不了这个问题的答案，”我说，“我不打算试着解释给你听。”

门上传来一下更像是指节刮擦木板的敲门声。泰利普罗姆特调查员轻推一下桌面上的按钮，门随之滑开，摩根兰德说话时横眉冷目静静守在门口的科恩菲尔德探员出现在眼前。尽管我在他和摩根兰德之间觉察到了紧张气氛，但他们俩显然还在共事。他心照不宣地对凯瑟琳·泰利普罗姆特点点头，仿佛我不过是一个难以处理但又不得不递送的包裹，接下来，他伸出大拇指对我点了点，又对着房门点了点，前后顺序便是如此。

我拿起卡片，收进上衣口袋，我在口袋里摸到了几张卷角的名片。我抽出一张名片，放在羯磨卡片刚才所在的位置。“打电话给我。”我说，但我想不出天底下有什么理由能让她打电话给我，于是只点了点头，留下一个笑容就离开了。

科恩菲尔德没有任何反应。他拉开门站在那里，明白告诉我别在说再见上浪费时间。泰利普罗姆特调查员眼睛眨也不眨地看着我，说道：“别憋着气傻等。”不过说话时她的鼻孔微微翕张，我觉得她的双腿恐怕也在桌子底下搭了起来。我终于惹恼了她，至少让她有那么一点儿生气。

科恩菲尔德关门时几乎砸中我的脚跟。我原以为他会狠狠推我一把，他去抓住我的胳膊，转身走向远离正面入口的成排电梯，这时候我还真的吃了一惊。意识到他正驱赶着我前往异端调查局的黑暗心脏，我感到一阵偏执妄想袭上心头，具体为何不得而知。倒不是说这地方自从我在走廊里穿行的日子以来改变了多少，想让我挣脱胳膊、奔向最近一个出口的正是这种彻头彻底的毫无变化。

我们走进电梯。科恩菲尔德往内壁上一靠，揿下按钮，我贴着后壁站好，思绪飘向了其他地方。等电梯门关上，他转身面对着我，眼神霎那间凶光毕露，他把拳头收在腰际，走到我面前，对准胃部正中间狠狠一击。

这是我和他之间交流的最接近于语言的东西。这位兄弟终于向我袒露心声，我想我该感激涕零才是。我完全折成了两截，尽管疼得厉害，但更难熬的是喘不上气。科恩菲尔德转身靠回电梯侧壁，显然已经发泄完了。这家伙即便诉诸暴力也同样言简意赅。

电梯门打开，他再次揪住我的胳膊，带着我走下过道，我则弯着腰拼命吸气。等我们走到摩根兰德的门口时，我终于恢复了镇定，不过直起腰站立仍旧让我的脸挣得通红。科恩菲尔德打开门，推着我走进房间。

摩根兰德有铜章在手，级别使得他的办公室格局不错，铺着地毯，窗户底下还有装零食和啤酒的电冰箱。我跌坐进去的那把椅子即便不是真皮也是能够以假乱真的仿造品。和他拜访我的窝巢时相比，摩根兰德既没有刮过胡子，也没有变得更整洁些。他的双手摊开，压在一叠纸张上，耳朵背后夹了支铅笔。“谢谢，”他抬头看着科恩菲尔德说，“能让我单独和他谈谈吗？”

随之而来的是一段感觉得到的停顿，科恩菲尔德答道：“不行。

我做不到。”摩根兰德只是点点头，科恩菲尔德走到墙边坐进一把椅子。我原以为科恩菲尔德是跟着老大东奔西走的新手，现在意识到我大概未能正确理解他们的职业关系究竟有多复杂。

摩根兰德很快恢复常态。“真有意思，你居然跑到这儿来了，”他对我说，“你做事似乎总是挑最好玩的路子。非常好玩。”他在桌上往前凑了凑，按响指节以示强调。

“我是个滑稽演员，”我说，“你们谁想当我的搭档，角色还有空缺。”

“好玩，”摩根兰德笑着说，再次显露出他的词汇是多么有限，“还好你是说相声的，你如果是私家调查员那可就让人太头疼了。你让事情变得很复杂。你知道安格韦恩在你的办公室过了一夜吗？”

“钥匙是我给他的。”

摩根兰德的笑意更浓了，眼角堆起重重皱纹，活像百货商店里的圣诞老人让小女孩坐在膝头时有了不该有的古怪感觉。“麦特卡夫，你来这里做什么？”

“你把我赶出这个案子，但有条线索缠上了我，”我想钓出他的回答，因此不吝于给鱼钩挂饵，“我想把线索交给你。在掌握住丹尼·冯布鲁姆这个人前，请别把安格韦恩拉去冰冻。”

摩根兰德没有对这个名字做出任何反应。他看了一眼科恩菲尔德，然后又看着我。“冯布鲁姆是什么人？”

“我知道的全告诉你了。他只是一个不停蹦出来的名字而已。可别说我不帮你的忙啊。”

“把他带走吧。”摩根兰德说。他靠回椅子，用手指梳理头发。科恩菲尔德站起身，伸手按住我的肩膀。“在我的辖区，麦特卡夫，我们不给你这种人发执照。在我来的地方，你要是还没进冰冻马车就算你走了狗屎运。”他看着科恩菲尔德，“扣他二十五点，扔到街上去。”

科恩菲尔德拖着我走进电梯，这次我用双手护住了胃部。他领着我穿过走廊，经过前台，回到马路上。雨已经开始下了，诺大的雨点打湿了我的膝盖前端和后脖颈。科恩菲尔德拿出磁性探头，对准我口袋里的羯磨卡片。

“我一共只有六十五点。”我说。

他只是站在那里。

“四十点太低了，”我说，“你知道的。”

风卷起雨滴，横砸在我的脸上。一辆异端调查局的车子驶进我们背后的停车场，两个调查员一路小跑上了调查局门前的台阶，竖起衣领抵挡风雨。科恩菲尔德和我站在雨中，身上越来越湿。他动了动大拇指，我看见磁性探头背后的红色小指示器亮了。“你不该提起冯布鲁姆的。”他的声音带有某种类似于悲哀的东西。

“非常感谢，兄弟。”我说。我的手指本能地护住了衣袋里的卡片。“我会记住的。”

“你这愚蠢的狗屎，”他说，转身走向大楼，“你这愚蠢的小狗屎。”

12

我回到车里，心情异常低落，这得归功于那个足以驱散魔力的组合：胃部挨的重重一拳、卡片上飞走的二十五点，还有循环系统中缺少的两三条促进剂。更有甚者，雨水浸湿了我的衣领，我想吃三明治。乌云依然如街角匪帮般堆积在天空中，照我看，太阳的确被它们吓得够戗。我不是特别清楚接下来该干什么，收的钱也没有多到能让我坐在车里吃午饭的地步。因此，我决定驱车回家。拐弯的时候，我险些撞倒几名路人，我猛按喇叭，离我的车子最近的那个家伙从外套里摸出一个巨大的喇叭，直冲着我吹了回来。我必须承认这实在够新鲜的。

我尽量靠近大楼停好车，但实际上并不真的很近。大团大团的雨点懒洋洋地落下来，在堆满垃圾的排水沟里汇成肮脏的溪流。我把双肩拱得盖住了耳朵，三步并作两步跑到我那幢楼的门口，走进外壁已开始风化剥落的拱道，在黑暗中站了足有一分钟，望着雨水从头顶上的窗台淌下，在距离鞋尖几英寸的地方溅起水花。我有了某种预感。

预感很正确。袋鼠隔了差不多一分钟才追上我，他很确信我没有看见他，因为他走向大楼前门的时候全无隐匿踪迹的念头。他穿一件土褐色的塑料雨衣，缠着头巾充当帽子，耳朵被打结的布条裹着贴在脑袋两侧。我在门口的黑暗中藏得很好，视线相接之前，我已经把他看得一清二楚，他却错失了先机。我们刚对上眼，我就用尽全身力气扑了上去。

我的优势在于突袭。论智力和经验我或许胜他一筹，但想在肉体上打败袋鼠我觉得还是突袭比较管用。我跳上去先是一个扭抱，用双臂擒住他的脖子，继而抬起膝盖猛撞对方腹部，我拼尽全力，能撞几下是几下。我不是运动员，但我干得不错。攻击的力量把我们带回雨中，一直到了门口人行道的半中间。

我知道我制服他了，但我还没有完全表明我的态度。我推着他走过剩下的那一半人行道，把他按在了停在路边的一辆车上，用我的大腿将他死死顶在乘客一侧的车门上。我的脸埋在他颈部湿漉漉的软毛中，臭烘烘的味道直刺鼻孔，但我知道若是退开就会给他强壮的双腿和两脚以活动空间，其结果不是我承担得起的。我抬起双手，勒住他的脖子，推着他的脑袋狠命去砸车顶。他头上缠的布条松开了，如投降白旗般落在我的胳膊上。我再次让他的脑袋去砸车顶，双手紧紧勒住他的颈部肌肉；接下来，我感到他松开了抓住我肩膀的双手，身体朝后倒了下去。

就这样了。他下半身发达的肌肉虽说没有意识指挥，但依然让他保持着站立的姿势，不过他身体的其他部位就没有这么兢兢业业了。我用胳膊挽住他的两肩，领着他走进大堂，把他按在墙上，搜查他的育儿袋里有否藏枪。大楼前门顺着液压铰链缓缓关闭，隔绝了咆哮的雨声，只剩下我的太阳穴传来的脉搏跳动声。我找到枪，塞进我的上衣，把袋鼠推离身边，靠着栏杆瘫软下去。我赢了这家伙，但从我们瘫坐在走廊里的样子却看不出来，我们一样筋疲力尽，一样默不做声。雨水在两人脚边积成小池塘，各自沿着大堂地板伸展出去，最后汇集到了一起。

我望着乔伊的眼皮颤抖着打开。“操他妈的！”他说着伸手去摸后脑勺，缩回来时发现沾湿手爪的不止是雨水。

我拿出口袋里的枪。“进电梯。”

我们一起上楼。袋鼠半躺半坐在我的沙发上，模样相当有趣，他笨拙地翘起二郎腿，没有用的尾巴顶起了雨衣一角，像是什么肿瘤或者勃起的生殖器。我把枪口始终对准他，脱去外套和关门时换了几次手。脏兮兮的白布条跟着我们上了楼，袋鼠把布条又扎在了脑袋上，不过这次用作绷带而非头巾。我从厨房里拿了块纸巾擦干面颊，隔着咖啡桌在袋鼠对面坐下。

我倒空了外衣口袋，将泰斯特法的电击枪放在背后的架子上，把装有潘茜·格林立夫的促进剂的小信封装进衬衫口袋。接着，我把袋鼠的枪放在咖啡桌上，拿出化妆镜搁在膝头。

镜子上这包促进剂是我最后的存货了。我倒空小袋，用纸板火柴的封套把粉末马马虎虎地割成几大条，在袋鼠茫然的目光下将它们一扫而空。熟悉的混合配方接管了身体，现实重新得到标准化，重又变得舒适宜人。我用手背擦净鼻子，拿起枪，往椅背上一靠。

“我想请你带我去见冯布鲁姆。”我说。

“你正在犯错误。”

“犯不犯错是我的事。”我把电话沿着桌子推去，“打给他。”

他拿起电话，拨出一个本地号码，等有人接起时，他的红眼睛紧张兮兮地扫视我的房间。电话铃至少响了三四声后方才接通。

“是我,”他说,“卡塞尔。我需要和丹尼说话。非常重要。告诉他,我和那位私家调查员在一起。不,告诉他就行。”

他把听筒从嘴边拿开,对我说:“你很走运,如果你愿意管这个叫走运的话。”我忍不住笑了,他把听筒递给我。我的枪口指着他的心脏,希望我没有指错地方。

“你好。”对面的声音说。

“你好。”我答道,“我是麦特卡夫。你大概想和我谈谈。”

那头沉默了片刻。“我派手下给你带了话,你指的应该是这个吧。我觉得我的意思已经很清楚了。”

“你派袋鼠做人类的工作,”我说,“我和泰斯特法医生不一样,没那么容易被吓住。”

那声音哈哈大笑。“泰斯特法医生的胆子可比显露出来的要大得多,麦特卡夫先生,你让我吃了一惊。我以为做你这一行的人会明白什么时候应该放弃调查。这个案子里还有一位私家调查员,我们不得不帮助他理解——”

“很显然,你有太多‘以为’的事情了。约个时间和地点让我帮你纠正一下思路如何?”

又是一阵沉默。“我不确定我能明白这样的会面有何目的。”

“其实是这样的。我有个客户就快要进冰箱了,假如我无力回天,至少也得让我弄清楚为什么要拿他开刀,以及他是谁的替罪羊。你没法贿赂我,如果这位乔伊充当的是打手角色,那你也没法吓唬我要我收手。跟我会面,或者我送他去见摩根兰德。冯布鲁姆,我不认为你的袋鼠承受得了异端调查局的折磨。要是你的看法与我相反,那就当我是虚张声势好了。”

“摩根兰德是个问题，”那声音若有所思地说，仿佛正在和朋友倾吐心声，“你大体上搞错了所有事情，但摩根兰德确实是个问题。来见我吧。看看是谁帮谁纠正一下思路。”他呵呵笑着给了我一个皮埃蒙特的地址。我把枪放在桌上手边，拿了个装促进剂的空口袋记下地址。他说七点钟，我说没问题。然后，我让袋鼠听电话，一边动手清空枪里的子弹。

袋鼠说了几遍好的，随后挂断电话。“我得走了，”他说，“把枪还我。”

我收起子弹，把枪扔给他，他在胸口接住了枪。“你这孩子不错，”我说。“冯布鲁姆肯定很欣赏你的工作。只是别再出现在这附近了，明白吗？”

“去你妈的。”他说，双眼在脏兮兮的白布间冒着火光。我指指房门。

他走到一半的时候，我开口说：“乔伊，冯布鲁姆似乎并不怎么关心你。发现脚底下的地毯被人一把抽走千万别太惊讶，到时候下面的东西可就藏不住了。”我其实什么也不知道，但只要有机会就要展示展示力量。

乔伊拉紧嘴唇，鼻孔扩张，砰然摔门而去。我走到窗口，望着他蹚过楼后的积水，走向他停放速可达的地方。等他拐弯离开，我吐出一口长气，试图放松下来，但我的胸膛绷得太紧，耳朵里也嗡嗡地响个不停。我闭上眼睛，努力均匀地呼吸了几分钟，无奈之下干脆放弃，走进厨房倒酒。

我站在窗口一边品苏格兰威士忌，一边眺望天空渐渐变暗，太阳在海湾边缘处的云层背后落了下去。雨已经停了，头破血流的太阳正在往远处爬。接受我的祝福吧；我想和太阳一起离开，去往地球的其他部分。我看了一眼墙上的挂钟。五点半，距离我和冯布鲁姆会面还有一个半小时。我看了一眼电冰箱，不用打开我就知道里头空空如也。

我刚拨通披萨店的号码，门上就传来了敲门声。“请进。”我说，想进来的人反正总能找到办法进来。

来的是安格韦恩，确切些说更像是安格韦恩的鬼影子，而不是真身。他面白如纸，声若游丝。我不得不先安慰他一番，然后才从他嘴里掏出能听懂的答案。

“我叫了辆计程车去见泰斯特法。视线所及的范围内没有人，但通往小屋子的门开着。我走了过去，门把手上有血。我或许在门把手上留下了指纹，我不记得了。”

我告诉披萨店我等会儿再打过来。“你看见什么了？”我问安格韦恩。

“只有血，到处是血，我不想在那儿被当场抓住。”

“你找泰斯特法干什么？”

安格韦恩低头看着地板。“我没法坐以待毙。我想搞清楚他关于斯坦亨特和我姐姐都知道些什么。没有人跟踪我到那儿,我可以确定。有人跟踪我，但被我甩掉了。”

“你太蠢了。”我说。我把酒杯放在架子上泰斯特法的电击枪旁边。

安格韦恩走过去坐在沙发上，几分钟以前袋鼠乔伊就坐在那儿。我打开办公桌的抽屉，把口袋里的子弹和泰斯特法的电击枪放进去，然后锁好抽屉。“你留在这儿，”我说，“我去看看。”

“我总得做点儿什么吧。我都快被逼疯了。”

“你就闭嘴吧，好吗？我明白。”

他目送我走出房门，我觉得他大概就快哭了。我想不出什么合适的话，什么也没说就离开了。

13

开到山丘顶端，我停车等了一小会儿，望着最后几抹残阳消散在夜色中。不是我见过的最好的日落，但看起来比我感觉到的要强很多。我坐回车里，沿着宛如花边的街道驶向戴蒙特法院街，泰斯特法的住处涂满了神秘莫测的血迹，在那里等待着无知访客的闯入。我觉得这个人就是我也没什么大不了的。我这次隔了一个街区停车，踏着路上的积水，步行到车道口上了挂锁的铁链前。看不见其他车辆，也没有调查员的踪迹。尽管只是暂时的，但此刻我单独一人。

黑暗中的车道显得比白天更长。树木在头顶交织汇集，积水反射的光线仿佛空地和屋子之间拉起的罗网。走到车道尽头，我停下脚步，但什么也看不见，什么也听不见。上前几步，沐浴在屋前的月光下，我能看见绵羊住处的房门开着。

没错，门把手上有血。想到安格韦恩，我用袖子擦了擦门把手，但血已经干透了。房间里没有开灯，我钻进矮小的门扉后，第一件事就是摸索着寻找落地灯的开关。首先映入眼帘的是我的手；光是触碰落地灯就让我沾了满手血污。视线从手上转开，我险些撞翻一把椅子，因为我想远离恰好就在脚底下的某样东西。

某人残杀了那只绵羊。有人几乎把绵羊翻了个里朝外。她摊开四肢躺在浸透鲜血的地毯上，房间的四个角落里各自放置了一些她的身体碎块。尸体散发出足以让人胃部凝固的臭味，这说明她的下部肠道被打开了。我的手反射性地去摸前额，随即才想起我的手上有血，我的眉头也沾上了黏糊糊的血迹。我后退开去，想找到什么东西支撑身体，结果一头撞上了天花板。

我再次望向尸体，强迫自己从母羊遇害的方式中找出某种含义，但我无法集中注意力。被掏空的体腔仿佛迷宫，吸引着我的双眼抗拒意识的指挥，一次又一次地滑向被毁伤的发黑的心脏。我没有足够的勇气去迷宫中寻找线索，我关掉灯，回到屋外。

我走到主宅前，试了试门把手，门上了锁。我忽然警觉起来，把双手插进衣袋，沿着车道小跑向戴蒙特街。回车里的这段路上，我没有被人看见，我开着车离开丘陵地区，进了伯克利。

我肯定没有注意自己在往哪儿去，因为我径直驶进了阿尔卡特拉斯大道的临时检查点。还没等我意识过来，调查员已经截停了一整个街区的车辆。炫目的灯光照进我的车里。我听见附近有狗在吠叫，狗大概也被调查局的警笛声吓坏了。

有人敲敲车窗。我用大拇指搓掉额头的血迹，摇下车窗，是两名戴着头盔的调查员，他们手持镇暴警棍和手电筒。比较靠近车子的那位俯下身，说道，“请将你的卡片和工作执照递给我。”

我掏出衣袋里的两张塑料片递上去，一句话也没说。调查员将卡片递给他的同伴，把脑袋又往车厢里探了一截。我在座位里使劲往后躺，他离我实在太近了。

“去哪儿？”

"回家。"我说。

"从哪里来？"

"就在附近兜兜风。"

"他是私家侦探，"他的同伴说，"康拉德·麦特卡夫。"

"兜兜风？手上有案子吗？"

我的身体肯定在颤抖。被虐杀的绵羊不停地在我眼前出现，有那么可怕的一小会儿，我以为他们已经知道了，设置这个检查点正是为了抓捕我归案。"没有。"我说。

"四十五点，"他的同伴说，"够低的。"

"我也是这么跟扣点数那家伙说的。"我说。

"你干了什么？"

"什么也没干。"

"如果我们向异端调查局查询你的名字，会找到什么结果？"

"自己试试看好了。"

"正有此意，"他说，"把车停到路边，关掉发动机。"

我照他说的办了，坐在车里观望临时检查继续进行，让那家伙去调阅我的档案。弟兄们颇为仔细地挨个检查汽车，打开了几辆，在后备箱和手套箱里翻找。他们用解码器读出了一些人的羯磨点数，满脸责备地摇摇头，然后又还给对方。有几个调查员凑到一起，在车后座上脱衣搜查了一个浅黑肤色的女人。这是标准程序。我在调查局工作的时候见识过更糟糕的。

隔了一阵子，那两名调查员回到车边，把卡片和执照还给我。前一位露出意味深长的笑容。"你的档案正待审查，"他说，"不可调阅。"

“这话什么意思？”

“祝你好运，伙计。很高兴认识你，走吧。”

“不可调阅？”

“我说了，走吧。”

他们搬开路障，我驱车离开。

14

我怀着强烈的不祥预感乘电梯上楼，但等我走进住处的时候，却发现一切依旧如故，平常得都有些怪诞了。安格韦恩在我离开时他坐着的地方睡着了。灯亮着，收音机里传出微弱的音乐声。我伸手关掉收音机，从架子上拿起酒杯走进厨房。冰已经化了，但我无所谓。

我思考着我的选择。泰斯特法家里到处都有我的指纹，离开丘陵地带时被临时检查站拦住过。假设杀戮并非出自泰斯特法本人之手，那等他回到家，随时都有可能掀起好大一场骚乱。联系异端调查局，在他们询问前把我知道的告诉他们，这大概最符合我的利益。如果安格韦恩的确甩掉了尾巴，把他交给调查局或许能挣来一些亟需的羯磨点数。对任何人都没坏处，现在必须要兑换几个筹码，否则这场游戏就没法顺利进行下去——妈的，否则什么都没法进行下去了。

我站在门口，望着正在打呼噜的安格韦恩。我很同情他，但我没有负罪感。除了我正在做的之外，我不可能为他做更多的事情了。换了从前世界上还有缝隙可供失足的时候，他这种人总是会在几条缝隙之间跌跤。换到现在，他这种人根本没有生存机会。事实上，这个世界也不怎么适合我这种人。但我没有什么好后悔的。我关掉安格韦恩头上的灯，拿着酒杯走进卧室。

我在床沿坐下，拨通了异端调查局的号码，请总机转摩根兰德。答话的姑娘说摩根兰德不在楼里。我请她转凯瑟琳·泰利普罗姆特，结果相同。我说我想上报一起谋杀案,她提醒我这次通话即将被追踪。我说我很惊讶于居然还没有追踪，她什么也没再说，为我接通了某条线路。那位当班的男调查员的声音带着警觉和怀疑。

“你想上报一起谋杀案？”他照本宣科地问道。

“没错。一只进化了的绵羊遇害，我发现了尸体。”

“这不是谋杀,”他说，“请问姓名。”

“麦特卡夫，私家调查员。我在调查斯坦亨特谋杀案，我认为这两起案件或许有关系。”

“案发现场在哪里？”

“埃尔西利图的一幢私人住宅。”我把地址背给他听。

“你此刻在哪里？”

“在家。”

那位调查员在他的终端上折腾了足有一分钟。我能听见指头敲击的声音。

“康拉德·麦特卡夫？”

“正是。”

“麦特卡夫，你最好来调查局一趟。不，留在原处，我派人来接你。请不要离开住处。我们来找你。”

“听起来不错，但我还有别的安排。不过还是谢谢了。”

“我正在暂停你的执照，”他说，“请不要离开住处。”

“对不起，我们还是另约时间吧。告诉摩根兰德，他可以打我家的号码留口信。”

我把仍在聒噪的听筒放回挂钩上，喝完杯里的威士忌。我在凭经验办事，或许还有些犯傻，但这是我唯一通晓的手法。异端调查局想用毯子遮住这桩案件，我必须在他们下手前跟冯布鲁姆谈话。

冯布鲁姆无疑是案情的关键。他手里的绳子牵着潘茜·格林立夫、泰斯特法医生、袋鼠和斯坦亨特夫妇——算上死去的那位。另外，他似乎也控制着科恩菲尔德调查员。我提到摩根兰德的时候，冯布鲁姆有所畏缩——这位凶狠的铜章探员让科恩菲尔德、泰利普罗姆特和局里的或许其他所有人都神经紧张。

真希望我知道更多内情。绵羊的遇害与案情有何关系，还有蔓越橘街大宅蓝图里的动物军营。梅纳德·斯坦亨特在那家跳蚤窝般的廉价旅店干什么。声名显赫、地位超然的斯坦亨特夫妇与苍白的小毒虫潘茜·格林立夫究竟是什么关系。我很愿意相信奥顿·安格韦恩的推测，相信斯坦亨特和潘茜有不伦恋情，但我实在做不到。

不行，我不能坐等调查员上门，那代价太大了。我在别处还有事情要做，尽管我并不清楚那到底是什么。还有另一个问题：该拿安格韦恩怎么办？如果留他在这儿睡觉，那还不如用礼品纸给他打个包再扎上缎带呢。

我把杯子放进水槽。安格韦恩还在黑暗中打鼾。我走过去用鞋碰碰他的腿。他的眼皮忽闪着睁开了。“我要出去，”我说，“门自己会上锁。如果我是你，就不会留在这儿。”

我从衣橱里取出一顶帽子，穿好上衣，打开里面放着枪的抽屉。

我不想给破门而入的调查员添麻烦。出门的时候，安格韦恩在沙发上坐了起来，满脸惊诧的表情，仿佛被我打断了一个以假乱真的美梦。

我过街走向轿车，异端调查局的厢式货车恰好在大楼门口停下。我在我的车旁蹲下，隔着两层车窗观望，调查员鱼贯而出，冲进大楼门厅，如一群肉食鱼类般拥簇成团。等他们全都进了大楼，我钻进车里，发动引擎，我的手在安全刹车上颤动着。我不能留在这里看热闹，再说接下来的事情也很容易预测。我开车拐弯，在路边停下来，等待颤抖结束。

抛开安格韦恩，从某种程度上来说，我更容易开展工作。我花了太多精力保护他，因而失去了客观性。现在我以自由探员的身份上阵，要保护的只有自己的利益。这样的处境更适合我。如果我能在过程中撇去假象，揭示真相，那安格韦恩的钱或许也花得不冤枉了。如果没能做到的话——好吧，至少我努力过了，再说这钱本来就不是他的。我觉得挺不错。

我觉得自己是个彻头彻尾的混球。

15

六点半。我驱车来到奥克兰，在一条静悄悄的巷子里停好车，步行返回大道上。这条街上唯一营业的店头就是卖促进剂的，路面的积水和已经打烊的店家橱窗反射着它的霓虹灯招牌。海湾方向刮来的劲风直扑丘陵地带，爬上促进剂店门口台阶的时候，风吹得我的鼻子和耳朵生疼。推开门，电铃响起。我放下衣领，走向柜台。

“马上就来。”制剂师说。他正眯着眼睛看电脑终端，沟壑纵横的面孔和钢丝边眼镜沐浴在莹莹绿光之下。他年约四十五岁，发际线后退得厉害，露出一个布满皱纹的高额头，两耳上方的头发雪白，实验桌上小心翼翼地分成一小堆一小堆的粉末也是这个颜色。他在左手边的记事簿上抄录了一个化学方程式，两眼始终没有离开显示屏，接着又输入另一组姓名和配方，因为看见了什么而自言自语起来。我只是站在那里悄然旁观。

“姓名。”他扭头对我说。等我回答的时候，他被镜片放大的双眼飞快而冷漠地扫了我一眼。

“康拉德·麦特卡夫。”我答道，随后报上配方号码，这让他有些惊讶。我总能记住配方号码，原因不得而知。

他转过头，在键盘上敲打了一阵。“接受剂。”他念道。

“大部分是。”

“现如今很少看见配方里没有遗忘剂。”他说。

“从来不喜欢——”

“一个人的——”

“对对对。听我说……如果我给你几个名字，你能把他们用的混合物的配方调出来显示在屏幕上吗？”

他停下正在敲打键盘的手，扭头投来空洞的视线。“先生，你刚才向我提了个问题。”

我把执照摆在柜台上，等他细细端详完毕。他用一只手拿着眼镜，另一只手举在空中，像是触碰了执照就会倒霉似的。等他看完第二遍，我把执照塞回外套口袋。

“怎么说？”

“你知道我不能这样做。”他用尖利的声音责难道。他眯起眼睛，仔细打量着我。我从上衣口袋里掏出安格韦恩的一张百元大钞，一撕为二，把半张放在执照刚才放的地方。制剂师端详半张钞票的神色要比看执照的时候快活不少。他推推眼镜，手仍旧放在面部中间，抬起头看着我。

“每个名字都要有这么一张。”他平静地说。

我笑着拿出又一张百元大钞，撕成两半，把同样的半张放在柜台上。另两个半张留在衣袋里。“格洛佛 · 泰斯特法。”我说。

他紧张兮兮地扭头敲打起了键盘。“稍等片刻，”他说，“必须先搜寻配方代码。他去的是另外一家店。”他的手指飞快而难以解读地敲打着按键，在绿色光线中皱着眉头，仿佛崇拜磷光神祇的地下生物。屏幕上出现了一个配方。“很标准，”他告诉我，“遗忘剂，逃避剂，成瘾剂。没什么特别的。逃避剂的量很大。”

“跟我说说逃避剂。我没有用过这东西。”

这位老板喜欢在店里聊天，聊天能让他放松。“大体而言，加速压抑作用。还有降低疑义度。想试试看的话可以给你的配方里加点儿。”

“不了，谢谢。”

门上传来一下敲门声，我们两人都扭头去看。我快步走过去开门。外面有个人的手正握着门把手，我猛然一拉，他脱了手。

“打扰了。”他说。

我掏出执照，在他眼前亮了一下，快得不让他看清。他张嘴想说什么，但隔了一秒钟也没酝酿出任何话来。

“几分钟后就要关门了，”我说，“造成诸多不便还请谅解。”

那人看我没有让路的打算，便嘟嘟囔囔地走开了，我关上门，回到柜台前。两个半张百元大钞已经消失了踪影；放钱的地方现在摆着一小瓶我的促进剂，标着制剂师的名签和我的配方代码。我把小瓶塞进外套口袋，“好吧，忘了泰斯特法。试试梅纳德·斯坦亨特。”

即便他从昨天收音机播报的谋杀案中听说了这个名字，脸上也没有显露出任何神情。“这个就比较有意思。”配方闪现在屏幕上以后，他说。我从他的肩头望过去，但那些符号对我而言毫无意义。

“配方几乎全是遗忘剂。”他说。他更仔细地看了一会儿。“有趣的是他把这东西用作改性剂。”他将配方推出屏幕上方，研究着斯坦亨特档案的其他内容。

“什么意思？”

“我听说这东西已经出现了，”他说，“但还是头回亲眼看见。他在配方中使用了缓释组分。这是一种前后连接的方式，能让体内永远存有药品。非常聪明，前提是你能驾驭得了的话。”

“如果驾驭不了呢？”

他轻蔑地笑了一声。“就会忘记你赖以为生的活计，忘记你住在哪条街上，甚至名字——诸如此类的东西。”

“有什么好处呢？”

他好奇地看着我。他发现自己正在喋喋不休地说话，忽然决定还是少说为妙。我以为他将就此打住，但他还是说了下去：“我不晓得自己正往什么事情里头钻。”

“你不会让自己牵涉进任何事情的。我很快就将离开，你将多两张百元大钞。这种改性剂有何好处？”

他用握紧的指节按摩前额，我看得见他重重地吞了口唾沫。“你那位先生是个医生，或者他找了个医生帮忙，或者他蠢到了家。调整遗忘剂的用量，这是个非常精细的平衡活儿。日后也许能彻底搞清楚怎么用，但现在还没有。”他露出意味深长的笑容。“如果做得好，他能用促进剂整段整段地完全抹掉经历过的事情，用时间连续感填补造成的空缺。这正是遗忘剂的目的所在：强迫自己做某些你甚至不愿想起的事情。被压抑的记忆不可能返回。这是做得好的情况，但他却不然。因为你不能这么控制遗忘剂。”他气恼地看着我说，“应该够了……”

“还没呢。”我从裤袋里掏出用百元大钞折的小信封，里面装着我从潘茜·格林立夫的床头桌上舀走的促进剂。这是贿赂、容器二合一。“看看这个。”我说着把小信封滑过柜台。

他瞪大的眼睛在我和那个小口袋之间来回切换数次，好奇心或贪欲终于占了上风，他把药粉放在了显微镜底下。我趴在柜台上看着他。他从显微镜的目镜上抬起头白了我一眼，然后开始翻查桌上一册打开的参考书。他从目镜换到参考书再换到电脑终端，然后将促进剂倒进一只牛皮纸信封放在柜台上。百元大钞不见了。

“如果我是你，就不会四处出示这东西。”他小心翼翼地说。

“那是什么？”

“空白剂。一种受控制的组分。快收起来。”

“有什么用处？”

他额头的皱纹变得有两倍深。“我告诉你空白剂是什么，”他说，“然后我希望你能带着它离开。假设我认为你完全不知道这是什么。”

“反正你喜欢就好。”

“空白剂这东西非常凶猛，”他说，“这是遗忘剂的最初原型。上头发现这东西彻底掏空了受试者的内心世界，因此收了回去。使用者还是能吃喝拉撒睡，但只是凭借惯性而已。”他再次推了推眼镜的鼻托。“可以理解为即视现象的反面——什么也不能让你想起任何事情，包括你自己在内。”

“真可爱。”

“很高兴你这么想。现在请收好这东西，把我的钱给我，在我给异端调查局打电话前离开。”

我抬头看向他那双被镜片放大了的眼睛，视线相接时他立刻眨眨眼，朝别处望去。我拿起信封放进衣袋。我忽然非常厌恶这个制剂师，这个眼若猫头鹰、卑贱如细菌的制剂师言之凿凿，宣称某个成分比其他成分更加不合法，我想象不出有任何东西比他还要低劣、还要龌龊的了。我伸手探过柜台，一把揪住他的衣领，但无论是他还是我自己都不知道我想干什么。

我随机应变起来。“留着你那一半钱，”我说，“我留着我这一半。很快还会需要你帮忙。如果你想给异端调查局打电话，那就请便吧。我想我们都明白这点子不够明智。一两天后再见。”我将他从柜台前推开，系好外套纽扣，推门扬长而去，没有给他回嘴的机会。

坐进车里，我摇下车窗，在那儿坐了一分钟，风呼啸着吹过车头格栅，卷着枯叶飘过车头盖，往丘陵地带的方向去了。我的心情很糟糕。我不确定我是否喜欢这个案子，因为手边的唯一线索是各位案件关系人使用的不同药物。这过于贴近我的生活了。

我摸了摸衣袋里那瓶新的促进剂，只是为了确定小瓶子还在那儿。的确在，那一小包空白剂也在。有那么漫长而凄凉的一分钟，我思考着要不要吸下去算了；接着，我拿出那个信封，打开车门，把空白剂洒进了排水沟。

16

冯布鲁姆给我的地址是位于丘陵地带的一幢房屋，而这幢房屋更是占据了一整座丘陵。景象蔚为壮观。但当我摸黑走向正门的时候，却发现小径两边都有全息投影仪发出的光束；等我穿过投影光束，那幢屋子融化在了夜色中，取而代之的是一个铁皮盖顶的楼梯井，它像地铁出入口似的拔地而起。我转动把手，推开门。台阶铺着橘红色人造草皮，墙上有过不合法的涂鸦，但后来又被擦去。冯布鲁姆大概很快就失望了。我或许应该停下来涂抹点儿什么，但我赴约已经迟了，再说我也想不出能写点儿什么。出来的时候说不定就有主意了。

台阶底部是刺眼的强光映照下的混凝土地面。光线无疑来自没有灯罩的灯泡，我能分辨出一个黑影在灯泡前晃来晃去，除此之外什么也看不清。沿着台阶向下走到一半，两只脚映出眼帘，它们在一张台子或办公桌底下伸头探脑，在混凝土地面上敲打着懒洋洋的节拍。我走完了剩下的半截阶梯。

办公桌前的那男人顶多五十岁，但整张脸都是鲜艳的红色，仿佛他的血管正企图挖穿皮囊逃之夭夭。等我闻到他的呼吸时，我就明白这不能怪血管了。气味渗进我的鼻孔，黏在了鼻毛上。如果这位就是冯布鲁姆，那我们恐怕谈不了太长时间，如果不是，那我就可以理解他为何被发配到地底下来看守办公桌了。他在实战中派不上用场：那种呼吸是不会被认错的纹身，是终极指纹。这家伙微笑时从嘴角泄露了更多毒气，我险些晕厥过去。他看起来很高兴见到我，当枪口顶上我的后脊梁时，我明白他为何这么有信心了。

结果我发现枪拿在那只袋鼠的手里。他用枪口顶着我的后背，拿前爪搜了一遍我的衣袋。我举起双臂，等着他完成任务。摸到我那一小瓶促进剂，他把前爪伸进口袋掏出了小瓶子。我扭头看他努力阅读瓶标的样子，他毛茸茸的额头因为全神贯注而打了结，喉咙上下抖动，默读出一个个音节。我抓过小瓶塞回衣袋，免除了他的痛苦。

他猛地一推我的肩膀，说道："他是干净的。"没有找到理由狠踹我的腹部，他一定很失望吧。

"好的，"办公桌前面的男人再次绽放笑容，"带他下去。"

袋鼠捏住我的后脖颈，推着我沿过道走了下去，穿过几扇门，站进等待着的电梯。我们转过身面对电梯门，彼此视而不见，就像普通电梯里的两名乘客——除了他手里的枪械。在我的住处门前遭到羞辱以后，袋鼠假装不认识我。我对此没有意见。

电梯缓缓下降，走了几层后终于触底，齿轮嘎吱嘎吱地磨擦，铁链叮叮当当地响。电梯门开了，袋鼠推着我走出电梯，来到一间客厅，这里显然就是冯布鲁姆的藏身之处。

房间里假模假式的样子说明这幢屋子曾位于地表，但那里此时仅留下了全息投影。古董家具围着很像那么回事的壁炉粗略摆成环形，壁炉里甚至还堆了几块圆木，也许这并不是装样子的。天花板有华丽的石膏旋涡纹饰，但我怎么也无法驱散这些细致入微的细节不过是旧电影场景的感觉。比绝大多数仿品更加像样,但也仅仅如此。墙上有窗帘，但我看得出窗帘背后没有窗户。即便有窗户的话，窗外也只是泥土和蚯蚓的国度，就像科学课上的立体布景。我觉得这个房间还挺好玩儿的，但这显然不是主人想要营造的气氛。

“乔伊，把枪收起来。”冯布鲁姆——这次我敢确定他就是冯布鲁姆了——从卧室走进客厅，在桌上的烟灰缸里揿熄雪茄。熄灭后，他拿着雪茄凑到鼻子前闻了几下，这才小心翼翼地放在烟灰缸旁边。他的手指胖乎乎的，但很优雅——对他身体的其他部位，我情愿保留意见。血肉肌肤底下，他肯定有一副大骨架，但我找不到任何突出的骨头或高起的边缘。他穿着衬衫和长裤，但衣物裹在这么庞大的躯体上，看起来更像防水油布或船帆。衬衫外面套了件宽大无比的套头衫，脖子上缠了条与之相配的围巾，将他的白胡子固定在宽阔的胸膛上。他的前额很高，上方浓密的头发沿着颅骨往后梳，眉骨睿智地隆起，盖住了几乎埋在肉里的双眼。虽说外貌如此，但他的举止自有其独特的优雅或虚荣气度，潜藏着的是关于过去身份的记忆：一个瘦削的年轻人被埋葬在了这具肥硕的衰老躯体中。“上楼去吧。”他对乔伊说，袋鼠顺从地走进电梯。我站在那里傻看。胖大男人转过身，对我露出毫无恶意的笑容。“请坐，麦特卡夫先生。”

我在椅子里坐下，把沙发留给冯布鲁姆。他非坐沙发不可。电梯门关上，带走了袋鼠，胖男人走到沙发后面的一个地方，用双手抓住沙发靠背，将他巨大的躯体放了上去。围巾散开，横落在坐垫上。“你说我们有事情要谈。”他说。他的声音低沉而富有戏剧性，像是打磨过的木头，他的语气中没有感情色彩。

“我每次一拐弯都能撞上你那只袋鼠，”我说，“不如先谈这个好了。”

“你是一名调查员？”

“没错。”

“被提问让你不舒服？我这人不太喜欢受习俗约束。”

“我无所谓。问题就是我的面包和黄油。”

那张肉呼呼的胖脸笑逐颜开。“非常好。我会帮助你明白，你的问题是黄油涂在面包的哪一面，而这黄油又是谁涂上去的。你看，麦特卡夫先生，我年纪够大，还记得那时候——唉，要是我放任自己回忆往昔，你一定会不耐烦的。请允许我给您倒杯喝的……”

我点点头。出乎意料的是，他没费多大劲儿就把沉重的肉身推离了沙发，走过去打开了一面柜橱，里头放满了琥珀色的酒瓶和与之相配的磨边玻璃酒杯。他没有询问我的意见，给我倒了一杯入口后发现是苏格兰威士忌的烈酒，我接过杯子，也没有说谢谢。趁着他重新坐进沙发的当口，我一口喝掉了半杯。

“乔伊有点儿过于自负，”他的语气几乎像是在道歉，“他没有伤害人的意图。他想让别人高兴，而且他还很聪明。我必须帮助他约束住过热的情绪。”

“从我来的地方，人们不教宠物学这学那，拉扯控制的线绳就行了。”

“唉！麦特卡夫先生，这话对你我都不公允。乔伊可不止是宠物，而我也将自己视为比木偶操纵师更高明的角色。你或许可以称我为催化剂。”

他很会说话，这年头爱说话的人越来越稀少，彼此间的距离也越来越远。我本人也很能说，但我更是一名冷酷无情的职业人士。冯布鲁姆对说话似乎有嗜谈成癖者的那种热忱。

“按照你对自己的看法，我恐怕没那么有趣吧，”我说，“你派乔伊来吓唬我退出案子。为了炫耀武力，我得到的是一颗牙齿上的豁口。”

“我愿意将这类事情视为您选择的职业的一部分。”

“但并不意味着我喜欢这种事。你想让我退出案件，为什么？”

“我对这个案子其实并不关心，但你正在惹恼我关心的某些人，因此我必须请你停手。”

“你关心的某些人。他们有名字吗？”

“泰斯特法医生。塞莱斯特·斯坦亨特，还有蔓越橘街的那个孩子。”

“蔓越橘街现在只有一个孩子，冯布鲁姆，是只小猫。你说你关心的那些人，一提起你的名字却个个面色发白。”

这句话让他的态度不那么热络了。他的眉头先拧了起来，继而带着怀疑升上了前额——随着身体的其余部位变得迟钝，眉毛像是补偿性地进化出了表现能力。他端起杯子，喝了一小口，慢条斯理地品着酒，脑子在琢磨怎么回答。

“我的生活很复杂，”他拖着长音说，“异端裁判收去了大部分我珍爱的事物。我与社会意见相左。我尽最大可能去维持过去和现在之间的脆弱联系，但这样的联系常常戛然而断……”他痛苦地闭紧了双眼。

他表演得太过火了。我是方法派的演员，他是个过于夸张的演员。

“泰斯特法医生管你叫匪徒，”我说，“他不是那么年轻——”

“泰斯特法医生或许未能领会我的善意，”他恼火地打断了我的话，“但请放心，出于我的好心肠，他过着自己想要的生活。”

我投出一个曲线球。“我今天晚上去过他那儿。有人屠杀了他的绵羊。”

冯布鲁姆一时间惊讶得瞠目结舌。他坐了起来，把酒杯放在沙发的木制扶手上。

“别担心，”我说，“他们认定是安格韦恩干的。他简直是按需定制的凶手。”

“你失去了一名客户。”他说。

“是啊。你或许与调查局意见相左，但就我的角度来看，你和调查局都从陷害安格韦恩中获得了好处。”

“我都没见过安格韦恩。”

“你恐怕没机会见他了。他的大限已到。你和调查局共进晚餐，他来付账单。”

“那么，请允许我问一句，你继续调查下去有何意义？”

“我这人闲不住。我觉得这场陷害过于偷工减料。要是我发现该拔掉哪根关键的钉子，整件事情也许就会稀里哗啦砸在你的肩膀上了。”

“多么美妙的画面。祝你好运。等调查局结案完毕以后，你不会真以为他们能容忍你继续怀疑下去吧？你的羯磨状况如何？”

“我的羯磨跟你没关系。还能坚持足够长的时间。”

“天哪。”他又拿起酒杯，泰然自若地叹了口气——他属于那种扮得出这个表情的人。“你让我想起了自己，多年前的自己。即便是现在，我们也并非迥然不同。我们都焦躁不安——但你更固执，更不屈不挠。说实话，更愚蠢。我已经学会了妥协。力量和生命力来自让步。固执使得你边缘化。”

“冯布鲁姆，躲在地底下的似乎并不是我。”

“正是这个态度。咆哮和毒舌。够吓人的。”

“我不需要咆哮就吓住了塞莱斯特·斯坦亨特。”我说。我想将话题引回到与案情有关的事实上——线索，或许可以这样称呼它们。“她以为我是你的打手，吓得魂不附体。你拿住了她的什么把柄？”

“你误解了我和她的关系。我介绍梅纳德·斯坦亨特和他后来的妻子认识。你或许可以说他们的婚姻是我的造物。塞莱斯特非常健忘，但她的确亏欠我良多。等她脑子清醒过来，她会明白的。”

“临近终结的时候，你的造物状态可并不好。塞莱斯特离家出走后去了蔓越橘街，斯坦亨特雇佣我监视她。”

“是啊，”他阴森森地说，“她喜欢这么做。我们当初也总是要‘监视’塞莱斯特。”

“潘茜·格林立夫是塞莱斯特的女朋友吗？”

他的两条眉毛险些打成死结。“不，不是。没有这种事情。她是这家人的朋友。”

“又是一个出于你的好心肠过着美好生活的？”

“如您所愿。”

“好吧，你的心肠在亲爱的潘茜小朋友身上似乎不怎么好。我发现她在使用非法药物，在胳膊上注射，弄得自己人事不省。那东西叫空白剂，给不满足于遗忘的人使用。我咨询过了一位制剂师，按照他的说法，潘茜正像掏万圣节南瓜似的掏空她自己的脑袋。”

“潘茜的弟弟犯了谋杀罪。我能理解她为什么要——”

“是啊，”我打断了他的话，“但那东西是谁提供的呢？”

“你难道是在指控我做了什么吗？”

“如您所愿。”

他笑着又喝了一口酒。我趁机往后一靠，慢慢吸气吐气。我需要这样做。我不习惯双方互相提问。另外，身处冯布鲁姆的地下室中，我有些被包围了的感觉。我想到了袋鼠，想到了呼吸难闻的男人，他们在灯火通明的混凝土房间里待命，不知道离开这里是否和进来一样轻松自然。

“我根本不用任何促进剂，”冯布鲁姆吞下一大口苏格兰威士忌，“更不用说贩卖了。我知道潘茜的轻率举动已有好几年了，听到她居然用上了注射器，真是让人痛心疾首；但我早已明白过来，我根本无力阻止。你用促进剂吗？我本人对此从来就无法理解。”

“我有我的混合物，以备不时之需。”我暗自痛骂自己，这话说出来的时候怎么听怎么像是自我辩白。

“调查局和制剂师——他们对我来说是一回事。”他说，“促进剂是控制普罗大众的工具。促进剂搅匀了大众对于压迫的反应，你难道不这么想吗？你当自己是局外人，是在谎言中寻找真理的探寻者，但却承认了历史上最大的一个谎言。你用鼻子吸食这个谎言，允许它在自己的血脉中奔流。”

“去你妈的。”

“呜呼。”

“我们还是回到细节上来吧。”我说。这场对话的控制权不停滑出我的掌握。冯布鲁姆提醒了我，我的循环系统颇为需要一两条促进剂，但我找不到合适的地方铺开粉末。“你认识潘茜有好几年了。孩子的父亲是谁？”

“完全不知道。”他说。

“屋子是谁付的钱？那个地段可相当不错。”

他又叹了口气。“麦特卡夫先生，你正在逼我说出一些很不适合公布的事情。潘茜·格林立夫曾经为我工作过。两年半之前，我帮助她买下了蔓越橘街的那幢屋子。”

“两年半以前。正是塞莱斯特嫁给斯坦亨特的时候。”

“是吗？多有意思啊。”

“是啊，真有意思。塞莱斯特和潘茜当时就是朋友吗？”

“我推荐潘茜去梅纳德的办公室做事，”冯布鲁姆解释道。听起来像是临场现编的，但他的语言技巧填补了逻辑中的缺口。“结果不怎么合适，但两位女士变成了好友。”

“几年前那里不是梅纳德·斯坦亨特的办公室。”我提醒他，“还属于泰斯特法医生。我想是你促成了权力转移吧。”

“的确。”

“你为何对诊所产生了兴趣？有什么吸引你的地方？”

“我也需要看病。”他说。我等他接着说下去，但他没有。

我喝完酒，把空杯子搁在地板上我和他的脚之间。“你提到过另外一位侦探，他比我识相。”

“你拒绝为梅纳德提供服务后，他找我安排人手去——按照你的说法——‘监视’塞莱斯特。我雇了个人从你放手的地方做起。梅纳德让我安排，他跟你闹得不太愉快，因此不想和后来那位见面，于是我就帮了他一把。”

“他叫什么名字？”

“我怎么觉得你打算去骚扰他。”

“正是如此。”

“他没做多久，你要知道。谋杀案发生前六天，他就被解雇了。”

“太好了。他叫什么名字？”

胖大男人格格直笑。“我有什么理由要告诉你？”

“很简单。我反正总能想办法搞到。要么你告诉我，要么你喜爱的那些人告诉我。”

“很不错。有些事情让我很高兴，允许我让你认为你的威胁对我有用。我想我挺欣赏你的气势。他叫沃尔特·瑟菲斯。但你会发现他一无所知。”

“但我依然有兴趣问问他。瑟菲斯之后由谁监视塞莱斯特？”

“两次失败之后，我终于说服了梅纳德，在室外监视是没有意义的。他请我让我的部下盯着点儿塞莱斯特，我同意了。事情就此结束。”

“谋杀案发生的时候，有人跟在塞莱斯特附近吗？”

冯布鲁姆的脸色阴沉下来。我撞到了什么事情，但我不知道究竟是什么。他鼓起腮帮，然后让它们如橡皮风箱般慢慢松弛下来。他没拿酒杯的那只手捋着胡须，前额又开始如惯例般上演舞蹈。“很不幸，没有，”他轻声说，“她当时的所在我们没有记录。”

难道是塞莱斯特杀了梅纳德？而冯布鲁姆在为她掩饰？

不像是真的，但我不知道什么更像是真的。“斯坦亨特在湾景旅馆干什么？”我问。

“我也想知道。”

“调查局从没找你问过话？你牵涉得太深了。”

“调查局不找我问话。”他用单调的语气说。我想他这是在实话实说。他看上去心不在焉，陷入了内省。“另外，我的手是干净的。即便对你应该也很明显。”

“既然调查局对你而言不是问题，但你在电话上听见摩根兰德这个名字还是有些不安。他为何与众不同？”

“摩根兰德是个局外人。他是个十字军战士，不受欢迎。”

“冯布鲁姆，你的话自相矛盾。调查局究竟是不是你的朋友。总不可能两样都沾吧。”

“调查局和我达成了共识。摩根兰德这样的忤逆者对稳定而言是个威胁。他四处刺探不需要他关注的事情。和你一个样。”

“谢谢。那家伙给我嘴上来了一拳，我当即就觉得跟他特别亲近。”

“麦特卡夫先生，你可真喜欢抱怨。我还以为活到现在你对这种事情早就习以为常了呢。”

努力思考如何回答让我疲惫不堪。我拿起杯子，站了起来。

“不好意思，”冯布鲁姆说，“该再给你倒一杯的。”

“没事，好意心领了。空腹喝酒不舒服。”我把杯子放进壁橱，让它和酒瓶做伴，然后用裤子的后侧吸干手上的冷凝水。“我想我不该继续打扰您了。谢谢您拨冗相见。”

“请稍等片刻。你凭什么认为我会允许你向我提问呢？”

“愿闻其详。”

“我喜欢你。我相信你的意图值得尊敬，使得我愿意帮你省去一些麻烦。放下这个案子吧，我负责帮你恢复失去的羯磨。这场调查没有未来，麦特卡夫先生，完全没有未来。”

“冯布鲁姆，你喜欢把威胁和诱惑混在一起。”

“我从未威胁过任何人。我只想修补已经产生的损伤。”

“对安格韦恩的损伤正站在无法修补的边缘。谁也不会去维护他的躯体。他将被塞进劣质冰柜，永远消失。”

冯布鲁姆露出复杂难明的笑容。这让我再次有了摸到什么的感觉，但我不知道那到底是什么，冯布鲁姆也不打算帮我弄清楚。

“麦特卡夫先生，你对刑罚系统抱有非常愤世嫉俗的看法，”他轻柔地说，“愤世嫉俗，但又天真烂漫。你为何认为无人付钱的躯体还有必要继续冷冻？”

“你指的是奴隶营。”我说着打了个寒颤。我希望他没有看出来。我觉得冯布鲁姆正在自吹自擂，尽管语气非常微妙，但他实在忍不住要炫耀一二。

“是的。”

“我听过传闻，”我说着镇定了下来，“我个人觉得，深冻和在脑袋上套个奴隶匣子的隐秘生活并无多大区别。但如果还能再见到安格韦恩的话，我会征求他的意见并且转告你——也许你能帮忙安排一下。”

我已经准备好离开了，于是转身就走。来到电梯前，我才注意到应该安装按钮的位置上是个钥匙孔。

“说我能安排这样的事情，您实在太粗鲁了。”冯布鲁姆自谦道。但等我转过身，却发现笑容已然无影无踪。“不过嘛，我早就料到你会这样。你生性粗鲁。”

“谢谢。”

“你想离开了？”

“正是如此。”

“我想听见你保证你将不再纠缠这个案子。”

“真希望我可以这么说。”

冯布鲁姆皱起眉头。他拿起桌上的电话，揿下一个按钮。“对，”他立刻说道，“罗斯先生，派乔伊下楼来。我们的客人准备离开了。”

他放下电话。“等待的时候，不如再喝一杯吧。”

我根本没机会拒绝他的提议。电梯门在我背后打开，没等我转身，某样沉重的钝器砸在了我的后脖颈上。我有足够长的时间可以想道：袋鼠终于抓住他的机会了。然后，地板卷起来包住了我的脑袋，地毯的纹理盘旋爬升，刺得我鼻腔发痒。这感觉非常有意思。

17

我回到了自己的车里。感谢他们这么贴心。他们把钥匙放错了口袋，我因此知道他们搜遍了我的全身；除此之外，这和出监视任务时在车里睡了过去没什么两样——抛却脖子上一跳一跳的疼痛和耳朵里的嗡嗡声不谈。

我独自一人。我慢慢转动头部，试探脖子有无异样，然后透过乘客座的车窗望了出去。全息房屋岿然不动，黑洞洞、静悄悄，和我初次接近它的时候差不多。虽说现在我知道了它的一些秘密，但这并没有影响房屋的模样。即便老天开眼世界终于毁灭，那幢房屋也依然会被投影在丘陵顶端，岿然不动，黑洞洞、静悄悄。这个事实颇为令人安心。

我看了看表。十点钟。我跟冯布鲁姆谈了两个小时，又在车里受冻半个钟头。我很饿，需要吸上一条促进剂，然后也许还得喝一杯——最后这项尚未决定。我需要梳理清楚我从冯布鲁姆口中听到的情报，搞清楚它们会将我置于何处。这个案件到处都是胖大男人的身影，但我没有看到他有任何明确的罪责，至少现在还没有。

我只知道我需要返回到两年半以前，塞莱斯特在那时候遇到了梅纳德·斯坦亨特，潘茜·格林立夫则得到了一个孩子和一幢豪宅。随后发生的事，无论是什么，都为接踵而来的种种变故布置了舞台。

我对冯布鲁姆究竟从事什么勾当也更好奇了。假如非法的空白剂是他提供给潘茜的，这倒是能够解释几条关键影响线中的一条了。假如他对调查局的影响力真有他所暗示的那么大，那我必须确实证明这一点——为了保护我自己。

其他几个更加根本性的问题依然没有得到解答。梅纳德·斯坦亨特在那家汽车旅馆干什么？我该对自己哈哈大笑，但心情实在不适合大笑。

我花了一分钟揉搓后脖颈，然后发动引擎离开，漫无目的地驶进了平原地带。我觉得调查局多半在家里等我，我还没有准备好面对他们。他们想要的答案我还没有得到，他们将提的问题我宁可自己去问别人。我把安格韦恩当礼物送给了他们，但我觉得他们没有这么容易放过我。

摩根兰德和冯布鲁姆及其各自的影响领域之间存在某种派系斗争，在我搞清楚这究竟是怎么一回事之前，我最好还是不要落到调查局的手上为妙。假如我对调查局的机制理解得不错，那他们将把屠戮绵羊当作最后一根钉子敲进安格韦恩的棺材——但我必须等明天早晨的新闻播出、尘埃落定后再露面。结案的案子更难破解，但在破解的过程中就不会踩痛那么多脚趾头了。

所有这些都指向一个结果：去办公室待着。我可以打电话叫三明治外卖，吸上几条促进剂，等监视我住处的人放弃了我再回家。调查员若是需要我，他们可以找到我——我不会躲起来，只是放慢脚步而已。我喜欢夜晚的办公室：凉爽、黑暗、没有牙医。也许我还能思考出点儿什么来。

我早该知道事情从不会这么简单。刚下电梯，我就闻到了香水味，沿着走廊越是接近办公室，味道就越是浓烈。走廊里空无一人，通往等候室的门没有锁，等候室里，翘着腿坐在沙发上的不是别人，正是塞拉斯特·斯坦亨特。我肯定让她吃了一惊，因为她飞快地把双腿从沙发上放下，然后将裙裾拉过膝头。没关系。虽说我的记忆力谈不上好得出奇，走进房间时仅有惊鸿一瞥，但双膝连同上方几英寸犹若凝脂的肌肤还是深深烙印在了我的脑海中。需要的话，我可以凭借印象画幅画。

“麦特卡夫。”她说，听起来她在等待时排练了很久。

“你是怎么进来的？”

“早些时候进来——”

“牙医。”

“是的。别生气。”

“我没生气。”我说着穿过等候室，打开里面我的办公室的门锁，“我又累又饿，脑袋也疼。我不想说话。”

她跟着我走了进来。“潘茜说你去过她家。”

“是的。我在查案。”

我在办公桌前坐下，用前臂擦净木质桌面，拿出新配的一小瓶促进剂，往桌面上洒了好大一团。我想塞莱斯特已经明白了，她暂时无法占据我的注意力焦点。她安静地坐进办公桌对面的座椅，等待我接连吸下几条药物。

“饿了吗？”我问。

她摇摇头，像是被这个问题吓住了。我给楼下打电话，订了份披萨。我费尽口舌哄骗他们在小号披萨上加蘑菇，他们最后还是屈服了。我放下电话，躺进座椅，享受着促进剂在血液中奔腾的感觉。就仿佛透过玫瑰色的血河，或者别的什么东西观看世界。塞莱斯特调整了一下坐姿，结果又露出了膝盖，立刻让我的注意力集中了起来。

“我去潘茜家的时候你在哪儿？”我问。

“你的问题太多了。让我紧张。”

“那就努力回答好了。据说能缓解紧张。”

她愣愣地看着我。“我——格洛佛·泰斯特法给我打了电话，约我吃午饭。”

“为什么？”

“他想谈谈诊所的事情——梅纳德的股份如何结算。他想谈谈潘茜的弟弟，还有你——”

“梅纳德的死亡是否使你受益？”

她投来尖锐的目光，这一瞬间，在蔓越橘街初次见面时与我针锋相对的那个姑娘又回来了。接着她放平竖起的羽毛，声音也变得甜美怡人。“恐怕没多少。我大概会交给律师办理。我不想参与这件事。梅纳德的收入惊人，但资产很少……”

“听起来你很清楚在说什么。”

“今天下午才弄清楚，是格洛佛告诉我的。”

我试着编排前后顺序。格洛佛今天早晨十一点回家对我挥舞电击枪；等我赶到蔓越橘街的时候，潘茜·格林立夫已经独自在家享用空白剂了。

这意味着在绵羊受害的事情上，泰斯特法可以指认塞莱斯特为不在场证明。这同时也意味着塞莱斯特先去了什么地方做了什么事，然后再和泰斯特法共进午餐。

敲门声打断了我的思路。我说门开着，一位送餐的人类小弟走进来，把白色扁纸盒放在桌上。他身材瘦长，一脸青春痘，我在口袋里翻找比安格韦恩给我的百元大钞更零碎的钞票，他则偷偷摸摸地不停瞥视塞莱斯特·斯坦亨特。我付了披萨的钱外加小费，他转身离开。披萨很烫，但饼皮热过两轮，蘑菇没有放在乳酪里，而是随随便便洒在上头。我拿起一块，咬了几口，实在提不起多少兴趣，于是把它摆回了原处。

“接下来有什么打算？”我问，“已经结案了。”

“我不知道该怎么开口，”她说，“我……我想雇用你。”

“和什么事情有关？”

“我不认为潘茜的弟弟杀了梅纳德。我很害怕。”她拖着长音说完最后这两个字，声调中包括了各种各样慵懒的情欲陷阱，“我需要你的保护。”

“你跟调查局说过吗？”

“我不明白。”

“安格韦恩怎么看都像是被陷害的。假如你告诉调查局你认为他是无辜的，也许能起到一定的作用。你毕竟是他的妻子。”

“我是他的遗孀。”她露出微笑，这个笑容并不是在卖弄风情。

“遗孀，”我重复道，“你需要保护。不受什么的伤害呢？”

“杀害梅纳德的凶手。你是唯一有兴趣搞清楚他是谁的人。”

“我的兴趣越来越小了。回报正在渐渐减少。”我在扮演很难被说动的角色。我对她的钱有兴趣，或许对别的什么也有兴趣，她知道，我也知道。

她的声音又颤抖起来，颤音这东西对她显然唾手可得。“如果你不肯帮忙……”

“首先，你必须跟我说实话，不能有所保留。回答我的问题。就当这是官方聆讯。你要是能通过，我们再谈条件。”

“我已经把我知道的全告诉你了。”

“我尽量忍住不嘲笑你。请回答我的问题。蔓越橘街那幢豪宅是潘茜·格林立夫做了什么事情换得的奖品？”

塞莱斯特瞪着我直眨眼，但我没有还以眼色。她重重地吞了口唾沫，说道：“她为丹尼·冯布鲁姆做事。冯布鲁姆买了这幢屋子。他喜欢照顾其他人。”

“她为冯布鲁姆做什么事？”

“这我就不知道了。”

“冯布鲁姆为她提供药物吗？”

“我不想让你觉得我很傻，麦特卡夫先生，但我记得药物是免费的。找制剂师要就行了。”

“但不包括潘茜用的药物。别装了，塞莱斯特。她把针管四处乱放。”

这次她只是瞪着我，没有眨眼，声音中完全没有感情。“是冯布鲁姆给她的。要是冯布鲁姆知道我告诉了你，他会杀掉我的。”

“这个我已经很清楚了。”

“对丹尼来说这没什么。重点在于我告诉了你某些事情这条原则——”

“他的钱是从这儿来的吗？”

“我——我对丹尼的生意没多少了解。还是不知道为妙。”

我从披萨上拈起一块蘑菇放进嘴里。“换个话题吧。你嫁给斯坦亨特，冯布鲁姆给潘茜购置豪宅，泰斯特法医生退休，这三件事情同时发生。两年半以前到底发生了什么？”

她思考片刻。“梅纳德和我决定留下结婚。格洛佛决定退休，转交诊所——他早有此意。梅纳德在安顿下来前——和我安顿下来前——不肯给出明确的答案。”

“潘茜呢？”

“你对巧合过于敏感了。其中并没有联系。”话虽这么说，但她看起来却局促不安。

“你在遇到梅纳德前是干什么的？”

“我……我住在东海岸。”

“那儿怎么样？”

“什么意思？”

“我问那儿怎么样？要是什么也想不到，你什么也不必说。”

她惊奇地抬头看着我。我站起来，走到门口，拉开门。“回家去吧，塞莱斯特。你的谎扯得简直没边儿了。别浪费我的时间。”

她站起身，但并不是为了离开。她的躯体犹如等身贴纸般趴在了我的身体正面，从上到下都在寻找压力可以渗入的位置，等得到反应后方才作罢。她的嘴吻上我的嘴，香气充满了我的鼻孔，她用双臂搂住我的脖子，踮起脚尖用鼻尖爱抚我的面颊，身体抬高时将两具身体之间的摩擦力利用得淋漓尽致。我和她之间隔了两三层布料，但我敢发誓我感觉到了她的乳头蹭过我的肋间，提起来后烧灼我的胸膛。我从衣袋里和门把上腾出双手，绕到她的背后，抓住她不大而结实的臀部，将她的大腿沿着我的身体托得更高，让她的舌头更深地插入我的嘴里。

我感觉到我们的腹部之间夹着某样东西，形状如香肠或螺丝刀，突然间被困在了两具躯体之间，有一瞬间我以为她带着手枪。我随即意识到那是我的阳具，没有感觉但拥有物质存在，而且被全面唤醒了。我体验到的是熟悉的女性刺痒，仿佛长久不用的柔软齿轮一格格动了起来。如果愿意的话，我大概可以和她做爱，但我无法感觉到她认为我应该感觉到的快感。这样的想法大概让我立刻停了下来，因为她收回了舌头，后退半步，大惑不解地看着我。

"康拉德……"

我什么也没有说。这个吻对我的影响比我愿意承认的更大。它将我送回了早已消逝的往昔，那时候，完全是另外一个人穿着我的外套，戴着我的帽子，使用着我的名字。塞莱斯特让我欲火焚身，但那并不是塞莱斯特真正想要的。和塞莱斯特在一起，我无法取回我需要的那件东西。或许已经取不回来了，即便能取回来，塞莱斯特也不是我心中的合适人选。

她只能再次唤醒挫折感和愤怒。对于塞莱斯特，我很清楚结果，正如我确定我们的大腿曾经抵在一起摩擦；危险是麻醉剂，若是没有危险，也会有别的什么东西，其他什么邪恶的春药。我既想打她，也想搞她，而她或许也想挨打，和她的其他欲望同等强烈。

于是，我打了她。我在这件事上的装备更为齐全。我反手扇了她嘴上一巴掌，同样的打击我挨过许多次，她在惊恐中踉跄后退，最后跌坐进了在屋角积灰的那把椅子。我回到办公桌后坐下，用双手抱住脑袋。

隔了一分钟，她站起来回到桌前。我以为她要打我，但她掏出了一些钱扔在我面前。我从指缝中望出去。两千块，四张大票子。

“太好了，”她说，“我现在明白了。你够硬朗。你能保护我，我知道你能。”

“我并不硬朗，”我说，“你不明白。”

“拿着我的钱。”

“我不受雇用，”我说，“安格韦恩的费用还没有花完。等花完了，我才接受预定。”

她默不做声。我拉开抽屉，拿出香烟，往嘴里塞了一根，把烟盒递给她。她拒绝了。我点燃香烟，狠狠地抽了一大口。包裹着我们的建筑很安静，堪称死寂，窗外夜色漆黑，否认着这个城市的存在。但在夜色的裙子底下，城市继续存活。断绝联系的造物穿过黑暗，走向寂寞的终点，孤单的旅馆房间，与死神的约会。没有谁拦住他们，问一声他们往哪儿去——谁也不想知道。谁也不想知道，只除了我，这个提问的造物，这个最卑贱的造物。沉默如同带着手套的手，扼住了城市赤裸的咽喉，我足够愚蠢，居然认为这样的寂静不太对头。

我揿熄烟头，再次望向塞莱斯特。她站在办公桌前，脸上带着枯萎的表情，双手如女学生发誓般叠起来按住胸口。她意识到我在看她，眼神重新有了焦点，双唇无声地抿紧。

“你在害怕什么？”我又提出这个问题。

她圆睁双眼看着我，面具在这一瞬间脱落了，她显露出脆弱和坦诚，在这一瞬间，我想再次拥吻她，但这个瞬间转瞬即逝，消失得无影无踪，取而代之的又是那个强硬而愤世嫉俗的女人。

“我什么也不害怕。”她冷笑着说。

“我明白了。”

她拿起桌上的钞票塞回衣袋。“真不知道我为什么要来这儿。”她说。

“我想咱俩都一样。”

“你我永远不会是‘咱俩’什么的。”她知道这句话很适合当告别台词，于是转身走向房门。我找不到任何理由阻止她。她出去后坚定地关上门，我听着她的脚步声在走廊中渐渐归于寂静。

我接着对付披萨，但奶酪已经板结。我又拈起几块蘑菇吃掉，然后关灯下楼去开车。

18

科恩菲尔德和泰利普罗姆特两位调查员在我的住处守候。我四下张望寻找摩根兰德，但不见他的踪影。我的公寓看起来还凑合——即便他们搜查过了我的那些劳什子，下手也一定很小心——安格韦恩已经离开，他留下的全部痕迹也被消除。两位调查员在他们坐过的沙发上压出了凹坑，但当我开门的时候，他们都站在那儿。两个凹坑挨得不近，没让我觉得自己受了谁的冷落；科恩菲尔德和泰利普罗姆特就算有染，也没有用公家时间玩妖精打架，至少没在监视现场搞起来。我更愿意认为凯瑟琳·泰利普罗姆特跟调查局的小丑们毫无私情可言，但说到底这毕竟跟我毫无关系。

“这么晚回家，”科恩菲尔德有些过于得意，“办案去了？”

“也不算是。”我答道。尽管才吸了几条促进剂，但我非常疲倦，也没有和人唇枪舌剑的心情。我不介意跟凯瑟琳说说话，但科恩菲尔德似乎很想换换花样，炫耀一下他的表达能力。

“你肯定去了什么地方，”他说，“我们从八点钟等到现在。”

“谢谢你，难怪房间里这么生机盎然。衷心感谢。”

“警告过你别再碰这个案子了，而且不止一次。”

“我被警告别再碰这个案子的次数超过你的想象。都开始觉得没劲了。”

门仍旧开着。科恩菲尔德绕到我背后关上。“我们并不想找你谈这个案子。已经结案了。我们想告诉你，奥顿·安格韦恩从羯磨的角度来说已经是个死人。就我们所关心的，这就到头了。”

“真好啊。”我从科恩菲尔德面前转开，面对凯瑟琳·泰利普罗姆特。离开调查局，她的个子似乎小了些，也显得不那么咄咄逼人，这自然没有使我放弃搂住她的念头，反而让这个念头变得更有可行性。她的黑发如同水瀑，用扣环挽在脑后，喉头在我眼前一览无遗。我和她目光相接，我望着她的喉咙轻轻跃动，但她什么也没有说。

“只剩下最后一件事了，”科恩菲尔德在背后说，“把你的卡片给我。”

“这次抓捕归功于谁？”我边掏卡片边问，“摩根兰德？”

“摩根兰德今天下午被调离此案了，”科恩菲尔德说，“他对这些事情不够熟悉，让他加入就是一个错误。”

我把卡片递给他。科恩菲尔德接过去，打开他的磁性探头。我以为这是每次结案时的例行程序，调查局会把我的羯磨拉回一个可以接受的水平。这算是某种贿赂，换取我勉强接受他们对于各种事件的阐述，免得在堵住我的嘴的时候闹出太大响动。磁性探头的红灯亮起，他扫过我的卡片，然后把卡片还给我。

“怎么样？”我问。

“你降到二十五点了，麦特卡夫。你的档案正待审查。别再对我提问，否则我会被迫改造你的面部地形。”

我惊呆了。我收起卡片，在沙发上坐下，无视凯瑟琳·泰利普罗姆特的存在，忘记了这个案件。自从我离开调查局，我的羯磨还没有这么低过。这让我想要呕吐。我可以告诉自己，这仅仅是恐吓战术，羯磨反正没有什么真实意义，我只需要能上街走路的最低数量就行——但是想归想，如此之低的羯磨仍旧让我不停反胃。我能感觉到舌头上的水汽正在迅速蒸发。

凯瑟琳从我身边走过，仿佛我是什么汽车残骸似的，她到门口站在科恩菲尔德身旁。我几乎丧失了重新抬头看他们的勇气。科恩菲尔德抓着门把手，但还没有打算离开，只想继续观看我坐在沙发上经受煎熬的样子，我和他的视线相交，他露出了满脸笑容。

我低估了他。我以为他只是在电梯里给你腹部一拳的小人，军火库里没有多少存货。举例来说，我根本不知道他会笑，更不用说选择这么不合适的时候笑了。

“你是个大人物，科恩菲尔德，”我说，“但还没大到装不进冯布鲁姆的口袋。他的确知道怎么选择手下。你，还有那只袋鼠。”

“你这是在凭空胡说八道。”科恩菲尔德说。

“你却在透过衬衫领子上的纽扣洞说话。这整件事情都散发着一股臭味，是冯布鲁姆在仓促修补。但石膏填不住如此巨大的缝隙。”这是我的隐喻能力想到的最贴切的说法，“你把摩根兰德招进案子是为了做做表面文章，但即便是他也知道这事情很不干净。你这样对待我的卡片，只显示出了你有多么害怕。”

“我这样对待你的卡片，是出于上头的指令，”科恩菲尔德平静地说，“我无法做出有关羯磨的决定。你应该知道的。”

“别逗我笑了。你是负责这个案件的调查员。摩根兰德出局了——这是你自己说的。”

“命令来自很上面的人。如果你忘了该怎么玩游戏，麦特卡夫，那是你的问题。规矩从未有过改变。”

我看向凯瑟琳。她不想转开视线，但最后却只能眨眨眼，打破紧张的局势。“你听见他怎么说了，”我对她说，“这是一场游戏。你没必要有不好的感觉。我忘了该怎么玩游戏。”

她还是一言不发。

“你倒是怎么落到和科恩菲尔德四处乱跑这个下场的？”我问她，“你不是上白班的吗？”

“我对这个案子表现出了兴趣。”她说。

我忍不住笑了。她看起来似乎想说什么，但在科恩菲尔德面前却不能开口——也许这只是我一厢情愿的幻想。接下来是半分钟尴尬的沉默，然后她推开门，走进外面的走廊。科恩菲尔德重新关上门，说道：“我没有收走你的执照。”

“天哪，谢谢了。”

“不对，”他说，“我的意思是我要收走。拿给我。”

我把执照递给他。他塞进上衣口袋，让它和磁性探头做伴去了；他拉了一下领子，抻直外衣的双肩。他面无表情地看着我，我想他多半认为这是最后一次机会了，他随即耸耸肩，伸手去开门。

向上帝发誓，我几乎就要放他离开了。但有些什么东西控制了我，让我跳起来扑向他，我抓住他才整理过的衣领，用肘部将他死死抵在门板上。他的面色涨得通红，张嘴想说什么，但他的身体只能勉强蠕动，嘴里也没有发出任何声音。我的大拇指根部能感觉到他的脉搏。感觉起来很宜人，很柔软。“你让我付出的，我会叫你加倍偿还，”我说，“我要打得你无法翻身。这是我的承诺。”

攻击他或许将耗尽我剩下的羯磨，但我不认为他有能力就在此时此地抹去卡片上的那些点数。这不符合调查局的风格，而科恩菲尔德从头到脚都散发着调查局的气息。我今天夜里能睡个好觉，等到明天早晨才会有人敲门。

另外，尽管他对我厌恶到了骨子里，但我不认为科恩菲尔德真想看着我羯磨破产。我不认为他承担得了这个后果。最终的结局将是一场调查，探究某些他显然急于在任何人详查前掩盖住的事情。我盘算了揪住他的衣领会有多大风险，但是在动手后才盘算的，事先并没有经过思考，我只是跳上去揪住了他的衣领。

“你这个白痴。”他喘息道。

“货真价实的，”我说着勒紧了他的脖子，“你觉得我需要你告诉我吗？”

“放开我。”

“把执照还给我。”我的两个大拇指推向他脖子上最致命的位置。“他们可以收走，”我说，“但必须派个比你更大的家伙来完成任务。”

他从上衣口袋里掏出我的执照，我放开他，拿了过来。他揉搓脖子，按平头发，眼中透着难以相信我真敢动手的恐惧。“趁还有机会，尽情享受吧，麦特卡夫，”他说，“我估计不会持续太久了。”

“去你妈的。”

科恩菲尔德开门走了。我听见他压低声音和凯瑟琳·泰利普罗姆特说话，两个人随即踏着步点下楼而去，我接着听见大堂前门的气压铰链的哀鸣。我低头看着双手，手指依然扣紧，仿佛仍旧在掐科恩菲尔德的喉咙。我慢慢放松手指。

接着，我发了一个誓。除非我点头，否则这个案子就不能算是结案。我要得到所有问题的答案，无论是旧问题还是新问题，我还要活着看见奥顿·安格韦恩走出冰箱的门。并不是因为我格外喜欢这家伙。不是这回事。刚才那一刻，我对科恩菲尔德的憎恶超过了我对安格韦恩的喜爱，但促使我发誓的也不是憎恶。

要说我是为了什么人而发誓，那也是为了凯瑟琳·泰利普罗姆特，够奇怪的吧？我想回答她的问题：我为何离开调查局。我想让她明白我的工作意味着什么，等我拨乱反正后事情会是什么样子，从调查局的角度来看，会有多少区别。

然而说到底，我也不是为了她。到最后总是回到我自己身上，我和我过时的满腔义愤。即便在发誓的时候，我也只能哈哈大笑。要么是我，要么是剩下的整个世界，反正有一个应该被扳回正轨。也许两者皆是。

我这样那样地消磨完了那个夜晚剩下的时间。从第二天水槽里腾空了的制冰格来看，我估计消磨时间的方式与一杯接一杯地喝酒有关系，但我必须跟你实话实说——我什么也不记得了。

19

第二天醒来的时候，我的脑袋犹如拿五块钱买四块九毛八的红酒后剩下的零头。但我仍旧决心像个有案子在手的调查员那样行动起来，我用牙膏、牙刷、眼药水和阿司匹林扩大了脑壳内部的空间，同时在心里列出需要去的地方和需要与之交谈的人。首先是名叫柯珀迈因纳与贝兹怀特的建筑公司。我在潘茜·格林立夫衣柜里的蓝图上读到了他们的名字，感觉从这儿开始调查应该不错。

今天早晨音乐阐释的新闻肤浅而轻松，和我的头疼不怎么合得来，于是我关掉了收音机。反正音乐版的新闻里也找不到我想要的消息。我给自己煮了一杯浓得直咬人的咖啡，然后吞了块干面包和几口正在腐烂的苹果。走出公寓，太阳高挂，光线明媚，我的手表说十一点了。

我沿着大学路开到阿尔伯纳西购物中心的停车场，柯珀迈因纳与贝兹怀特的办公室就在这里。购物中心是全玻璃和铬合金的结构，坐落于俯瞰湾区的位置上。驶进建筑物底下的阴影时，我一头扎进了黑暗之中，这里暗得过于彻底，我险些撞上混凝土护栏再弹出去。我感恩戴德地把车子交给管理停车场的牛头犬，搭电梯去楼上。

建筑师的办公室通常来说总让人对建筑师不怎么放心，柯珀迈因纳与贝兹怀特的办公室也不例外。你可以用想象力将任何目的赋予外面的这个房间，除了让人走进来、跟接待员交谈和坐下等待。话虽如此，我还是按照这个流程演练了一遍，不过在瞥了一眼充当座椅的物件后，我略去了坐下的那个步骤。房间用烧融的玻璃塑造外形，有许多抛光的铝合金长杆刺破玻璃，尽管有几根杆子汇集在一起做成像是座椅的东西，但看样子坐下了不一定还能再起来，所以我想想还是作罢了。

等了几分钟，后面有一扇门开了，一位建筑师出来见我；在大得过头的房间里走到一半，他伸出手要和我握手。他衣冠楚楚，精神抖擞，后脑勺翘着一撮头发，让人觉得有些孩子气。我伸出手迎上他的手——如果不握手的话，看他的热忱劲头，怕是会冲过来把手插进我的肚子里。他大概把我当成了顾客。

“科尔·贝兹怀特。”他说。

“康拉德·麦特卡夫。”我拖着音节答道，想让他悠着点儿。

“我们去我的办公室谈。”他让到旁边，指出方向，然后干净利落地弯下腰，在秘书耳边说了句什么。我走进房间，选择了一把最容易看懂怎么坐的椅子坐下。科尔·贝兹怀特关上门，绕到他的后仰式皮椅前坐下。我掏出执照，放在办公桌上。

他的脸耷拉下来，仿佛刚才支撑表情的只是汹涌的乐观主义。他的嘴角陡然收紧，露出不信任的神色。

“你肯定认为我能在某些方面帮助你？”他说。

“正是如此。我发现你的名字和一桩案件有牵连，想知道你是否愿意回答几个问题。”

“我想应该没有问题。”

“你的事务所绘制了一套蓝图，为一幢已经存在的建筑物附加搭建简易宿舍。你还记得我描述的这套设计方案吧？”

“我们经常绘制建筑方案中的蓝图，”他说，“我需要名字。”

“梅纳德·斯坦亨特。”

他用桌上的键盘输入名字，眯起眼睛看着显示器。“没有。我们的客户名录里没有他。”

“试试潘茜·格林立夫。我在她的房间里找到了这套图纸。”

他投来奇怪的视线，端详了足有一分钟，这才扭头输入名字。“没有，对不起。你肯定找错事务所了。”

“斯坦亨特的名下什么也没有？他的妻子名叫塞莱斯特——”

“什么也没有。非常抱歉。”

一时间什么也想不出，但我不肯就此放弃。我必须找到某种方式向贝兹怀特证明我的正当性，同时争取一些时间。“那好吧，”我说，“我们从头开始。我给你透个风儿。听我描述这个房间：八张双层床，靠在一面墙边，每张床的长度不足三英尺。房间在某个像是俱乐部的建筑物的楼上，距离一幢设施完善的现代化大宅没多远，所在的社区很高档。请问，这么一个房间是干什么用的？”

“我——我实在说不上来。”

“动物，”我说，“这是我的看法。进化了的动物。或许是给仆人准备的住处。”

“我们有一只绵羊，”他说，“我们在屋后给她搭了个房间，但她更喜欢蜷成一团睡觉。”

“谁的绵羊？”

“我们家。我只是想说，我认为动物——即便是进化了的动物——恐怕不会排成一溜在双层床上睡觉。”

我引起了贝兹怀特的兴趣，但结果仅仅使得我怀疑追寻建筑师这条线是不是在浪费时间。假如图纸真有什么意义，不管绘制图纸的是什么人，都有可能只是盗用了带柯珀迈因纳与贝兹怀特公司徽标的纸张。也许我更该找前台秘书问话。

“好吧，”我说，“有道理。可这些床是派什么用场的呢？请记住，有十六张呢。一个房间怎么容得下这么多人。”

“听起来像是小孩。”他说。

“小孩？”

“是的。”

“什么小孩？现在没有小孩了，只有婴儿脑袋。婴儿脑袋的个子有多高？”

“你说的那种床足能容纳。”贝兹怀特说。

“耶稣基督啊。”

“不好意思，我没听懂[①]。”

“我是在喊天哪。我觉得自己有点儿傻。这个案子里有婴儿脑袋，至少有一个，我早该联系起来的。你真的帮了大忙。”

贝兹怀特满脸堆笑。他在一个案子上帮助了一位私家调查员，这让他打心眼里高兴。他这下子有故事可以讲给朋友们听了。我不是客户此刻也显得无关紧要了。我再次与他握手，站了起来。到此结束。

---

① 在小说中，宗教显然已经成为小众，故而主人公喊“耶稣基督”的时候，对方听不懂。

几乎到此结束。也许我就是不喜欢快乐的结局，快要走到门口的时候，有什么东西让我觉得很不对头。我转过身，贝兹怀特的笑容又爬回原处，但中间隔了一小段可感知的时间。在这一小段时间里，我窥见是什么取代了笑容——那个表情可不好看。

我很配合地也挤出一个笑容，但同时松开了门把手。

“忽然想起来，”我说，“不介意再帮我在客户名录里查一个名字吧？”

“请讲。”他说着用拇指和食指比出手枪的形状，扣动了想象中的扳机。

“丹尼 · 冯布鲁姆。”

这个名字有魔力。只要一出口，就能让对话僵硬起来。看见调查员执照的时候，贝兹怀特的脸耷拉了下来，但此刻他的面容凝固成了写满紧张的面具，而压倒一切的笑容还留在原处。他的手在键盘上敲打出那个名字。

“没有。”

我走到能看见显示器的地方。“拼错了，”我说，“是两点水的冯，不是相逢的逢。”

这次我看着他的手敲打键盘，他知道我在看，因此没有拼错。名字闪烁着出现了，还有丘陵地带的那个地址。我险些没有把事情联系起来就走出办公室，但那个名字始终在那里等待我去发现。

“真是巧合啊，”我说，“他无疑就是这套蓝图的主顾。估计他大概不想继续执行这个计划，而你们也全都忘掉了。只有这个名字还留在档案里——怎么？你们莫非有邮件列表？邀请人们吃个早午餐什么的？”

“我们只是习惯保留名字。”他硬邦邦地说。

“算我走运。那么，让我想想——你们肯定也把设计图纸归档，存放在什么地方了，对吧？”

这时，我觉察到他极为轻微地动了一下。即便在互相揶揄带上了敌意的时候，我们也都是脱离肉体的灵魂。现在，我们忽然跳回了各自的躯壳中，正在打量对方的体形。我并不比他高，但应该比他多几磅的重量。倒不是说我们这就要开始互殴，而是肉体突然变成了必须考量的因素。

“我不确定。”他小心翼翼地说。

“让我看看。”我走到他的桌边，把双手放在键盘上，在这个过程中不得不将他挤到一旁。“索引。”我大声说着键入命令。“客户，档案。冯布鲁姆。”那套图纸闪现在屏幕上。

我后退半步。“看呐。你认为这是面向婴儿脑袋的设计。图纸和我的描述差不多吧？”

“是的。”

“图是你绘的？”

“我们绘制过成千上万个方案——”

“好的，好的。你还记得冯布鲁姆吧？”

“不记得。”他答得太快，也太坚决。

“如果我告诉你，这些蓝图被发现卷起来握在一具尸体的手里，你会有何感想？”

贝兹怀特重重地吞了口唾沫。“我想我会说，在我说更多的话之前，我想先联系调查局。我不太擅长提问与回答的游戏。”

“其实并没有握在死人手里，所以放松些。”我大笑起来，“没有谁擅长问答游戏，因此也别担心这一点。”我意识到我无法获得更多的情报了。我见过了图纸，对那条联系已是深信不疑。扭断贝兹怀特的胳膊也无法让我知晓更多内情。假如我实在缺胳膊扭的话，有机会再回来找贝兹怀特好了。他反正去不了别的地方。

我掏出一张名片。“给调查局打电话前先打这个号码。我正在努力阻止一个家伙进冰箱，愿意接受任何帮助。如果你或你的搭档想起随便什么……”我把名片放在他的办公桌上，捡起我的执照。贝兹怀特拿起名片，放进办公桌抽屉。他的脸上毫无表情。

我走出他的房间，对前台接待员点点头，经过玻璃浇筑的洞窟，走向出口。这么一路过来，我几乎喜欢上了午后阳光照在办公室扭曲的墙壁上的效果，模模糊糊，明暗相映，仿佛某种水底下的梦境。我穿过走廊，揿下电梯按钮。

服务员把车交还给我，我驱车回到阳光中，拐到购物中心背后的小巷里停下。我拿出手套箱里的化妆镜，吸了几条昨天新配的促进剂，这还是我今天的第一顿，结果让记忆中过去两天内的种种事件在眼前纷然闪过：雨中的袋鼠，我办公室里的摩根兰德，还有最鲜明的、维斯塔蒙特饭店酒吧里的安格韦恩。药物带来的应该是我所渴望的抹去感，但实际上却聚焦并加深了忧虑和不安。

这个案子仿佛某种具有扩散性的恶意，不但充满了所有能充满的空间，更糟糕的是，还开始侵蚀健康的组织，使你不知道究竟该切断哪一块。案子正在侵蚀我的生活。我已经因此失去了大部分羯磨，我的客户已经冰冻，被发运出去了。我想着塞莱斯特·斯坦亨特和凯瑟琳·泰利普罗姆特，说我同时也失去了对客观性的感知恐怕是很正确的判断。

带着如此愉快的想法，我收起小镜子，关上手套箱，发动汽车。该去找婴儿脑袋聊聊了。特别是其中的某一位。

20

奥克兰的电报大道是个垃圾场，即便这条定律偶有例外，二十三街路口的婴儿酒吧也肯定不是。酒吧占据了一家废弃的暂居式旅馆的整个底层，建筑正面的褐砂石已风化成尘，仿佛某个市内的考古挖掘现场。店头上方的窗户或者用木板钉住或者用薄铁片封死，酒吧里的长条窄窗前则摆满了积着灰尘的纸板圣诞老人和古旧的金属箔装饰线。据说婴儿脑袋不想回家面对父母的时候，就去楼上的旅馆房间睡觉——就我对蔓越橘街的观察结果而言他们实在不经常回家看父母。我希望能在酒吧里找到巴里·格林立夫，我希望他还没醉到无法谈话的地步。如果巴里和我在工作中遇到的其他婴儿脑袋差不多，那他肯定是在往死里喝，以此抵抗进化疗法所带来的种种令人难受的副作用；另外，婴儿吧的饮酒时间开始得很早。

隔着反光的窗玻璃往里看，我找不到任何生命的迹象，室内漏出来的叽叽嘎嘎的音乐流淌到我站立的地方，但比起周围的环境而言，这地方已经显得很有吸引力了。我走进门口的阴影，试着推了推。门锁着。我叮叮当当地晃了几下门把手，门开了一条缝，一个婴儿脑袋在房间里抬头看我，背后酒吧间的灯光照得他膨胀的光头闪闪发亮。他穿红色幼儿连体服，胸口绣了条黄色小鱼，耳朵后面夹了根香烟。“请出示证件。”他用高亢的声音没好气地说。

“什么？”

“证件，兄弟，我看你年纪有点儿大。”

我摸出执照给他。他接过去，摔上门，我听见门闩又插回了原处。

隔了几分钟，我忽然意识到我随随便便交出去的那张纸正是昨天晚上我攻击了一名调查员才抢回来的。我用指节敲了几下门，又用手掌拍了几下，然后我开始踢门。

正准备用肩膀撞门的时候，门再次开了一条缝。另一个婴儿脑袋出现在那里，说道：“你最好别折腾了。”

我抓住门的边缘，用蛮力从他身边挤进了光线昏暗的婴儿吧。

我跌跌撞撞地走进房间，吧台前有一排光溜溜的脑袋转了过来，酒桌旁的一丛丛秃头也猛然抬起。这地方坐满了婴儿脑袋，比我在任何地方一次看见过的都要多，比我愿意相信其存在的数量还要多。酒吧间的内部和窗户一样，也摆放着积满灰尘的过时节日装饰品，显然都来自酒吧的前世：红脸膛的爱尔兰人举着永远不会空的马克杯痛饮美酒，一脸不高兴的驯鹿陪着乱使眼色的圣诞老人，写着“2008！拥抱新年，或者来艾尔酒吧一醉方休”的节日条幅。荧光灯上落满了灰尘，吧台后面的那盏灯懒洋洋地闪烁着，仿佛停在小巷里的救护车，一下下地将闪现的光影洒在天花板上。音乐从里屋悄然渗出。

我扫了一遍这个地方，寻找拿了我的执照离开的婴儿脑袋，但他不在房间里——也可能在，但我没有在人群中认出他来。我进来时撞倒的那个孩子站了起来，从背后绕开我快步逃走，仿佛我是横在路中间的路标塔什么的，随即消失在了里屋。我走到吧台前坐下。房间里原本吵得沸反盈天，此刻所有的对话都戛然而止。

“威士忌，苏打水。”我说。

随便拼凑的活动梯把吧台后的婴儿脑袋提升到与我平视的高度，他走到我的位置对面，将他的脸戳到了我的面前。

“你跟这儿没关系。”他蔑视地说，他皱起光滑、细长的眉头，夸张地表达着厌恶。

“就算先前没有，现在也有了，”我说，“有个小子拿走了我的执照。请还给我。”

“什么样的执照？”

“私家调查员。”

到了这时候，整个房间都在聆听。我能听见背后有小脚丫在乱动。想到和一整个房间的婴儿脑袋武力对决，他们抱住我的双腿，爬上我的脊背，我决定还是尽量避免这样的结局。食人鱼袭击的画面不停浮现。

“提问题的，”酒保说，“太美妙了。调查员先生，我们不需要你的执照。拿到别的地方去吧。我们不需要执照就能提问。只要愿意，我们随时随地都可以提问。”那孩子冷笑两声，眼睛在凸起的前额底下突了出来。

“祝贺你，”我说，“真他妈的了不起。”

他没有答话。我又从口袋里掏出一张安格韦恩的百元大钞，还是一撕为二，把半张放在柜台上，另外半张揣进衬衣口袋；我的动作很慢，确保每个人都看清楚了。接着，我用袖子擦了擦眉头，翘起二郎腿，拖长这个戏剧性的时刻。“满足我三件事情，”我说，“还我执照，跟个叫巴里·格林立夫的孩子聊聊。”我顿了顿。“我点的那杯威士忌加苏打水。然后，你就能看见另外半张了。”

我肯定给他们留下了深刻印象。酒保转身开始给我斟酒。背后的几个婴儿脑袋紧张兮兮地跑向里屋。他们这个礼拜怕是手头很紧。我听见音乐声中有几个人压低嗓门接着说起话来。

我面前的柜台上多了一杯酒,我咬着牙往嘴里倒了些。味道不坏,但也算不上好。威士忌是真的,但苏打水却变成了冒着气泡的刷锅水。我一口喝掉半杯，把酒杯放回桌上。酒保过来取走了撕开的半张百元大钞。我摸摸衣袋，确保剩下的半张还在原处，然后喝干净剩下的威士忌，酒经过嘴巴的时候，我尽量把舌头往旁边塞。

另一个婴儿脑袋从后面走出来，摇摇晃晃但坚决地走向我的座位。他身披用别针固定住的被单，仿佛那是罗马人的托加袍，脚蹬高帮运动鞋，没穿袜子，还戴了块塑料电子表。他一下子就跳上了我旁边的座位，用双手按住吧台，张开十指，像是正在感知灵应盘的振动。他就这么撑了个把分钟，方才转身面对我，然后伸手从被单底下掏出我的执照，沿着台面滑到我的手里，执照在路上漂过一汪洒在吧台上的烈酒。我拿起执照，默然放进衣袋。

“巴里在楼上，”婴儿脑袋说，“你想带他走？”他的音调很高，带着疑问——细品之下，那口吻几乎像是孩童的。我能闻到他呼出的酒气。除了这个，再除去他的衣着——也许正因为他的衣着——我觉得自己正面对一位婴儿老板。

“不，”我说，“只想问他几个问题。”

“他不想下楼。”

“我可以上去。”

“你有什么事情？”

我突然灵光一现。“我为遗产律师跑腿。巴里或许可以得到一些羯磨，外加一幢房屋和不少现金。如果他不感兴趣，签份放弃书就行，东西归他的妹妹继承。妹妹是只猫。”

“让我看看。”

“别浪费我的时间。如果巴里不在——”

“他在楼上。把钱给我。”

“带我上楼。”

酒保凑过来，把半张百元大钞出示给托加袍看。“带他上楼，”他说，“让巴里自己决定。”

婴儿脑袋低头看看电子表，再抬头看看我，然后点点头，仿佛时间是他下决定的影响因素。或许的确是。“好吧，”他说，“跟我来。”他从高脚凳上跳下来，拢起脚腕边的袍子下摆，快步走进黑暗中。我跟了上去。

婴儿脑袋们将里屋改造成了一个黑洞洞、散发着霉味的交谈坑，此刻正有一群婴儿脑袋围坐成一圈，冒着烟的硕大烟斗隔着木制矮桌传来传去，矮桌的胶合板开始剥落，一条腿用炉渣砖取而代之。他们背后的墙上挂着收音机，传出来的音乐声时时湮没在静电噪音中。烟斗冒出的烟散发着潮乎乎的甜腻气味，险些让我窒息。

“我摸到了满堂红：三个问题，两个答案。”其中一人说。

“笨蛋帽只是个锥形的饰物。”有人答道。

穿过这个房间的时候，他们暂停了对话，一双双疲惫而淡漠的眼睛端详着我。我一丁点儿也不明白他们在说什么，但也没有因此产生任何烦恼。就算给我一册满是这种东西的厚实大开本字典，我恐怕也无法理解他们的对话内容。托加袍领着我走进房间后侧的服务人员出入口，关门的时候，我听见对话又继续了下去。

出现在面前的是正在朽坏的旅馆大堂。窗户钉着木板，但是有足够多的光线漏了进来，让我分辨清楚脚下像是苔藓的东西其实是腐烂了的成片旧地毯，肩膀上像是雨点的东西其实是蜘蛛网。我来早了十来年——雨点和苔藓迟早会出现，只是尚未降临而已。我在电梯口停步，但婴儿脑袋接着往前走去，到了楼梯口，摇摇摆摆开始爬台阶。要么是电梯已经停止工作，要么是婴儿脑袋个子不够高，摸不到按钮。

我跟着他来到了二楼的一个房间。屋里有四个人，其中包括连体服上有条小鱼的那家伙，正是他先前拿走了我的执照，另外两个看起来像是女孩。四仰八叉地躺在床上的那位抬起头看着我，我立刻凭借隔窗偷窥的那些日子认出了他。

刚开始，我以为他长齐了头发，随即发现那是一副女人的金色假发，剪得很短，根根竖起，活像参差不齐的过长小平头。假发没能糊弄我太久。我甚至不认为他真有以此充数的打算。假发底下的巴里·格林立夫和其他人一样都是光头。

所有人都沉默不语。我拼命想从他的面容中找出与潘茜·格林立夫相似的地方，与梅纳德·斯坦亨特相似的地方，与案件中任何一名相关人士相似的地方，但一无所获。被进化疗法扭曲的面容抹杀了所有可能找到的相似之处。

另外几个婴儿脑袋大致围坐在巴里床边，他们腰臀并用，飞快挪开，给我腾出房间中央的一块空间。巴里侧躺起来，用胳膊撑住脑袋，蓬乱的金色假发滑向一旁，盖住了他的耳朵。除了地板，我找不到坐下的地方，我仔细看了看地板，决定还是站着为妙。

“你好，巴里，”我说，“我叫康拉德 · 麦特卡夫。我为你的奥顿叔叔做事。”

“什么叔叔？我怎么不知道你说的是谁。”他的声音很柔和，但处处渗透着轻蔑。

“奥顿 · 安格韦恩，潘茜的弟弟——”

“行了，行了。你要干什么？”

“我正在研究你们的族谱，但有几根消失了的分支。巴里，你父亲是谁？”

“我没有父亲。”

“是梅纳德 · 斯坦亨特吗？”

“我父亲是西奥多 · 图斯特兰德医生。进化疗法的发明人。他是所有人的父亲。”他扭头问一位小听众 ：“你父亲是谁？”

“图斯特兰德医生。”另一个婴儿脑袋顺从地回应道。

巴里的视线回到我身上。“他是所有人的父亲。”

“我今天早晨探访过一位建筑师，”我说，“他为蔓越橘街屋宅后院的婴儿脑袋宿舍绘制蓝图。有人付钱让他做这件事，我觉得那不是图斯特兰德医生。”

“接着说，”巴里说，“说重点。”

“有人关心你，巴里。有人认为你会回家，并愿意花好大一笔钱确保你回家后想留下。我认识梅纳德 · 斯坦亨特。他有很多钱，但却对不上。我不觉得他会把钱都花在你身上。”

巴里假装打了个哈欠。

“巴里，你的父亲是谁？”

“也许是那位建筑师吧。你有什么看法？”

“我越是近看，就越是发现丹尼·冯布鲁姆和蔓越橘街那幢屋子有着千丝万缕的关系。建筑蓝图挂在他的名下，而不是斯坦亨特。潘茜曾经为他工作，但谁也不肯说具体的工作内容。也许是替那位大人物生孩子，这是我的猜测。她给冯布鲁姆生了个孩子，得到的酬劳是一幢屋子，外加供应她一辈子非法促进剂和针头。”

说出口之前，这只是我的猜想，但等我说出口，却感觉非常对路。至少好得足够继续顺藤摸瓜了。不过我或许无法得到这个孩子的确认。更相关的问题是他究竟知不知道。

“你都已经有答案了，”巴里说，“还要找我干什么？”

“巴里，你也是家庭成员。这或许算不上什么真正的家庭，你或许根本不想跟这个家庭有牵连，但这改变不了任何事实。你位于这个案件的最核心处。你什么也不需要做，一步棋都不需要下，但你仍旧是局中的参与者。等我找到了更多线索，我会回来找你的。另外，这是我的电话号码。”我递给他一张名片。他接过去，看也没看就塞到了光秃秃的床垫底下。

我转身准备离开。我并不失望。我找到了巴里，现在我有了一个可以努力的方向。我急于开始动手。我刚抓住门把手，巴里却开了口：“等一下。我想问你几个问题。”

我转过身。“什么？”

“谁付你的工钱？”

我想了想。“没有人，现在没有了。”

“我那位谁谁谁叔叔怎么了？”

“调查局把他带走了。”

“你不怎么喜欢调查局，对不对？”

“我不喜欢调查局，”我说，“但我不喜欢的方式或许与你有所不同。”

他琢磨了一会儿这句话，没有多追究。“潘茜很不愉快吗？”

“你不妨自己问她。”

“也许我会的。”他躺在床上，垂下视线，望着那几位脑袋膨胀的同伴。“俗话怎么说来着？有谁不想去仙境吃野餐？”

“没别的了吗？我要走了。”我说。

“还有一个问题。”巴里说。他的眼神亮了起来，像是第一次敞开心窗，我在其中瞥见了某种邪恶的智慧，那东西至少在这个瞬间栖息于此。

“请说。”我说。

“身为一文不值的下三滥超级大傀儡，那究竟是什么滋味？”

21

巴里这个引人入胜的问题在我脑海里不停翻腾，我走下楼，经过黑暗的里屋和破烂的酒吧间，不情不愿地交出安格韦恩那张百元大钞的另外半张，来到了下午阳光中的电报大街。该去找沃尔德·瑟菲斯了，他在我之后接管了斯坦亨特的案子——与斯坦亨特有关的前面一个案子。他到头来有可能是冯布鲁姆的跟班，也有可能不是，但无论如何都能够提供一些有价值的答案，前提是我能琢磨出正确的问题——还得把脚插在门缝里，争取到足够我提完这些问题的时间。

我的后备箱里有本公共电话号码薄，上面列着他的地址和号码，但当我在电话亭旁边停下车子后，却没能在车厢地板上找到零钱，只找到了装过促进剂的空口袋和那支反重力钢笔，笔是被袋鼠从我的衬衫口袋里拍飞出去的。我考虑了一下，要不要在电报大道找家商店换零钱，但转念一想又觉得没这个必要。若是一位私家调查员不能未经电话预约就登门拜访另一位私家调查员，又有谁可以？

瑟菲斯的办公室位于仓库区边缘一幢七层建筑物的顶层。在这种地方停好车，你总是不由自主地要回头多看它两眼，要是你不确定自己是否锁好了车子，只要有半分疑虑，你就会非得回去弄清楚不可。从这附近的景色来看，冯布鲁姆在号码簿里挑私家侦探的标准是尽量选糟糕的，而不是选出色的。说得通。绝望这种特质，显然属于冯布鲁姆发现了就要珍视的，若是没有发现的话，他也能培育出来。

招呼走廊里的我进门的是个女性声音，我猜那声音属于秘书，我估计瑟菲斯的生意非常清淡，居然有秘书倒是个让人愉快的惊喜。然而，门背后除了一小间办公室外别无他物，说话的女士双脚搭在唯一的办公桌上。这个房间比我的办公室还稍小些，稍难看些，稍肮脏些——正符合我想象中的样子。我拿他的办公室与我的相比，我知道等我遇到瑟菲斯的时候，也会拿他的面容与我在镜子里看见的那张脸相比。

“我在找沃尔特·瑟菲斯。”我说。

“我替他收口信。”那位女士答道。说她五十岁，她未免太好看了些，说三十五岁又太惨了些，但要我打赌的话，后者比较保险。她扭过脸来，把脚拿了下去，在桌面上那层均匀的细尘中拖出一条曳痕。

“我需要见他，”我说，“而且很急。”我把影印证件放在桌上。

“他不在。”她说。

“能打电话给他吗？”我指着电话说。电话上的灰尘和桌面上的厚度相同。

“我不想叫他起床，”她说，“有口信留给我。你该早点儿来的，一周前他用得上你。”

“怎么了？”

“你大概没注意大堂里的血迹吧。沃尔德遭到了袭击。他现在没法见客。我想你明白的。”

“您是哪位？”我问。她似乎没注意到我在提问。想必是经常和调查员混在一起的结果。

“我只是给沃尔特打下手的，”她答道，“等他从床上爬起来，估计还会接着帮他。”说话时，她的眼神挣脱了我的视线，但似乎没有聚焦在其他物件上，声音也越来越黯淡。

“你和沃尔特很亲近。”我推测道。

她说是的，但听起来只是一声叹息。我意识到她和办公桌还有电话差不多，一周前发生的事情让这三样东西同时下岗，从此就摆在那儿积灰尘了。

“我真的很需要见他，”我说，“你不妨亲自带我去，确定他一切安好。你没必要守在这儿。”

她的眼神稍许亮了些。“没人打电话来，”她说，“就好像大家都知道了。”

“是啊！”我说。

“我最好还是去陪着他，”她自言自语道，然后抬起眼睛看着我说，“他不太好。”

“我明白。”我安静了一小会儿，等她眨掉眼中的泪水，然后才开口：“听我说。沃尔特被袭击的时候在执行一项非常重要的任务，在帮助一个很需要帮助的人。现在仍然如此。如果能让我跟他谈谈——几分钟就行——也许我可以接手继续干下去。”这番话听起来很不赖，只是有些不太准确。安格韦恩已经被冰冻，要是问我的看法，暗示瑟菲斯做的事情对任何人有好处更是在歪曲真相。但他的女朋友显然愿意听见这样的说法。

我走过去，取下她挂在墙边挂钩上的外套，朝房门迈了一步。“我开车跟着你。”我说。

“只有几个街区而已。”她轻声说，从办公桌前站了起来。她将双臂伸进外套，小心翼翼地不碰到我的身体。我收起桌上的执照，在裤子上擦掉手上的灰尘，然后一起搭电梯下楼。

我落后她半个街区停车，看着她走上一幢破败的绿色板屋的门廊。她在台阶上转过身望着我，我挥手示意她进屋。等她关上门，我拿出手套箱里的镜子，倒了一条促进剂吸掉。

补充完了促进剂，收起小镜子，我踏着台阶来到门前。瑟菲斯的女朋友连忙迎了上来，我猜如果我脱掉外套的话，她大概会帮我拿去挂起来。但我没有，所以她一时间不知如何是好。等我的双眼适应了黑暗，我反倒希望它们没有这个能力了：这地方简直是个猪圈。我的鼻子一秒钟也没有耽搁，我才吸气就闻到了刺鼻的臭味。瑟菲斯或他的女人养了什么动物，过去这一周间没能尽到妥善清理的责任。这幢房屋迫切需要通风透气。我可以原谅他们，但我的鼻子不行。刚吸过促进剂让我的嗅觉分外敏锐，我跟瑟菲斯交谈时怕是没法不歪嘴斜眼。因此，我掏出了香烟。女人见状，从一堆泡过水的报纸底下翻出个熏黑了的烟灰缸递给我。

“谢谢，瑟菲斯在哪里？”

“那儿。”她伸手一指，“又睡着了。”她没有多说什么，但也没有这个必要了。

我走进她指的那个房间，房间很宽敞，有一把椅子、一个衣橱和一张大号双人床。仅有的光线来自电视。电视搁在背景台，碧绿色的三角形在半透明的水色背景映衬下，没完没了地跳着极有催眠效果的舞蹈。显像管发出蓝白色的光线，照亮了躺在床中间的黑色人影。

我走到近处。床上的人影看上去小得可怜。他在枕头上转过脸来，这是一张黑色的脸孔，我意识到沃尔特·瑟菲斯和我的相似之处没有我想象中（或者我所恐惧的）那么多。屋子里的动物正是瑟菲斯。他是一只进化了的类人猿。我惊讶得有一两秒钟说不出话来，但另外一方面，我也毫不怀疑他正是我要找的那个对象。他的面容相当接近人类，足以露出被忧虑折腾得厌烦了的神色，这张脸皱纹丛生，因为他领教过大部分人类从未见识过的事情——更不用说绝大多数猿猴了。如果他是人类，我会说这是一位疲惫不堪的五旬男子。对于猿猴，我既不能也不想搞清楚他究竟有多大年纪。

“你是瑟菲斯？”等我找回自己的声音，我说道。

“是的。”他细薄的嘴唇几乎没有动弹，但倾泻而出的声音却响亮得令人吃惊。

“我叫麦特卡夫。我正在做的事情与斯坦亨特案件有关。”我没有伸出手，因为我实在不想握住他的手，连握手这短短几秒钟也不愿忍受。刺鼻的气味来自他的身上。他掀动被单的时候尤其明确。我猜他的女朋友已经习惯了这种恶臭，正如她已经习惯了提问与回答。爱有时候不止令人眼盲。

瑟菲斯闭上双眼。“南希放你进来的？”

我说是的。

“她说你有几个问题想问我。”他抿紧双唇，透过鼻孔出气。“你必须明白，麦特卡夫先生，我不认识你。我不知道你有什么意图。”电视机一闪而灭，我们被猛然投入黑暗。我以为他不小心弄掉了遥控器，但当光线重新亮起时，他的手里多了一柄枪。这个花招很不赖。

“敢乱动，我就让你换个方式呼吸，可有意思了。”他说，皮革般的嘴巴一直咧到了鬓角。枪看起来很合他小小的黑色手爪。“我可以教你怎么从衬衫上吐红泡泡，”他接着说了下去，“这个星期我刚学会的把戏。现学现教不是什么难事。”

“你的理由很正当，”我说，“只可惜找错了人。我没教你这把戏，你也别让我学。火气别那么大。”

“坐下，两只手放在膝头，闭嘴别出声。我听得够多了，不想再听人跟我絮絮叨叨。我有枪，我提问题。两者我都有执照。”

我坐下去，把烟灰缸放在椅子扶手上，按照他的吩咐，把双手搁在膝头。

“袋鼠呢？我想请他吃粒花生米。”

“瑟菲斯，我们这是同仇敌忾啊。我才不可能跟那只袋鼠出双入对呢，除非谁剥了他的皮做双好鞋子送我。”

他那张猿猴脸扭出想必是苦笑的表情。他的牙齿黄澄澄的。我想象着猿猴屠杀袋鼠的场景，或许还有袋鼠屠杀绵羊。图斯特兰德医生的进化疗法可真了不起。他确实将动物提升出了丛林。

“好吧，”猿猴说，“请你告诉我，我为什么不该认为你为冯布鲁姆跑腿？”

“也许什么也没有，”我说，“忘了这件事吧。”我背后的门打开了。来的是南希，她拿着两个杯子，正在扮演女主人的角色。她在独处时好不容易恢复了镇定，但看见瑟菲斯手里的枪，又变得眼泪涟涟。

“天哪，沃尔特。”

“我不信任他。”猿猴坐了起来，被单落到腰际。他的胸前裹了好大一块纱布，白色的棉织物上渗着泛黄的红药水。南希端着两个杯子呆立当场。

“让他滚蛋，”猿猴说，“南希，你太他妈的轻信了。”

“他也可以拿枪指着我的脑袋进来的。”南希答道。

“听她的没错，沃尔特，我站在你这边。”

“唉，去他妈的。”瑟菲斯松手让枪落在床上。“给我。”南希把酒端给他，他一口就灌下去半杯。南希把另一杯酒递给我，然后抱着胳膊靠在了墙边。

这杯琴酒怕是只加了几滴奎宁水。我不在意。我嘴里的香烟已经熄灭，我把烟放在烟灰缸上，喝了一大口琴酒。这也能钝化我鼻子里的神经末梢。

“冯布鲁姆的手下要是想让我死，肯定能找到办法，”瑟菲斯把逻辑推理大声说了出来，提醒我想起了自己的处境，“你不可能走进来让我拿枪对着你。”

我沉默不语，只顾喝酒。

“你是混哪行的？”他边问边用拇指指甲小心地挠着绷带。

“和你一样，”我说，“你受雇就是顶替我的位置。我拒绝了他要我做的事情，因此被赶了出去，也许这点和你也一样。只是我没唱大堂喋血这场戏。”

“算你他妈的走运。”

我又慢慢地喝了一口酒。“我想把冯布鲁姆拉下马，瑟菲斯，你也许能帮我。”

“你也许能帮我送命。不了，谢谢。”

“没人知道我在这儿。再说，你也说过了。他们要你死，你就死定了。同行对同行，跟我谈几分钟如何？别总是闷在心里。”

瑟菲斯富有智慧的双眼在疲惫发肿的眼窝里亮了起来。他来回地端详我的面容，看了差不多快一分钟。

他叹了口气，低头看着枪和手里的酒。

“问吧。”他最后终于说。

我能看见南希在墙边放松了她的站姿。看见猿猴肯坐起来说话，她显然很开心。

“冯布鲁姆说他雇你监视塞莱斯特，”我说，“你和塞莱斯特的丈夫联系过吗？”

“斯坦亨特先生？”

“是的，”我说，“梅纳德 · 斯坦亨特。”

“一眼都没见过。感觉这是关键所在。”

“在我身上则恰恰相反。我是医生雇的，从没见过冯布鲁姆。我猜梅纳德和我相处得不怎么愉快，因此拜托冯布鲁姆帮忙安排。”

“我猜也是。”瑟菲斯把枪放在床边的窗台上，撩动了窗帘。一缕阳光闪烁着掠过床铺，转瞬即逝。

“你盯了她多久？”

“一个星期。”

“知道了什么情况吗？”

“只有冯布鲁姆显然已经知道的。”

“那是什么？”

瑟菲斯一脸不耐烦。“男朋友呗。”他发现我没有露出恍然大悟的神色，“你知道男朋友的事情，对吧？”

“不知道。”

瑟菲斯眯起双眼看着我的眼睛。

“这正是斯坦亨特医生想弄清楚的，”我说，“但我始终没有看见切实的证据。你确定吗？”

他皱起眉头，有些怀疑。“当然确定。”

“在哪儿？”

“汽车旅馆。湾景。斯坦亨特被做掉的地方。”

我大惑不解。“给我仔细说说。”

“塞莱斯特去过那地方两三次，每次都在一个房间里待很长时间，出来时顶着满头乱发。很标准的情境。”他像看疯子似的看着我，我也觉得自己肯定是疯了。要么是他在撒谎，要么是我彻底看漏了。

“你看见那家伙了？”我问。

“看见了一次。不过肯定没法从人群中认出他来。”

我对此思考了一小会儿。忽然间，我对这些事情的看法中出现了一个缺口，这个漏洞以三角恋中第三者的形象出现，这个漏洞以理当存在的谋杀调查中的首要嫌犯角色出现。这并没有完全排除安格韦恩的嫌疑，但安格韦恩和塞莱斯特是一双情人的构想委实过于可笑。她会生吃了那家伙。

我试着去想剩下的还有谁，但一个合适的也想不出来。

“你为什么跟冯布鲁姆闹翻了？”我问。

瑟菲斯发出短暂而尖细的笑声。“他找人扮演硬汉子，我有时候的确扮演。但这次感觉起来不止是硬汉，而是恶棍，我拒绝了。他不喜欢被人拒绝。”瑟菲斯做了个鬼脸，这提醒我想起交谈的对象是只猿猴。他伸手按住绷带。“我们互相抛掷了些威胁。看来他的威胁显然成真了。”

“我看也是这样。他们要你伤害塞莱斯特？”

瑟菲斯又露出那个苦涩的表情。“冯布鲁姆告诉你的？”

“冯布鲁姆没有说。我的老板是斯坦亨特，他叫我吓唬吓唬他老婆，送她回家。”

“真贴心。”瑟菲斯的语气很阴沉。他扭头望着南希。“你听见了？”

南希一个字也没有说。

“换了我多半会考虑考虑，”他说着把视线转回我身上，“妈的，说不定就去这么干了。但我得到的命令有点儿不一样。”

“怎么个不一样法？”

他叹了口气。“冯布鲁姆把情人的事情告诉了斯坦亨特，医生顿时嫉妒心大发作，”他说，“冯布鲁姆又找到我，许我五千块钱让那位男朋友永远消失。”

“杀了他。”

“正是如此。我拒绝了。”

“冯布鲁姆慌了神。他认为你知道得太多了。”

“想必如此。”

电视机的背景画面换了颜色，房间从淡蓝色和绿色变成了白色和金色。瑟菲斯点亮窗台上的台灯，用遥控器关掉电视。南希拿起我的杯子，离开了房间。

我已经习惯了瑟菲斯的气味，他想必也习惯了我身上最令他不愉快的那一部分。他收起手枪，躺回宽大的床上。等他再次开口，语气柔和了许多。

“你对塞莱斯特有什么了解？”

“说实话，并不多，”我答道，“我花了很长时间在蔓越橘街监视，发现她换衣服的时候不关百叶窗。”

“还不如问我来得快。”

“聪明人，别忘了我在先你在后。”

我让猿猴微笑了起来，他几乎要哈哈大笑，但刚一张嘴，肋间传来的剧痛就逼着他换上了苦脸。我看着他忍受痛苦的样子。

“我把我知道的全告诉你，”我说，“你来填补中间的空当。”

他点点头。

“塞莱斯特很难应付，至少曾经如此。她认识冯布鲁姆，两人有业务方面的联系。两年半以前她变了心思，离城而去一段时间——也可能是被逼离开的。接下来，她更改了自己的历史，去芜存菁，提升了眼界，决定脚踏实地过日子。到她和有钱医生结婚的时候，那份工作显然已经结束。但冯布鲁姆仍旧拿着她的把柄。他是不会放手的。”

“听起来很对头。”猿猴说。

“跟我说说你对冯布鲁姆的了解。”

他眯起了双眼。“跟我说说你不知道什么。”

“几乎什么也不知道。他混哪行的？”

“哪行？性爱。药品。羯磨。有哪一行是他不混的？”

“我明白你的意思了。”

“知道有家名叫‘薄情缪斯’的俱乐部吗？那是他的地盘。到里屋找一个叫奥瓦霍特的家伙。”

我重复了一遍这个名字。

“冯布鲁姆有什么，他就卖什么，”瑟菲斯说，“意思就是要什么有什么。”

“调查局肯定也装在冯布鲁姆的口袋里。”

瑟菲斯又露出笑容，闭上了眼睛。“是啊，我想是的。”

我站了起来。快五点了，外面的光线正在黯淡下去。我想去见潘茜，如果塞莱斯特在家的话也要见她。听起来我还得跑一趟“薄情缪斯”。

我走近那张床。瑟菲斯的眼球在黑黢黢的眼皮下颤动。毛发间露出的皮肤显得很薄，仿佛属于一位老妇人。

我退了一步。“谢谢，沃尔特，”我说，“你帮了大忙。日后定将报答。”

他没有睁开眼睛。“行啊。”

“替我跟南希道谢。”

“好。”

他虽然饱受折磨，但终究是一位职业人士，我对他的敬佩之情不止一点点。若不是我认为他会把钞票扔回我的脸上，我很愿意拿出安格韦恩的钱分他几张。

我把名片放在衣橱上，走出他的住处，进入了正在消逝的白昼里。

22

我受够了蔓越橘街的这幢屋子。开车到门前的时候，恰好看见观景窗倒映出辉煌的日落景象，但日落没能让我心情转好。我对这幢屋子和屋里的人过于了解，已经到了无法欣赏美景的地步。然而话说回来，我知道的事情依然很少。我又一次上前砸门。

应门的是潘茜·格林立夫。她呆站片刻，瞪大双眼，犹疑不决，就仿佛我们打算重新开始认识对方。就仿佛我们忘了我上次登门拜访的时候，她在药物导致的迟钝状态中发誓我敢再来就要结束我的性命。这一刻持续了很久，久得让我开始怀疑她究竟是否记得我们上次的相遇。接着，她柔软的面颊开始收紧，眼睛也眯了起来，手掌在门边握成了拳头。

“派翠西亚，你好。”

她没有开口。

“你的模样好多了，”我说，“赏心悦目。我们必须谈谈。”

“我很忙。”

“莫非有客人？”我踮起脚尖，隔着她往屋里看。“塞莱斯特？我也要和塞莱斯特谈谈。”

“没有。屋里没别人。”

“我明白了。你的意思是和昨天一样忙。潘茜，那东西很不好。我找到一个人，用显微镜仔细看了看那东西。它能活生生吞噬你。”

“那是我的事情。”

“小公主，那是丹尼·冯布鲁姆的生意。你只是客人而已。”我用肩膀挤开她，走进室内。

拐过转角，走进客厅，迎面而来的场景是三个婴儿脑袋整整齐齐地并排坐在沙发上。简单地说，他们跟这套屋子格格不入。他们的存在显得无比突兀，仿佛被某人误解为正经话的玩笑中的笑点。猫咪萨莎此刻不在视线之内，她反而比这几个婴儿脑袋更有归属感。她反而更像人类。

巴里坐在一头，与另外两人略略分开，他的亮黄色假发仍旧得意扬扬、傻气十足地歪戴在头顶上。在旅馆领我上楼的托加袍坐在另外一头，身上的被单在手指间绞成一根脏兮兮的灰绳子。他们中间的那位我不认识，他穿超小号蜘蛛人行头，戴墨镜，过大的光头上扣着一顶棒球帽。

“巴里，”我说，“好久不见。”

“混球先生，”巴里说，“请坐。”

潘茜跟着我进来。我转身对她绽放笑容，收获的却是宛如匕首的眼神。

“请接受我的道歉，”我说，“您有客人。你们接着聊你们的。我保证安静得好比老鼠。”

潘茜沉默不语。巴里皱起额头，说道：“安静得好比嘴巴[①]。”另外两个婴儿脑袋嗤嗤地笑了几声。

潘茜退到一张空椅子背后。“有个叫科恩菲尔德的人在找你，”她说，“他告诉我，如果你再来打扰我，我可以打电话给他。”

“调查局的小伙子，”我说，“没什么要紧事。他欠我不少羯磨，估计是急着还我。”

“你有麻烦了，”她说，“我都不想恨你了。我为你感到抱歉。”

“谢谢，潘茜。下次一翻身压到针头的时候记得想我。”

“大人物，你为什么还不滚蛋，”巴里说，“你这是擅闯民宅。”

“擅自闯入正是我的人生信条，”我说着扭头面对婴儿脑袋，“迁就我吧。”

戴墨镜的婴儿脑袋摘掉墨镜，别在衣领上。他和裹着床单的那位一起抬头盯着我，眼神空洞，尽管情绪湍流如潮水般搅扰着房间里的气氛，但他们似乎还有些困惑。两张脸构成了立体声一般的效果，分别是怪异感的低音和高音单元。

我扭头问潘茜，“我在找塞莱斯特。你见过她吗？”

“你来迟一步，”她答道，“今早还在，现在已经走了。”

“她有没有提过去哪儿？”

“她很不高兴，说你拒绝帮助她。她想给摩根兰德调查员打电话，告诉他奥顿是无辜的。”

“你怎么回答？”

潘茜的手攥紧了椅背，眼神移向地面。过了一会儿，她抬起头，厌恶地盯着我。“我说这太愚蠢了。很明显，就是奥顿干的。”她涨红了面颊，但没有望向别处。

---

① 嘴巴（mouth）和老鼠（mouse）在英语中谐音。

“很勇敢。”我也算是实话实说。

“下地狱吧！”她说完转身离开了房间。我侧耳倾听，但只能分辨出脚踏楼梯地毯的声音。接着从楼上传来了床垫弹簧受压的吱嘎声响。

巴里一脸得意的模样，仿佛潘茜的动作设计全部出自他的手笔，见到这些动作得到了如此精准的表演，他实在有些喜不自胜。高音单元和低音单元只顾不停转动眼珠，仿佛正在观赏网球比赛。

“你为什么回来？”我问。

“我有几个星期没回来过了，”巴里答道，“按照你说的，事情似乎越来越有意思了。”

“你怎么想？”

“我挺好。事情很有意思。”

“巴里，你爱你的母亲吗？”

“我什么也不爱。”听他说这个字的方式，仿佛他懂得其中的深意而我不懂。

“那么，你也不会在乎我即将告诉你的事情了。”

“你之前说的话没有一句是让我在乎的。”

我深深吸气。但我在乎。“塞莱斯特 · 斯坦亨特是你的母亲，而不是潘茜 · 格林立夫。我花了一阵子思考，但最后终于想通了。潘茜为丹尼·冯布鲁姆做事，但谁也不肯说她究竟做些什么。她是保姆，巴里。至少在你离巢之前是。”

巴里只是笑了笑。“你无法想象这对我多么没意义。”

“我不相信。”

“我的行为动机超乎你的理解能力。”

“我想也是。”我走到厨房柜台后，在餐具柜上拿起一个饮水杯，倒了一杯自来水。

“你还没有回答我的问题。”巴里说。

“什么问题？”

“当你这种人有何感想？”

“你提问的时候，这个问题实在很难回答，”我说，“你用了些我不懂的词。”

“你是个混球，”巴里说，“最糟糕的那种。你认为你代表了真理和正义什么的东西。”

我喝了一大口水，这才开始回答。尽管他只有三岁，但我真的有些生气。“真理和正义，”我说，“我怀疑你并不理解你到底在谈论什么，这些字词恐怕只是从你的脑子里涌现出来，因为有人对你的大脑动了手脚。真理和正义。两个轻飘飘的好听词语而已。”

我忽然停了下来。这些话说给婴儿脑袋听只是白费力气——很可能说给任何人听都是白费力气。

接下来，我犯了个错误，居然决定提议让他们思考一下。“假如我告诉你们，我认为真理和正义是截然不同的两个东西，你会怎么想？”

低音单元很喜欢这个念头。他扭头对高音单元说，“假如我告诉你，我认为真理和正义是截然不同的四个东西，你会怎么想？”

高音单元立刻接上话茬。“假如我告诉你，我认为爱和金钱是截然不同的六个东西，你会怎么想？”

“换个时间吧，”我说，“我心情不好。”我把水杯放回厨房柜台上，走向房门。

“假如我告诉你，我认为时间和心情是截然不同的十二个东西，你会怎么想？”我身后的巴里说。

23

我作为顾客来过一两趟“薄情缪斯”，占他们开门晚关门也晚的便宜，另外还有几次来是为了追踪几个早也喝晚也喝并且不在意坐在这么一个肮脏狭小的酒吧里喝的家伙。他们的里屋我早已有所耳闻，但没有进去过。奥瓦霍特这个名字倒是头回听说。我坐进车里，赶往“薄情缪斯”，但不确定这个时间它有没有开门。

已经开门了。事实上，从停车场走进“薄情缪斯”就仿佛穿过一台超小型的时间机器，把你从六点钟一下子送到了十二点以后很久的深夜。吧台前的那几位仿佛已经轮流喝过了好几家酒吧，只是凭着习惯最后坐在了这儿；地板上积了一整个夜晚才积得出的烟头，烟头浸泡在威士忌和冰块融化的小池塘里。点唱机正在播放悲怆的“最后一杯”歌曲，吧台前的所有人都在跟着合唱段落哼哼唧唧，只是你很清楚“薄情缪斯”没有最后一杯的规矩。即便有，也不是一杯，而是好几杯。

我走到最靠近后面那扇门的地方坐下。酒保是个大块头，这家伙似乎在自己的轨道上弹来弹去，与他打了数个照面也没能让他停下来。他隔了好一会儿才过来问我要什么，又隔了一会儿才把酒端给我。我反正不在乎。我理当满心烦恼，理当争取时间，但进了“薄情缪斯”，我就感到自己被装进了一个既不存在时间也不存在身份的口袋里。谁需要羯磨那东西啊？我喝完那杯酒，在杯垫底下放的钱除了付账还多五十块。

酒保看见钞票，动了动眉毛，但只是微微一跳而已。如果我没有对他勾勾手指、打个唿哨的话，他或许会不动声色地收起多出来的钱走开。

他把脑袋凑近我的头部。

“我想找奥瓦霍特聊聊。”我说。

“奥瓦霍特可能还没来。”他答得又快又流畅，仿佛我说的话背上驮着条引水鱼似的。我话音未落，他已经说完了。

我掏出半张百元大钞，我的口袋里现在乱蓬蓬地有好几张这东西。他接到手里才发现那不是一整张。他又挑了挑眉毛。

“等我见到奥瓦霍特就帮你修补好，”我说，“保证跟新的一样。”

“新不新我无所谓，”他说，“能用就行。”他的眼神朝后墙上那扇门闪了一下。

“谢了。”我说。

“别谢我。”他说。他拿起我的杯子，走到紧靠镜墙的一排酒瓶前，倒满后给我端了回来。“没那个必要。你喝酒的时候出手大方，仅此而已。”说完他就回去伺候那群常客了。

我拿起酒杯，走进了那扇门。里屋只是一张台球桌和四面墙而已，三面墙与台球桌的距离太窄，一眼就看得出没法好好推杆。后墙上伸出去一条黑洞洞的走廊。天花板上垂下来一盏灯，与台球仅有一英尺之遥，要是跳球没打好，很容易就会砸碎灯泡。房间里有一个大块头和一个小个子，都在拄着球杆端详球台。我随手关上门，把酒杯放在毛毡台面上。

大块头抬头看我，我意识到小个子就是奥瓦霍特。世上有些人的心思全写在脸上，大块头的心思是拿蜡笔写的，还拼错了好几个字。

但他气度非凡。他走过来，从台面上拿起酒杯塞进我的手里，然后打了一杆。这杆打得相当不错，奥瓦霍特和我默默地看着他一连打掉好几个球。球杆只在墙上磕碰了几次，一次也没脱手。他只是抬起杆尾，浑不在意地推杆击球。

等他终于失手，他只是咕哝了一声。杆尾再次落在地上，他又拄着球杆站在那儿。我有一会儿还以为我非得等他们打完这局，还好奥瓦霍特及时开了口。

“这条路不通厕所。”他说。

“我在找一位叫奥瓦霍特的先生。”我答道。

奥瓦霍特露出一丝笑意。他的嘴唇有些皲裂，估计是他舔的次数太多了。他用手拢了拢头发，然后又重新握住球杆。“我就是。”他说。

“很好，”我说，“听说你能弄到其他人都弄不到的东西。”我不是很清楚自己在说什么。

“有此一说。”他答道，仿佛在承认他始终戒不掉的坏习惯。

“我愿意付钱让它现在成真。”我说。

“也许吧。”他仔细打量着我，“我需要知道你的名字，还有你是怎么找上我的。我需要看看你的卡片。”

此处没有虚张声势的余地。我只盼望他没有从冯布鲁姆口中得知我的名字。我把卡片扔在灯光下，特地注意不碰到台球。“我遇见了一位叫冯布鲁姆的先生。”我说，“他向我推荐你的服务。”奥瓦霍特凑近台面辨认我的名字。“是个大胖子，”我紧张兮兮地继续说道，“没有冒犯的意思。”

奥瓦霍特露出狰狞的笑容，把我的卡片揣进衣袋。我做好了逃跑的准备。如果为了保住小命，我可以抛下卡片逃跑。再说卡片上反正也只剩下了二十五点。

“他的确是个大胖子，没关系，”奥瓦霍特说，“很少出门。”

接下来是片刻沉默。我望着奥瓦霍特，尽量让自己显得没有在死盯着他看。

他拍拍装有我的卡片的口袋。“别担心，”他说，“会还给你的。安全第一。”

我这才意识到我屏住了呼吸。我慢慢吐了口长气。“他说你能帮我弄到空白剂。”

他扭头看一眼大块头。我也扭头去看，但没什么可看的。他的视线随即转回我身上，第一次与我对视。“有时候可以。”他说。

“我要空白剂。”

“你不会想用的。那东西很不好。”他的关切听起来很真诚。

“那是我的事情。我要空白剂。”

他叹了口气。“五百块。”

我在心里哈哈大笑。安格韦恩在维斯塔蒙特交给我的信封里到现在还有这个数。花钱买我最近才倒进路边烂泥的药物，这件事委实有些可笑。花这么多钱更是有些说不通，我怀疑我正在购买的不止是药物本身。然而，不花钱就回答不了我的疑问。

买来的空白剂要怎么处理呢？不如让我吸掉算了。

"没问题。"我听见自己这样说。

"那好，"他说，"我们上楼。我打个电话。"

他把球杆递给大块头，大块头看起来有些恼怒。他正占据上风，但他显然已经打过许多局，未来还将打更多局。生意优先。

"跟我来。"奥瓦霍特说。他走进球台后的黑暗走廊。我跟了上去，他领着我爬上一小截楼梯，来到一小间吸烟室，这里有电视机、电话和几把椅子。他请我坐下，我依言而行。

"钱。"他说。我拿出钞票，他细细检查了一番，最后说，"很好。"

我觉得自己越来越愚蠢。我没有得到任何线索。我努力想找到办法弥补这五百块钱的损失，却什么也想不到。我像机器人似的追踪线索，证实的猜想却与案情毫无关系。真是浪费时间。

正准备闹出点儿风波，讨回我那五百块钱和卡片的时候，奥瓦霍特又开了口，"往那儿走，她在里面，"他伸手指了个方向。"喜欢的话，还有更多的。"

我不想让奥瓦霍特觉察到我的困惑，但困惑恐怕还是显露了。

"丹尼告诉你——"

"是的，"我努力让他安心，"丹尼告诉过我。"我站起身，走进了那扇门。

这是一间卧室。灯光昏暗，但还没有暗到看不见护墙板正在朽烂的地步。房间里一股霉味，我猜墙里有管道在渗水。那女孩已经脱掉了衣服。她躺在床上，听见我走进房间，她转过来绽放出满脸微笑，展开雪白的双臂招呼我。她的外形很美丽，但动作有些笨拙。我立刻产生了不好的感觉。我关上门，走到床边，听凭她抱住了我。

我用双手捧住她的头部，凑到可以让我观察她的双眼的近处。

她的嘴巴在笑，眼神却空白一片。这双眼睛对着我，聚集的位置却在远处，在我刚走进房间时所站立的位置。我等待着，但她没能调整过来。她的视线穿透了我这个人。等我摸到她的后脑勺，我立刻明白了原因。

她的头发中埋着奴隶盒子，一小簇植入的导线与一小块塑料物体熔焊在一起。我摸奴隶盒子的时候应该没有伤害到她，但她意识到了我关注的不是她的躯体，于是松开抱住我的双臂，放回床上。这些事情能够影响她，影响她的意识中某些还在运转的部分，但需要时间。就她消耗生命的方式而言，还有就供她消耗生命的场所而言，这反而是一件好事。

我将她推回床上。我只想从她身边逃开，但我推搡的力气也许大了些，她躺在那里格格直笑。这不由搅起了我心中的一段旧回忆，一些苦涩的事情，我以为它们早已彻底烟消云散。把裸体女人推倒在床上大概总包含着性方面的含义——不管这动作出于嬉闹，出于敌意，又或者两者皆有——无论那是多久以前的事情。

我从床边站起。透过宛如雾霭的厌恶感，有些事情终于说得通了。冯布鲁姆对奴隶营的暗示此刻落到了实处，我明白了他为何必须与调查局维持友好关系。他需要有人通风报信，告诉他何时有美丽的躯体遭到冻结。只要看着床上的女孩，我就能想象出这个勾当的全貌。我还能想出几十个令人不愉快的理由，用来解释冯布鲁姆为何需要一个或者两个医生的兼职服务。

我打开门，回到奥瓦霍特等待的外间。他疑惑地看着我，视线中几乎有怜悯的意思。“有什么不对头？”他说。

“没有，”我说，“都很好。”

“你知道，我们各种都有。男人，女人，群体。要什么年龄有什么年龄。别害羞。”

“很好。”

“我们竭诚为您服务。”他深深皱起眉头，这份关切出自肺腑。我很受触动。

“好吧，”他隔了一会儿说，“拿着。”他递给我一个信封，这个信封太平坦，不可能装有药物。“带着这个去找电报大道和五十九街路口的制剂店。他们会提供你想要的东西。”

我把信封塞进上衣口袋。

“我们不在这儿经手药物，”他的嘴巴已经停不下来了，“太危险。再说也只是副业而已。”

“我明白。”

“那好。”他从摆着电话的小桌后走了出来。我对女孩和对话都没有兴趣，这似乎让他很失望。

他把我的卡片递给我。“我们在解码器上扫了一下，”他说，“二十五点实在太低了。我可以帮你解决……”

“不了，”我说，“谢谢你，但还是算了。不会有用的。调查局现在对我盯得很紧。他们会觉察到的。”

他笑得欢天喜地，仿佛听见托儿适时喂上正确台词的推销员。“你不明白，麦特卡夫先生。我们售卖的羯磨是上等货。调查局不能碰。我有内线。”他顿了顿，“实话实说，你刚才给的钱还没用完呢。”

我心里又愤怒又难受的那个部分还在恐惧中颤抖，害怕自己的羯磨跌得实在过低了，这使得我停下来思考了一下他的提议。但没想多久我就意识到这不会有任何用处。奥瓦霍特不知道我是谁，否则就不可能向我如此示好了。

“谢了，真心诚意的，”我说，努力让声音带上几分热情，免得他心里太过难受，“但对我肯定没用。”

“好吧。”他摊开双手，表示认命。我接过我的卡片。

我留下他坐回电话后面，独自离开了房间。走到楼梯上他看不见我的地方，我停下脚步，紧贴在墙上，努力恢复正常的呼吸。那女孩的遭遇震动了我。对我来说，去思考冯布鲁姆从冰冻中取来的所有人，那几十个甚至几百个人，反而比回想刚才的女孩容易得多，那个在冰冷潮湿的房间里绽放空白的笑容、头发里有导线和塑料装置的女孩。我无法驱走这幅图像，只得让它在脑海中驻留片刻，同时试着让自己去习惯它。

隔了几分钟，我走完剩下那段下楼的路，穿过有大块头在台球桌和墙壁间徘徊的里屋。这会儿他正在练习击球，把台球在桌面上摆来摆去，一只大手里轻而易举地拿着三个球。我看着他，他对我笑笑。我在楼上待的那段时间大概长得足够让他认为我和那姑娘飞快地来了一发。我想生气，但就是没法聚集愤怒。我报之以微笑，走进了酒吧间。

“薄情缪斯”里一切如故，言下之意就是依然充满了男人边喝酒边流汗外加喷吐雪茄烟气的独特味道。音乐更响了,但仍旧缺乏生机。我想喝酒，但房间里挤得满满当当的，除非在人群中推搡出一条路，否则绝对不可能走到吧台前。不值得。回车里吸一条促进剂也能行。

我用肩膀排开人群，挤向酒吧门口，我听见大块头酒保在背后叫我，他的口袋里还有半张一百块。我没回头张望，我心情不好，没兴趣付清全款。他挤过人群要耗费的力气和我挤过去一样多，而世界上如果有什么事情我特别在行的话，那就是在匆忙中发动汽车了。

我走到门口，把全身重量都堆在门后，结果证明根本没这个必要。有人正好在外面拉门，我险些撞上他的膝盖。刚要嘟囔着咒骂对方的时候，我看清了来者是谁。畏畏缩缩地站在我面前，貌如红脸膛中后卫的这个人正是格洛佛·泰斯特法。这事情不好笑，但我很想放声大笑。隔了一秒钟，袋鼠像是笑话的笑点般从他背后走出来，我终于憋不住了。

24

这两人的组合确实很滑稽。泰斯特法按理说是领头的，但他一看见我就扭头向乔伊求援。袋鼠只是板起了他的脸。笑够了，我从两人中间挤过去，走向自己的车子，心里清楚这场戏不可能轻易结束。不出所料，还没等我把钥匙插进车门，就听见背后响起了他们的脚步声，一个黑影在月亮和月亮在车窗上的倒影之间经过。

“你好，格洛佛。”我边转身边说，但袋鼠站得离我更近，他的手爪又握着那柄黑色小枪。

“你好，麦特卡夫。”泰斯特法有些缺乏底气地答道。我看得出来，他不太习惯这么激烈的场面。他上前两步，但仍旧站在袋鼠和手枪背后。

“为什么不吩咐乔伊走远点儿，我们好聊聊？”我说。

“去你妈的，蠢货，”乔伊说，“谁也不能吩咐我走远点儿。我吩咐自己走远走近。其他人谁也不行。”

“好吧，”我说，“那能把枪收起来吗？”

“我觉得拿枪对着你是个好主意，麦特卡夫，”泰斯特法说，“你这人太暴力了。”

“职业习惯，没办法，”我说，“你该明白的。”

我靠在车上，把钥匙放回衣袋里。如果这番谈话要持续一会儿的话，我想尽量让自己舒服些。温度正在下降，空气很干燥。没有起雾，至少现在还没有。我正在从楼上的震惊中恢复正常。我想吸一条促进剂，但除此之外都还不错。

“我们在找塞莱斯特，”泰斯特法说，“如果你知道她在哪儿，最好告诉我们。”

“她不在里面。”我对“薄情缪斯”点点头。

躲在袋鼠的手枪背后，泰斯特法又趾高气扬了。“如果今天你见过她，最好还是跟我们说实话，”他说，“或许你该解释一下你在里面干什么。”他找到了提问而不触犯自己的优雅和感性的诀窍，我想这给了他一种令人振奋的自由感。

“或许你该告诉我，你找塞莱斯特干什么，”我说，“我想这才是你应该做的。”

“她嘴巴太大，”袋鼠突然开了口，“她正在惹麻烦。”

“听起来可不坏，”我答道，“让她说去好了。你们为什么要心烦呢？”

袋鼠怒目而视，抬起枪指着我，仿佛觉得他有枪就意味着我无权提问似的。

但他错了。“你们到底在害怕什么？”我说，“还是说冯布鲁姆在害怕，派你们上街替他操心？”

就在这时，酒保冲出了“薄情缪斯”的店门。他还有个伙伴，就是里屋打台球的大块头，两相对比之下，酒保反而显得个头不大了。但实情并非如此。两个人扫视了一圈停车场，抬脚走向我跟泰斯特法和袋鼠说话的地方。他们两人步调很合拍。我觉得这不是他们第一次并肩作战。

局势相当有娱乐性。乔伊、格洛佛和我倚在车边进行亲切友好的交谈，“薄情缪斯”的两条硬汉正在穿越砾石场地，无疑想把我们来个一锅端。月华如水，但乔伊的枪是黑色的，而且他拿得很低。尽管四个人都是冲着我来的，但四个人都认为局势是两对三，唯一知情的我并不打算纠正他们的错误。

泰斯特法看起来很不高兴。他不知道是应该躲在正显得越来越小的袋鼠和手枪背后，还是应该逃向他的轿车。他选择了前一项。酒保一把推开他和袋鼠，揪住了我的衣领。我本来就很舒服地贴在车身上，他只能把我按在原处，仿佛是他亲自将我推到那里的。另外那位老兄站在他背后，像是他多长出来的一对肩膀。

“百元大钞在这附近算是大新闻了，”我说，“你们有多少种分钱的方式？”

酒保扭头对同伴说：“看看这位硬骨头，居然有那么多问题。”

“我在进行调查。”我说，但是省下了私家执照那部分没有提。“问这位泰斯特法医生好了。他正在回答有关楼上小房间的问题。比方说，那些躯体要是戳断了脚趾头，奥瓦霍特是如何不让他们腐烂的。”

酒保转身打量泰斯特法。我抓住他的双手，帮助他松开我的衣领。他忙着端详和回忆泰斯特法，没有注意到我的小动作。

“我见过你，”他说，“你跟那胖子一起来的。”

泰斯特法都快把舌头吞进肚子里了。他看起来比袋鼠的手枪还要小一号。我见过他处于适宜场合时的样子——在山丘顶上，周围是奢华的装潢、已经成为古董的杂志和满满一小银盒的促进剂——

而眼前的场景绝非他所熟悉的。天晓得冯布鲁姆是怎么说服他跟袋鼠一起出门跑腿的，反正这个安排肯定不让人愉快。

袋鼠没怎么远离他习以为常的环境，但还是有点儿惊惶失措。他踩着砾石地面踉踉跄跄地后退了几步，挥舞着手枪，不知道该瞄准谁。来自台球房的大块头对袋鼠摆出准备作战的姿势，本能告诉他应该首先处理手上有枪的那一位。

我忽然想到，眼前这场冲突的双方人马从根本上说都为冯布鲁姆工作。他们互不相识的事实说明冯布鲁姆的地位并不像他表现出来的那样牢靠，若是让“薄情缪斯”的这几个帮手知道他和塞莱斯特、调查局还有我之间的麻烦事，产生的后果怕是连他也吃不消。

推断出如此结果让我心情大好，但我没时间耗在这儿看他们是否会继续误解下去。我又掏出车钥匙，偷偷去开背后的车门。

泰斯特法肯定很不喜欢眼下的局势。他望着袋鼠，露出绝望的神情。“这太没有意义了，”他说，“她不在这儿，我们走吧。”

袋鼠同意他的意见。“你让这两个打手住手，泰斯特法，他们认识你。”他把手枪向前一伸，但两个大块头毫无惧色。

“我们砸烂这屃货的脑袋吧！”打台球的大块头提议道。

“别管那只袋鼠，”酒保大块头答道，“他是小角色。把他的枪给我拿过来，然后去叫奥瓦霍特。我需要他的意见。”

台球大块头哈哈一笑。他和酒保分开来就已经够巨大的了，放在一起就仿佛某件你压根儿不愿去思考是什么东西的两个半球。他上前把枪从袋鼠的手里扭了下来。可怜的乔伊。他不知道规矩。他喜欢挥舞武器，但从不开枪，时间一长，谁也不当他是有枪的人了。他带着动物式的愚蠢低头看着空空如也的手，像是在责怪这只手没能扣动扳机。台球大块头把枪交给酒保，随后又转回袋鼠面前。他粗暴地抓住袋鼠的肩头——假如你能管袋鼠的这个部位叫肩头的话——把袋鼠推倒在砾石地面上，然后回身走向酒吧。

乔伊站起来，拍掉身上的灰尘。我掏出半张百元大钞，递给酒保。“给你，”我说，“别在两个地方花干净。”我打开了车门。

现在轮到酒保挥舞手枪了。“别待在那儿，”他说，“你们三个，全给我趴在车上。”

袋鼠精神恍惚。他和泰斯特法走到了我和酒保之间，他们想遵行命令，我却想制造麻烦。我抓住袋鼠和泰斯特法的脖子，将他们推向酒保握枪的那只手，等到尘埃散去，出现在眼前的是袋鼠和酒保正在争夺手枪。泰斯特法爬到一辆汽车后面藏了起来。我想不出我更愿意看见谁获胜，于是靠在自己的车上坐山观虎斗。

酒保把枪打落在了地上，但这只是看起来像个好主意，因为乔伊趁机把一只大脚摆在了他们两人之间。这一刻，我几乎想将视线转向别处，因为我知道接下来要发生什么，从酒保的表情来看，他也知道。他摸索着想去拿枪，时间仿佛骤然停止——这简直是用两根湿木棍钻木取火的人妄想战胜操火焰喷射器的敌手。枪还没有离开地面，袋鼠就对准酒保的身体中部释放出了一连串短平快的摧毁性攻击。酒保几乎弯成了两截，他抓住袋鼠的腿寻求支撑，袋鼠抽开身体后他瘫软在了地上。他在地上蜷缩成一个球，块头显得小了几圈。夜色笼罩着他，仿佛他已经完成了历史使命。

乔伊的动物血统展现得堪称淋漓尽致。我不想留下来看第二幕。我钻进车厢，把钥匙插进点火器。很不幸的是乔伊还没尽兴。他从地上那个扭动着的身影旁捡起手枪，一枪打碎了我面前的挡风玻璃。

“下车。”他粗着嗓门说。

我松开方向盘，但没有熄灭引擎。“乔伊，把枪收起来。”

“去你妈的，蠢货。”他的口鼻扭出一个讥笑的表情，“我受够你了。给我下车。”

我叹了口气，再次爬出车厢。酒保这会儿一动不动地躺在地上，泰斯特法不见踪影，只剩下我和袋鼠在黑暗的停车场里对峙。“薄情缪斯”的灯光和音乐显得那么遥远。乔伊喘着粗气，双目圆睁，眼神狂乱。碎裂的挡风玻璃说明他终于学会了扣扳机。

“好吧，乔伊，”我说，“算你厉害。不过要提醒你，如果你动作太慢，马上就会有伴儿了。”我对着酒吧的灯光一扬下巴。

我真是不敢相信。他居然上钩了，回头去看那个方向。这给一只超级外行袋鼠的肖像绘上了最后一笔。我解下衬衫口袋里的反重力钢笔，瞄准他的面门轻轻扔了出去。等他回过头来，看见飞在我们之间的钢笔，脑子里计算的抛射轨道显然基于它有重量，因此抬起没拿枪的手想在下巴的高度拍掉钢笔。那支笔刺穿空气，用棒球术语说是个反升的下坠球，正中他的眼部。他随手开了一枪，没有打中，我的右拳旋即击中他的下颚底面。

这拳打得真叫结实，结实得让我直后悔。我的右手立刻没了知觉。我没时间哀悼用力过度的指节，但还是拿右手兜住他的后脖颈，贴近他，挥起还能动的左手砸进他的鼻子。不得不放手之前，我狠狠地给他来了三下，这时候的乔伊已经没了样子。他的嘴巴和我的手指间挂着一串如露珠般的唾液。枪还在他的手里，我用膝盖撞了过去，他连看一眼枪落向何方的力气都没有了。从上次的遭遇中我已经明白，指望袋鼠摔倒只是浪费时间。我把枪踢到一辆轿车底下，抓起我的钢笔，留下他两只大脚站在那儿前后摇晃。

这两枪引得台球大块头和其他几个家伙跌跌撞撞地冲出“薄情缪斯”。我将其视为开车离开的暗示。我的手不怎么能够转动方向盘，但我还是成功地换到了倒车档，在第一个家伙跑到我的车窗前加速冲出了停车位。我猛打方向盘，把车头对准临街的出入口。在开出停车场之前，我通过后视镜最后看了一眼现场。酒保已经跪了起来。另外一个人在伸手捞车底下的枪。我甚至在两辆车之间瞥见了泰斯特法粉红色的脸孔。他们像是一群白色洋娃娃或是木偶，正在吞噬他们的黑夜中表演什么滑稽剧。我把油门一脚踩到底，轮胎吱吱嘎嘎直叫唤，赶在他们拿到枪，开始对我乱射前溜之大吉了。

逃了几英里，我将车开上路边人家的私人车道，停车后灭掉车灯。没人在跟踪我。我拢起双手，这花了不少力气，然后不停屈伸手指，直到指节大致回到了原先的位置。疼痛险些让我尖叫起来。等我觉得手指又恢复了功能，我在仪表盘的镜子上倒了些促进剂。等待药物进入循环系统的那段时间分外难熬，接着疼痛就渐渐消失了。我又等了几分钟，让心脏不再怦然轰鸣，然后驱车下山去我的办公室。

25

刚走过办公楼大堂的旋转门，凯瑟琳·泰利普罗姆特就从阴影中钻出来，抓住了我的胳膊。她又放开了头发——特别提起她的头发，是因为这是我注意到的第一件事情。她把我拉到大堂墙边的黑暗处，竖起一根手指挡在嘴唇前。我笑着抬起手指模仿她的动作。再说我的手抬起来也比较舒服些。她凑近我的耳朵，开始低声说话。有她呼出的热气扫过我的面颊，我很难集中精神。

“他们在楼上。”她说。

“他们肯定很想见我。”我也耳语道。

“科恩菲尔德把你的档案从电脑里撤了下来，”她说，“我不知道这是什么意思。”

我转过脸，好让她在大堂里昏暗的光线下看清我在微笑。“在我那会儿，”我说，“这代表着我要完蛋了。”我咧嘴大笑，但没有发出声音。“不过嘛，也不一定非得是什么意思。我的时代早就一去不复返了。”

她没有说话，但也没有放开我的胳膊。我当然不打算挣脱她的手，只希望她抓着的是我的手。

“我不希望你上楼去。”她最后说。

“好，”我说，“但我想和你谈谈。前提是你认为自己承担得了与我交谈的后果。上次见面的时候，你似乎不怎么确定。”

我们缩在角落里，大堂的巨幅旋涡纹饰天花板似乎沉沉地压了下来。大楼静悄悄的，但我能感觉到科恩菲尔德或者其他什么人等在我的办公室里。事实上，我隔着城市都能感觉到他们，我住处的客厅里也有他们在等待。时间到了。我愿意和凯瑟琳·泰利普罗姆特去任何地方，但我已经没有多少地方可去了。

因此，我提议去我的车里坐坐。

“还是去我的车里吧，”她说，“可以用无线电听科恩菲尔德说些什么。”

我说没问题，然后跟着她出门走向她的车。她坐进驾驶座，拨弄了一阵调查局的无线电，直到传出来的声音低沉而清晰为止。调度员的声音嗡嗡地响个不停，代码和坐标喷涌而出，搅起了我旧日深夜出任务的记忆：孤身一人或还有同伴，听着无线电上的对话，知道或者关心其中的含意。现在我既不知道也不关心了。我知道无论在她的车里坐多久，我也不会去关心无线电在说什么。除非他们提到我的名字，即便如此也得看我的心情。

我用脚抵住乘客座的车门，免得顶灯熄灭，但我没有去看凯瑟琳。我的心在一百万英里之外。下山回家的路上，被子弹打碎的挡风玻璃将我的倒影切成了成百上千片。此刻坐在凯瑟琳的车里，我又变成了一个完整的人——这个人在调查局专车弯曲的树脂玻璃上延伸拉长，最终变成了杂耍表演上的胖子。或者，冯布鲁姆。

“跟我说说你怎么想。”等了一小会儿，我开口道。

“我觉得事情过几天就会平息，”她说，“但如果是我，在平息前肯定不会留在附近。我宁可去别的地方，或者换个身份。科恩菲尔德不喜欢你。”

“我已经看出来了。”

“继续追查是没有意义的，你也清楚。安格韦恩进去了。摩根兰德也被送走了。已经结案了。”

“已经结案了。说起来倒轻巧。调查员的咒语：已经结案了，已经结案了。”

她几乎笑出声来。“你在调查局怎么待得了一天？”

“我们中有一个后来变了。不是我就是调查局。我还没弄清楚究竟是谁。”

“我觉得是你。”她说。

我扭头去看她。她侧身坐在方向盘前，我看得出她从头到尾都在观察我。我一转身，避无可避地只能望着她的双眼。我松开抵住车门的脚，让顶灯熄灭，暂时解决了这个问题。我没有解决视线相接的问题，只是向后拖延了而已。

“你和科恩菲尔德一起出入，”我说，“对这个案子肯定了解不少。”

我的眼睛正在逐渐适应黑暗。路灯的光线透过车窗洒进来，勾勒出她的脖子和下巴在垂落黑发映衬下的线条。她思考着如何作答，我望着她的喉头轻轻地上下跃动，但她的嘴巴最终还是没有吐出只言片语——唯有我想象中那甘美而潮湿的雾气，几分钟前曾经扫过我的耳际。

我叹了口气。“好吧，凯瑟琳。不怕你笑话，不过你可以这样思考问题：将我视为调查局的良知，最细小的些微不合群的良知，松脱飘开，怎么也不肯停下，即便已经结案，即便事态变得有那么一点儿危险，依然不肯停下。我是你难得的良机，凯瑟琳，跟我说说心里话吧。把你对这个案子的看法告诉我。然后你就可以忘记它了，甚至忘记你告诉过我。这能帮你睡个好觉。”

我们再次陷入沉默。我能分辨出她微微皱起的眉头，还有拉紧了的嘴角。这段讲演我曾经说过，甚至有可能深信不疑。不管怎样，我这番话似乎真的对她有所触动。

等她终于开口的时候，发出的声音比先前低沉，少了气息声，仿佛她在催眠状态下说话，说话的是她更加真实的自我。“我不在意你问我问题，”她说，“来弄清楚你需要知道的事情吧。”

我望着她，她的眼神很坚定。让案件有所进展的代价大概就是我们之间的暧昧气氛。

“好的，”我说，“首先，究竟指控安格韦恩犯了什么罪？局里找到的那封信上说什么？”

“那封信我只见过一次。我在昨天以前都还不属于这个案子，我读了很多材料，想跟上进展。我的感觉是安格韦恩想要钱，给他和他的姐姐做补偿。他自以为站在正义一方，指控斯坦亨特行为不检。安格韦恩认为他代表的是他姐姐和他姐姐的孩子的利益，塞莱斯特搬进那幢屋子后，他把塞莱斯特的苦难也加了进去。他不喜欢斯坦亨特滥吸药物的习惯，指控斯坦亨特私会某个女人。”

“我为斯坦亨特做过事。他没出轨。他想让塞莱斯特回去。”

“我们很确定他在湾景旅馆会女人。”

我摇摇头。“他去湾景是为了监视塞莱斯特。塞莱斯特有婚外情。你可以找一位名叫沃尔特·瑟菲斯的私家调查员核实。据他所说，他甚至看见过一次塞莱斯特的男朋友。梅纳德·斯坦亨特订了房间监视她。出于嫉妒的冲突——比起我听见的安格韦恩得到的那些指控，这个动机像样得多。”

她叹息道："听我说，我能告诉你的只有我们立的案子。你的材料不符合案情。"

"你们立的案子怎么说？我还是不明白。"

"安格韦恩在信中威胁斯坦亨特，说要跟踪他。他说得很清楚，他不赞同斯坦亨特在外面乱来，不管那个女人是谁。就这样，安格韦恩跟踪斯坦亨特来到湾景，发现所涉的女人竟然是他姐姐。他姐姐对安格韦恩隐瞒了真相。他们曾经有过私情，她为此生了个孩子，激情或许一直就没有退散过。安格韦恩一时昏头，杀死了斯坦亨特。这能说明所有的事情，连潘茜不愿包庇她的弟弟也包括在内。"

我不得不承认，她的话让我当场熄火。连同我脑海里的那些胡思乱想，这还是我听到的第一个前后连贯的解释。我很愿意相信它，只是我正越来越执着于一个念头：婴儿脑袋的母亲不是潘茜，而是塞莱斯特。安格韦恩不管怎么说都是无辜的。他没有跟我完全说实话，但斯坦亨特也没有死在他手上。我肯拿我的小命打赌。妈的，我已经这么做了。

"那只绵羊怎么说？"我说。

她换上挖苦的语气。"除了安格韦恩的沾血指纹外，局里还真没有太多线索。也许你能帮他澄清这一部分。"

"他凑巧撞进现场，然后连忙跑来找我。"我边说边意识到这话听起来是多么欠缺说服力。"不是他干的，凯瑟琳，我敢跟你打包票。过于简单了。"

“有时候，简单就代表着正确。天啊，麦特卡夫。我在干什么呀？我该抓你回局里，或者该让你快走——总之不是坐在这儿，为你这场愚不可及、肆意妄为的调查提供弹药。”她在黑暗中对我皱起眉头。“别评判我，好吗？你有你的独木桥，我有我的阳关道。我说过你可以向我提问，但也就仅止于此了。别让我跟你那些疯狂的推理牵扯上任何关系。”

我转过脸，对自己又是懊恼又是气愤。我只有二十五点羯磨，却在和一位调查员讨论案情。绝对是傻瓜，没错。

“对不起，”我说，“我会尽量有职业气度一些的。你对冯布鲁姆这个人知道些什么？”

“没听过这个名字。”

我想打开车门，再次直视她的双眼，但没有这么做。“这个案子都快淹到他的肥脖子了。科恩菲尔德无疑知道这个名字——在他面前提起冯布鲁姆的代价是二十点羯磨。我觉得他有事情不想让摩根兰德知道。”

“摩根兰德是个小丑，”她答道，“他这人侵略性过强，没完没了地向总局投诉。谁也不敢在他附近随便说话。”

我伸手按住仪表盘，这才回忆起钻心的疼痛。“摩根兰德觉得这案子不简单，”我说，“他不想让案子结案。”

“我知道。他做得挺不错，直到绵羊遇害为止。”

“太糟了。”

“我想，是对你而言太糟了。”

我嗤嗤地笑了两声。“摩根兰德没有让我的生活变得更愉快。他给我起的绰号是屌脸。我不认为他将我视为调查中的有益资产。”

她静了下来。她大概在等我耗尽问题库里的问题。

“这会儿你应该在什么地方？”我问，“你在我的大堂是为了监视吗？”

“我已经下班了。”若不是她的语气如此平淡，这话按说应该很能鼓舞人心才对。我希望她在案件中能站在我这边，另外一方面，要是揭开我内心情感的表层——尽管我尽量不这样做——会发现我想要的东西还多得多。但事情没有如此发生。她觉察到我渴望她在职业方面提供帮助，这使得她紧张起来。假如她还觉察到了我的其他渴望，那她一定将她对此产生的感觉隐藏得很好。

无线电嗡嗡吐出的字词中，忽然有什么东西吸引住了我的注意力。我觉得我听见了斯坦亨特这个名字。凯瑟琳肯定也有同样的想法，因为她开大了音量，我们两人都安静下来，侧耳细听。

调度员给出了市区一家性爱俱乐部的地址，说发现了谋杀案，但没有嫌犯——也可能是发现了嫌犯，没有谋杀案。我听了一会儿，但无线电绕到其他事情上了，等再提起性爱俱乐部的骚动时，没有第二次提起那个名字。我扭头去看凯瑟琳，她同时扭头看我。

“或许我们该去看看。”我说。

“或许我该去看看。”她说。“而你该回避，你也清楚这一点。”

我笑了笑。“那我会开着自己的车去，多浪费汽油啊。你还是捎我一程吧。”

她叹了口气，转动点火钥匙。一路上我们没再交谈。这让我有机会幻想我们只是两个凑在一起的人，除了喜欢这样以外没有其他特别的理由，我们正驱车赶往某个地方，或许是去看演出，或许是一家餐馆，甚至有可能是到乡村地带过夜什么的。并非全然难以相信。

她开着车，我闭上双眼，沉浸在这幅画面里；轿车在性爱俱乐部门前的警笛声和警灯闪烁中徐徐停下，画面也随之烟消云散。

26

我跟着凯瑟琳走过路障，没人问起我无法回答的问题，也没遇到非得亮出执照的时候。到了发生谋杀案的房间，跟守门的调查员说了几个字，我们就被放了进去。这家俱乐部属于那种你可以租用器械的地方，所谓器械包括皮革用具、锁链、电子拘束设备，还有隔音房间供客人使用，同时保证没有永久性伤害，前提是双方都能大致上活着出来。这个房间里发生的却不是这种事，门口的调查员告诉我们，未能享受如此美好时光的正是塞莱斯特·斯坦亨特。

我跟着凯瑟琳走进房间。她只迈了一两步就飞快转身，垂下头，用双手掩住面部，又走了出去。我和地上那堆曾是塞莱斯特·斯坦亨特的物体之间顿时只剩下了一小段地板的距离。还没等我有机会避开，我的两只脚就都踩进了地上的血泊。

有些事情从塞莱斯特的下部开始发生，一般而言这没有什么大不了的，但这些事情持续着向上发生，超过了可以称之为一个好主意的地方。有谁对塞莱斯特做了异常龌龊的事情。这话若是听起来过于冷酷，那是因为我找不到其他方式进行描述。她没有穿衣服，但我必须依靠通过窥视得来的记忆方能想起她不穿衣服是什么模样，因为从她现在的模样无论如何也是想象不出的。

我站在那里，眼睛在看，脑子在思考，刚开始什么感觉也没有，但感觉很快就砸了下来，而且砸得相当凶狠。我没有体验到凯瑟琳的恶心感——我的这种感觉早已一去不复返了——但我几乎感觉到了除此之外的所有情绪。我站在那里，用衣袖捂住脸啜泣起来，这是我多年来第一次哭泣。眼泪来得快去得也快，留下我觉得自己的脸仿佛婴儿的臀部，生了尿疹什么的，亟需更换尿布。我不再能直视尸体，便退出房门，经过门口的调查员，走过去倚在墙边。我闭上眼睛，但那幅画面怎么也不肯消失。

收拾心神的过程被一个熟悉但出乎意料的声音打断了。

“这是有预谋的。”摩根兰德说。我睁开眼睛。他正在跟凯瑟琳和门口的调查员说话。“要我们相信她忘了插入死亡控制装置的钥匙。”他滔滔不绝地说，“但我是无论如何也不会认可的。”

还是那位熟悉的摩根兰德，胖脑袋，发黑的牙齿和舌头，我很确定他看见我一定会骂出什么蠢话，但说也有趣，我居然很高兴见到他。作为人类，他是个末流的拙劣样本，但身为一名调查员，他已经够好的了。科恩菲尔德是调查局未来如机器人般的写照，摩根兰德则堪比返祖现象。他代表的是人类，货真价实的人类。

“你可以呈交一份报告。”放我和凯瑟琳进门的调查员说。

“去你妈的报告，”摩根兰德说，“我没来过这儿。”

“我懂了。”调查员说。

鉴证科的人马涌进走廊，走向血案现场那个房间。祝他们好运。等他们散去，摩根兰德一眼看见了我，拧起五官，流露出厌恶的表情。对于他的五官来说，这倒不是一段长途跋涉的路。

“难以置信，”他说，“香膏里的苍蝇啊。你是怎么进来的？”

“摩根兰德，你好。”我还没有恢复对答如流的能力。

“你居然还在街上跑，麦特卡夫，真叫我吃惊。我扣你的点数难道不够多吗？”

“够多了，谢谢。还以为你不在这个案子上了呢。”

“已经结案了。回家去吧，麦特卡夫，别犯傻。”

“曾经算是结案了，”我答道，“塞莱斯特·斯坦亨特不是安格韦恩杀的。”

摩根兰德身披凌乱而松垂的西装，站在那里盯着我看，仿佛我指出的不是显而易见的事实。他动了动他硕大的下巴，像是在用舌头打磨上颚。

接着，他像初次和我在办公室见面时那样甩了甩袖口。“好吧，麦特卡夫。我们找个地方聊聊。泰利普罗姆特，把你这位伙伴带到楼下去。我想从他嘴里敲打出一些点子来。看他身上是会添几个窟窿还是只会留下凹痕。”

我们一起下楼，摩根兰德走在头里，推开济济一堂的调查员，他低着头，双手揣在衣袋里。外面安静得多。有些车子已经开走，街道重新恢复通行。有人觉得应该继续在附近闪警灯，摩根兰德在人行道上停步，转身面对我和凯瑟琳，他的面容被灯光照成了一连串的红色面具，一个接着一个，不停亮起又暗下。我估计我真的很虚弱，因为这个光影效果催眠了我。摩根兰德讲到半截，我才注意到他正在说话。

“塞莱斯特两次试图给我打电话，”他正说到这里，“但一句话也不肯留下。调查局直到一个钟头前才告诉我，差不多就是她被切成两半的时候。”他叹息道，“我告诉过局里，要安排人盯她的梢。操他妈的科恩菲尔德。”

“昨天晚上她告诉我她很害怕，”我说，“她不认为安格韦恩是凶手。如果她找到了你，这就是她要说的话。”

摩根兰德一扭嘴角。“她有过机会，说的却不是这个。”

“她的心思经常变来变去。”

他咬了一会儿腮帮子，然后冲水沟吐了口唾沫。“狗娘养的案子。”他说。

“已经结案了。”我说。我只是想赶在前面说这句话而已，总得让我成功一次吧。

摩根兰德转而问凯瑟琳。“科恩操他妈的人呢？”他问。

“我不知道。”她答道。

“他知道你跟这位业余爱好者乱跑吗？”他用一根手指对着我的胸口，险些戳到我。“麦特卡夫，我听到的最新消息是他想要你完蛋。”

“今天晚上我们大概算是避开了他。”凯瑟琳说。

“运气不错，”摩根兰德说，“记住隔墙有眼，科恩菲尔德的眼睛。”他对我背后打了个手势，指的是靠在俱乐部门口的两名调查员。“东湾地区全他妈装在他的口袋里。该死，我都不知道为什么要告诉你这些。你更可能是问题中的一部分。”他又发出那种湿乎乎的难听笑声。“无所谓。我已经出局了。迟早有一天，我或者其他人会回来把你那位可爱的小男友钉死在墙上。我一个人反正做不到。他快要用假情报把我憋死了。”

我默然无语地听他说话。

“摩根兰德，你别乱撂狠话，”凯瑟琳说，“被勒住缰绳难道让你很惊讶？你让我们精神紧张。我们做起事来比你冷静得多。”

“去你妈的，泰利普罗姆特。安格韦恩要完蛋了，他不是第一个。我按理说应该做些什么的。”

凯瑟琳做了个鬼脸。“回去呈交你的报告吧，摩根兰德。告诉你自己，你明白正在发生什么事情。”

有人关掉了警灯。我回头张望。背后街道上的车渐渐稀少。楼上那些人将把今夜的大部分时间花在处理尸体和房间上，其他人要么回家，要么回街上去完成各自的工作定额。一个晚上如果不罚掉几百点羯磨，那你肯定是在偷懒了。

泰利普罗姆特和摩根兰德站在黑暗中互相怒视。我觉得这场对话即将画上句号。我本人也很想回家吸上一条促进剂，然后蜷起身子歇息。但我还有另外一种感觉，那就是我该趁机从摩根兰德嘴里榨出更多内情。

“听说过冯布鲁姆这个名字吗？”我问，“我是说除了听我说起之外。”我希望他不会拒绝回答问题。“我最近的工作就是把他的名字抛给大家，看他们一个个吓得直打哆嗦——除了我被人在肚子上痛打几拳的时候。”

“你这次想要哪种反应？”摩根兰德尖酸刻薄地说。我没有回答，他接着说了下去：“唉，从我面前滚远点儿。”他转身快步走开。不知为何，我低头去看地面，即便周围一片漆黑，我依然能辨认出他在人行道上留下了一串血淋淋的脚印。我没有去看自己的脚下，但我知道我也制造出了类似的足迹。

凯瑟琳和我默默地走回她的车边，坐进我们各自想坐或者已经习惯了的位置。如果知道该去哪儿的话，我想我们已经驱车离开了。

无线电仍旧在絮絮叨叨说话，凯瑟琳伸手关掉了它。

等她再次开口的时候，我听得出她的声音在颤抖。楼上的可怕场景让她惶恐不安，她原本觉得这个案件已经得到了圆满解决，但此刻却显得不那么圆满了。

“杀死她的凶手是谁？”她轻声地问。她似乎决定试着相信我，看我的说法是否比科恩菲尔德的版本更说得通。

我险些叫了出来：谁不是凶手呢？但这个答案过于难听，我将它咽了回去。

接下这个案件的时候，我认为我的任务是从一群无辜者中找到一个罪人，多么愚蠢的念头啊。真相更接近于从一群恶棍中挑出一两个无辜者。我已经辜负了奥顿·安格韦恩，现在又辜负了塞莱斯特·斯坦亨特。通过一个人是否在性爱俱乐部的隔音房间被切成两半搞清楚他是否值得信赖，这个办法实在过于凶残。

“冯布鲁姆的袋鼠几个小时前在找她。”我告诉凯瑟琳。我尽量集中精神思考案件细节，摒弃负罪感和满腔义愤，这两样东西让我想做蠢事，比方说承认是我本人犯下了累累血案。“说到这儿，泰斯特法医生当时也在，”我说了下去，“但那场面不像出自医生的手笔。”

“那场面像是出自杀人狂的手笔。”

“也许是巴里·格林立夫杀了她，”我开始冒傻气，“我今天下午告诉他，我很确定塞莱斯特是他的母亲。”

“你是不是爱上她了？”她的声音依旧柔和。我扭头看她，但她并没有在看我。

“你怎么会有这样的想法？”

“在你的档案里。”

“我还以为我的档案已经被封存了。”

“我读得到。”

我允许自己露出微笑。我现在知道了，我在我俩之间感到的暧昧气氛不止是我一厢情愿的想象。虽说不知道该如何处理，但我的确证实了猜想。

“档案不怎么准确，”我说，“我们见过两次。头一次我喝醉了，第二次她在撒谎。我好像扇了她一巴掌。也就这样了。”

凯瑟琳嘟囔了两句什么，仿佛她明白塞莱斯特为何活该挨揍，或者我为何需要打人。

“你和科恩菲尔德呢？”严格说来，这不是一个问题，但我还是在句尾加了个问号。“摩根兰德管他叫你的男朋友。”

现在轮到她对我绽放微笑了。她的猜想大概得到了与我一样的证实。“他有过这个想法，”她说，“但没门。”

“有过？”我说，“已经放弃了？”

“有这个想法。”她叹息道。

“他铁了心要把我的人生搞得一团糟，想必这也是原因之一了？”

“有可能。”

我不得不放声大笑。如果科恩菲尔德理解我的性取向的当前状况，他肯定会陪着我一起笑。估计档案里没写这一条。她坐在旁边听我笑，即便她在琢磨究竟有何可笑，也把念头藏在了心中。

最后，我终于闭上了嘴，车厢内安静下来，而且安静了很长时间。我们都在看前车窗，我看的是凯瑟琳的倒影，当我找到她的双眼时，我看得出她也在看我的倒影。这时候，我们的手握在了一起。事情就这么发生了；前一分钟还好好的，下一分钟就手拉手了。我想说这让我觉得自己像个学生，但我当学生的时候可没有做过这种事。这让我觉得自己像是曾经在学生时代做过这种事的其他人，而此刻又被提醒着想到了这一点。这让我的后脖颈发烫，让我紧张得要死要活。

两只手直到掌心潮湿都还握在一起。我意识到似乎应该由我主导行动。她不知道我缺乏局势继续发展下去所必须的神经末梢，但我不打算告诉她。

“我们换个地方吧，”我说，“你家？”

“我家不行，”她说，“还是去你家吧。”

我好笑地看着她。“科恩菲尔德不是派了人在监视我家吗？”

“是啊，”她答道，“我。”

27

我去厨房给我们倒酒，一进去就在餐桌上倒了一条促进剂。犹豫片刻，我拧开自来水龙头，用哗哗水声掩盖吸食的响动。我不知道这突然产生的羞怯是打哪儿来的，但它确实存在。等我回到客厅，看见她舒舒服服地坐在沙发正中间，不管我选择哪边落座，都会跟她挨得很近。很不错。她在我的公寓里显得容光焕发，比我自己强得多。她这几天怕是练习过不少次如何坐这张沙发。

我把酒递给她。

“坐下。”她说。

我坐了下去。我们挨得很近，好得很。

接下来，我有些忘记了时间的存在。我们只是喝酒和聊天，几杯过后，我厌倦了一趟趟去厨房倒酒，干脆把瓶子拿出来放在了咖啡桌上。十二点，一点，两点，我不在乎。我们聊了很多愚蠢的东西，这挺好，接着我们聊了很多美好的东西，这就更好了。但我们没有提起这个案件。一次也没有。

谈话越来越迟缓，我吻了她。这跟亲吻塞莱斯特不同。这是多年来我第一次真正亲吻一个女人，那天晚上和塞莱斯特的吻不能作数，那根本不是出自我本人的意愿。

我们放下酒杯，在沙发上亲热了一阵。我不想让事情发展得太快，但这实在不容易。她的乳房落进我的手中，仿佛烈日下有一块焦干、炽热、锈迹斑斑的金属片，第一滴雨才落上去就蒸发殆尽，那块金属立刻又变得焦干异常。我没有去注意手指传来的痛楚。我等了太久，几根或许折断了的手指怎可能阻止得了我？

我们走进卧室，躺在了床上。我关掉灯。她用双手握住我，我闭上了双眼。这种触感并不完全对头，但也无所谓了，最后终于无所谓了。我喜欢这种感觉，轻轻移动臀部，我还能觉察到自己在她手中的重量。我们维持了这个姿势一小会儿，然后我将自己从她手中拿开，凑上去让两具身体合二为一。她搂住我，我松开双腿，让我的躯壳缓缓落下。

这不如我想象的那么糟糕。也许是我的想象力作怪，也许是旧日记忆渗入了现实，但我敢打赌我感觉到她包围着我，正如我应该感觉到的那样。我掉出来了几次，而我的臀部在大脑搞清楚状况前仍在不停冲刺——那件事情发生前，我反正也不是什么床上高手。我让她相信了我是个男人，而她是个女人，等我们找到节奏之后，我甚至让自己也相信了一半。

就在这时，一切都回来了，我趴在她的肩头，几乎在她的黑发中痛哭流涕。刹那间我明白了。我忽然意识到，我所追求的并不是遗失在过去的某些东西。我对天发誓，我想到的原本就是这些话。

我忽然意识到，我根本不在乎把我弄成这样的那个女人，我不想让她回到我的身边，也不想找她寻仇，我不想要塞莱斯特或者别的什么人，只要此刻在我身下扭动的这个女人。我要凯瑟琳，我愿意拿我拥有的一切换取——但我已经什么也没有了。我已经失去了我必须提供的东西，或者说我理当必须提供的东西，我说的可不是我的阳物。我想要凯瑟琳，但我想用另外一个自我去追求她，但那个自我却不知道在哪里。我想要的东西根本没有遗失在过去，也从来没有遗失过，而是遗失在了未来。那是我应该拥有但未能获得的自我。我在自我中放弃了一条线索，以为缺了它我也活得下去，但没有看清楚这究竟意味着什么。

肉体上的需求压倒了自省。我抱紧她，全心全意地与她交合。我的激情或许类似于愤怒，实际上却是渴求和恐惧，两者的分量大抵相同。等我认为自己做得到的时候，我望着她的双眼，并且固定住她的头部，确保她也看着我的双眼。高潮花了很长时间才到，我没有催促，也没有让她催促。末了，我们在床上瘫成一团，她的膝盖抵着我的胸膛，我的脑袋枕着她的肩窝。

她沉沉睡去，我却睡不着。等我确定不会吵醒她以后，我从她的怀抱中挣脱出来，走进浴室，花了很长时间端详着镜子里的自己。粘液在阳具上闪闪发亮，我没有去擦拭它。黑暗中的我看起来挺不错，路灯的光线透过浴室气窗的卵石纹玻璃照进来，勾勒出我的轮廓；我知道最好还是别开灯。我正在加入不开灯更好看的浩然大军之中。不需要看见眼中的血丝、鼻子周围的红圈、双手上的淤青和伤痕，我也知道它们就在那里。

看够了自己，我回到卧室，掀开被单好好看了几眼凯瑟琳，只是因为我恰好有这个心情。我仔细地打量着她，我的脸距离她的肌肤仅有几英寸之遥；随后，我放下被单，后退两步，看着身处在我的房间这个环境中的她。无论远观近看，她都非常美丽。我替她盖好被单，穿上睡袍，走进了客厅。

酒杯和酒瓶都还在咖啡桌上，她的外衣挂在椅背上。除此之外，这只是我的住处而已，没有什么能揭示出多年来第一次有个女人睡在我的床上这个事实。妈的，我一摸不清方向就大喝两杯是出了名的。很容易想象我仍旧孤身一人。我到厨房拿来装促进剂的小瓶子，把剩下不多的粉末统统倒在桌上。

窗外的天际渐渐添上一抹暖色，繁星从视线中逐个隐没。早晨到了。我望着夜晚从一幢幢建筑物中溜走，吸干净最后这点儿的促进剂，思考着下一步的行动。

除了正在我床上睡觉的那位调查员，我没法指望调查局。但话说回来，凯瑟琳没有多少分量可言，更何况她也不是非得认可我的推测。如果摩根兰德还在，我或许能哄骗他克服他对我和我这个行当的厌恶，但成功机会实在不大。我有个古怪的想法，那就是干脆去找冯布鲁姆，拿我已经知道的事情和他对质，但即便他低头认输（虽说非常不可能），我也不知道我能提出什么要求。如果求他帮我解决我的羯磨问题，那我就会变成他大拇指下蠕动的另一条蛆虫，和潘茜一样，和斯坦亨特一样，和泰斯特法一样，和许多其他人一样——这中间恐怕还包括了科恩菲尔德。

此刻我确定我破得了这个案件。问题是破案之后能去找谁。我曾有过一个客户，若是算上塞莱斯特的话，有过两个客户，但他们都已不复存在。我能解决这桩案件，但为了我的项上人头的安全，不解决似乎更稳妥些。

我正在擦桌子的时候，科恩菲尔德走了进来。他没有敲门。他看起来像是熬了个通宵，但我整个晚上也都很忙。不过至少这家伙衣着整齐，也没忘记带枪。我只穿着睡袍。

“穿衣服。”他说。

我按照他的吩咐穿衣服。他没有去我的卧室查看，就算认出了凯瑟琳的外衣或者酒杯上她的唇印，他也没说什么，只是站在那儿，看着我笨手笨脚地系上衬衫纽扣。阳光射进窗口，亮闪闪地照在他的枪上。等我穿好鞋，他要我拿出执照和卡片。

我把两样东西递过去。他将执照揣进衣袋，用解码器扫过我的卡片。我伸出手，他将卡片放进执照所在的衣袋，继而露出笑容。

“纪念品而已，”他说，“等你服刑完毕，会发给你一张新的。”

我肯定在瞪着他看。

“欢迎来到零羯磨的世界，麦特卡夫。穿上外衣。”

我们下楼坐进他的车里。虽说无从得知，但我不认为我们的对话能让凯瑟琳在睡梦中翻个身。

第二部

（六年后）

1

时间转瞬即逝，但睡得并不香甜。醒来时，我觉得依然需要补上科恩菲尔德抓我那天缺失的整晚睡眠。他们给我穿了一身睡衣，把我放在一个徒有四壁的白色方形房间里，这个房间很像我感觉上仅仅几分钟前所在的那个房间，当时医生正在准备冰冻我。

有个勤杂工坐在角落的椅子上读杂志。我从台子上下来，一肚子不高兴，准备抗议这东西为什么根本不管用。那位老兄注意到我醒来，将我的街头衣着递给我，衣服洗得很干净，叠得整整齐齐的，我终于意识到刑期已经服完，不由得大为震惊。我嘴里的怪味都还是六年前的。

我慢吞吞地穿上衣服。勤杂工没有催促我。过了一会儿，他问我是否准备好了，我说是的，于是他领着我走进走廊，搭电梯上到了地表一层。勤杂工在电梯里上下打量着我，对我笑了笑。我试着报之以微笑，但我的脑子还很糊涂。我想找到六年已经过去的直接感觉，却怎么也找不到。

他带着我走进一间办公室，有位调查员正有一搭没一搭地往桌面电脑里敲东西。我们进来后，他又敲了一分钟左右，这才停下来，把屏幕收回桌子里，脸上挤出笑容。我在椅子里坐下等待，勤杂工和调查员开始签署文件，一边嘀嘀咕咕地说着话，我望着窗外，街对面建筑物的玻璃在阳光下闪闪发亮。

刚解冻不久的双眼似乎发展出了新功能，因为我敢发誓所有东西看起来都很不对劲，颜色过于明快，使得线条都模糊了。像是修整得很糟糕的照片。我忽然想到，我即将走出调查局的大门，永久性地走进那张修整得很糟糕的照片。这是我现在的世界了，其余的都已不知所终。我意识到自己仍旧是满脑子那个案件，真是由不得我不笑啊。这他妈的太有意思了。难不成还真有能被称为案件的东西存在？

勤杂工走出房间，调查员拉开抽屉，拿出一个鞋盒大小的金属匣子，摆在我面前的桌上。里面是六年前他们从我衣袋里取走的杂物，每一样都用塑料膜包好，还仔仔细细地贴了标签。没几样东西。车钥匙，公寓钥匙，五年零十一个月前我停止供款以后，车和公寓就都不再是我的了。钥匙装在屁股兜里沉甸甸地令人心安——我还可以用它们抠指甲嘛。

还有六个半张百元钞票和一支反重力钢笔。我把玩了一会儿那些残片，试着拼出能混过银行出纳的整张钞票，或者至少能在黑漆漆的酒吧间里蒙混过关，但我似乎有个坏习惯，那就是总把同样的半边残钞揣进自己口袋。在我碰到某个凑巧有着相反恶习的家伙之前，这些半张钞票毫无用处。不过我还是收起来放进了衣袋。

扯下钥匙和钢笔的标签时，我注意到那位调查员正趴在桌上看我，但没有什么恶意。我看着他，他咧嘴一笑。他不过二十来岁，但我觉得他已见过了许多我这样因为羯磨耗尽而进出冰箱的人，见我跟这少得可怜的财产瞎折腾，他的优越感不禁油然而生。

他忽然起身，关上了通往走廊的房门。“我在等你。”

“哦，好的。”我大惑不解。

“我出五十块买那支笔，”他说着又坐回了办公桌前，“那是同类里最早的产品。”他说起话来仿佛你在跟小孩说话，当然是在儿童还存在的那个时代。“现在是收藏品了。”他解释道。

我忍不住笑了。“那支笔救过我的命。”我说。

他以为我在跟他讲价钱。“好吧，”他说，“一百块。”

“不供出售。”

他很好笑地看着我。“老古董，我这是在帮你的忙。你的钞票看起来不怎么灵光。”

他说得有道理。“一百五。”我说。

他靠回椅背上，绽放笑容，但没有露出牙齿，随即咯咯笑着拿出钱包。“我可以直接拿走的，你也清楚。”

“不，你不能，”我略略有些恼火，“如果可以的话，你早就拿走了。”

他打开钱包，空气中飘荡起了音乐，他把钱递给我，将钱包塞回兜里，铜管乐器轻轻奏响的号曲这才停歇。这让我直冒鸡皮疙瘩。希望音乐声来自于钱包，而不是钞票。

他拉开另一个抽屉，取出一个用塑料拉锁封着的小信封，还有一张标有我姓名的崭新卡片。

“七十五点，”他说，“祝你好运。”他又亮出那个傻乎乎的笑容。我的出门会谈显然就此结束了。拉开拉锁，我发现小信封里装满了通用促进剂。多么令人感动的姿态啊。

我把这些东西装进衣袋。我很想抹掉他下半张脸上那状如微笑的污渍，但想想还是忍住了。我把钢笔扔给他，他调整了他对抛射轨道的估计，赶在钢笔掠过头部前接住了它，但还是险些失手。“别了。”我说完起身离开。

穿过空荡荡的大堂，走进阳光底下。我还没想到接下来该怎么办，但我的双脚已下定决心要在我和调查局间拉开一段距离，它们立刻动了起来。

拐过一个弯，我觉得有谁从后面上来，拽住了我的胳膊。来者是瑟菲斯。猿猴看起来小了一圈，走路有些蹒跚，毕竟六年过去了，况且我没见过他不躺在床上时候的样子。他穿一身脏兮兮的灰西装，打一条绣着马球马图案的红色领带。鞋子不错，但埋藏在穿了几个世纪才磨得出的擦痕底下。

他抬头看着我，面部皮肤像金属箔似的充满褶皱，表情柔和得令人惊讶。“在报纸上看见这批放出来的名单里有你，”他说，“觉得你也许需要有人请你喝一杯。”

我深受触动。模样惨淡如瑟菲斯这般的人也同情我，我不确定自己是否喜欢这种事情，但我仍旧深受触动。

“当然，”我说，“你领路。”

年迈的猿猴转过他佝偻着的肩头，沿着街道走了上去。我跟在他背后。我不知道现在几点钟，但日头高挂空中，我意识到瑟菲斯肯定起了个大早，否则一定碰不到我。这让我觉得自己像是条在收容所被接走的流浪犬，让我猜想他大概觉得想叫我重新站起来，需要的恐怕不止是一杯酒。

我们绕过大楼后侧，来到宽敞的停车场。除了钻进钻出各自黑色汽车的调查员，人行道上没几个人。我试着与人们对视，他们却纷纷低头看表，或抬头望天，或朝排水沟里张望。我的疑心病一如既往地灵验，找到机会就要发威；它告诉我在冰箱里服刑给我留下了标记，给我的气场刺上了无法磨灭的纹饰，在我找到办法掩饰之前，其他人一眼就能认出来。我对自己哈哈大笑了几声。我需要的是一杯酒和一条促进剂。

我拍拍瑟菲斯的肩膀。“我上哪儿能取回执照？”

他抬头看着我，畏缩了一下。我以为像他这样沟壑丛生的脸已经没有余地增加皱纹了，但我错了，每条皱纹都多了个分身。他的脸简直坍塌了下去。

“少问问题。”他咬着牙齿说。

2

我们坐进他的车，他带我去他的住处，在厨房里给我倒了杯酒。这地方比六年前我看见他养伤时更加肮脏了。我没有看见他的女朋友的任何踪迹，这两件事或许一个是因一个是果，但我不想去猜测哪个在先哪个在后。当时他在自己周围建构的世界现在似乎已经消失。他曾经是个猿猴私家调查员，外加配菜。现在他只是一只老猿猴了。

我们有好一会儿谁也不说话。这颇为适合我和他。酒瓶端上来的时候就只装了半瓶酒，因此我们不必拼了老命去完成任务。空腹喝酒很难受，但对我来说不过小菜一碟。再说我不怎么有兴趣弄清楚他会拿出什么食物。

我决定弄清楚信封里装的是什么促进剂。这是可以放在我和新世界之间充当缓冲垫的另一种东西。我害怕等我开始提问后，万一不喜欢得到的答案该如何是好。我想让促进剂帮我忘记所有问题。

我把整包药物倒在桌上。分量不够让我切成几次享用，无论里头是什么成分，其分量都不怎么够吸一次的。我用大拇指将之碾成细粉，卷起小信封充当麦管。

“如果我是你，肯定不会吸那东西。”瑟菲斯说。

“这种说教对我早就没用了。”我说。

他磨了几下牙齿，推开空酒杯。“先别忙，麦特卡夫。我要告诉你的是：你不会想用那东西的。”

“不是想，”我说，“而是需要。”

“那东西给你的是你正在寻找的感觉，但除此之外还有别的。”他说。他舔了舔嘴唇，他的语气又小心又缓慢，这是一个小时内我第二次被人当作儿童了，我不喜欢这样。“你还没有任何可被抹去的记忆。”他说。

“我有的是，上一轮里有的是，”我说，“请相信我。我很愿意扔掉几段。”

“这种促进剂不一样。”他说。他的声音低沉，语气坚决，“就当帮我个忙，别碰它。”

我叹了口气，摊平小信封，用它把促进剂在桌边垒成一小堆。美好的感觉消失殆尽。胃里的酒精已经开始变酸。

“好吧，瑟菲斯。我帮你这个忙。”我尽可能深地望进他的瞳仁，他的眼睛连眨也不眨。“但你也得帮我一个忙。告诉我，是什么让你变成了一个娘娘腔。你躺在床上看背景图像的时候反而更有骨气些。”我挤出几下笑声，掩盖我的恐惧。“如果我也会变成你这个样子，请告诉我到底是为什么，好让我趁着还有胆子的时候给自己当头一枪。”

他的视线终于垂落下去，他伸手去拿酒杯，但酒杯已经空了。“你必须做出调整，麦特卡夫。这不是我的错。但你再也不能走来走去乱喷问题了。”

“我还想拿个执照。”

"再也没有执照这回事了。"他说。

"有调查员啊。"我说。

"没有私家的了。"

"妈的，现在有了，"我忽然无名火起，"有我。我做的事情没有其他名称。"

"你的角色已经过时，"他的语气过于斩钉截铁，声音既沉重又呆板，"你当初就像是走钢丝，你自己也清楚。现在已经结束了，麦特卡夫，放手吧。"

"瞧瞧是谁在说话。"我说着说着停下了。按理说这是某些刺人恶语的开头，但我现在没有这个心思。

他的嘴唇往后掀起，露出一个凄凉的笑容。

"我完全由我的角色构成，"我半是自言自语地说，"除此无他。我已经看过了。"

"再多看一眼吧，"他说，"那个角色已经消失。你甚至不能走到外面说这么多的话。忘了问题吧。"

"忘了问题吧，"我重复道，"我会记在心里的。"

我用手指划开那一小堆白色粉末，在桌上画出一条痕迹。我很想吸上那么一点儿。"这种促进剂有什么不对头吗？"

"如今没有个人混合配方了，只有标准发放的版本。"

"标准发放的是什么？"

"绝大部分是缓释遗忘剂。市面上全是这东西。喜欢的话你就吸吧——只是确定事先在纸板火柴的封套上写清楚你的姓名和住址。要用大号字体写。"

"我想我还是算了。"

"随你便，"他叹息道，"麦特卡夫，我不妨跟你多通通气。别四处跟人谈论过去如何如何。回忆是粗鲁的行为。这东西就是派这个用场的，所有人都在吸食。在洛杉矶，就连知道自己以什么维持生计也是非法的。即便不吸，你也得装作自己在吸。要是看见有人对着衬衫袖口说话，千万记住他们不是在跟你交谈。还有，别打哈欠。"

我等他继续说下去，但课已经上完了。他起身走到餐具柜前翻找什么，大概是在找另外一瓶酒。我只是傻乎乎地坐着，慢慢地吸收他告诉我的那些话，说是努力吸收更合适，因为我每次总是吞到一半就卡住了。

他又找到了一瓶酒，比我们刚刚倒空的那半瓶稍微满些，但也没多到哪里去。他坐下来，自顾自地喝着酒。我忍不住琢磨要多少酒精就能让他的小小躯体哭爹喊娘，紧接着我想到他无疑已经把容忍力练到了很高的段位。一个人若是不知道自己酒量深浅，那肯定不会是因为他从不喝酒。

我的药瘾当然很不一样，我仍旧盯着那堆促进剂不放。我的循环系统渴求成瘾剂，那是任何一个混合配方都不会漏掉的组分。另外一方面，我心里的某个部分或许也想放手，也想认可普通人眼中的现实。

我把那一小堆标准发放的遗忘剂扫回小信封里，叠好封盖，放进衣袋。正如瑟菲斯所说，我需要带着这东西哄骗众人。要是现实的冲击大到了无法容忍的地步，我说不定还得吸上两口，后果什么的都去他妈的吧。

瑟菲斯放下酒杯。"该死，麦特卡夫，"他说，"你要知道，我有好几年没说过这么多话了。"

“我们这会儿又没在说话。”

他一挥手，扫开我的讽刺挖苦。“我指的是今天，自从接到你以后。”

我感到一阵不耐烦。我想告诉他，他两天前才跟我说过话。但这样做太不理智。瑟菲斯对我不错，我必须跟他一样好好对待他。因为事实上我在冰箱里躲过了带来如此冲击的大衰退。我必须小心不去提醒别人，现在和以前相比缺失了多少东西。

“好吧，”我说，“我明白你的暗示。谢谢请我喝酒。”我一口饮尽杯子里剩下的酒。

“别太当真，”他说，“睁大眼睛闭上嘴巴。你会看清楚规矩的。”

“等我学会怎么拿屁眼吹口哨，就去做手术摘除嘴巴。”

“就是这个意思。”

我想我让他颇为开心。他的意图是想帮我省去一些麻烦，我的表现像是我明白了他的意思。我不知道是否该告诉他一个坏消息：他片刻之前随口抛出的一句评论触发了我的灵感，使得整个案件——无论是否已经盖棺论定六年——似乎马上就要得到解决了，近得让我心里干着急。我或许没有执照，但这不可能挡住我结束由我开始的这件事情的脚步。

我很确定桌对面这只颓丧的老猿猴不想听。但另外一个瑟菲斯，那位我六年前或两天前认识的活力四射的老私家调查员，或许会愿意知道我仍旧没有放弃这个案件。

我没有多思考。那位或许会愿意知道的瑟菲斯已经是六年前的往事了。我不得不开始做出调整。我起身穿上外套。

“别太当真，麦特卡夫。”瑟菲斯又说了一遍。

“好的。”我答道。我想离开这幢屋子，他的精神状态说不定有传染性。另外，一动不动地坐着让我精神紧张。我的脑子在想口袋里的促进剂，我的双手在颤抖。

我不想对瑟菲斯说保持联系，或者保重，或者诸如此类的话。我认为什么也不说会让他更有感激之情，因此我走到门口只是转过身来，举起一只手。他对我点点头，我出门下楼，走上街道。太阳移到了下午的半边天空中，我的胃开始啃噬自己。走到我习惯于吃三明治的地方有丨个街区。也许那家店还在。我开始前进。

3

我记忆中的那家店已经没了，但同一个街区往前走新开了一家差不多的。很显然，人们还在吃三明治。我把调查员给我的五十块钞票破开，买了一堆价值十块钱的面包夹蛋黄酱和一杯三块钱的汽水，收银机吞下我那张钱的时候，突如其来地播放了一小段乐队合奏，持续到现金抽屉再次关闭为止。柜台后面那家伙的笑容仿佛在说那是天底下最自然不过的东西。我想报之以微笑，但怎么也挤不出来。

“还以为你们的点唱机会找零。”我说。

那家伙皱起眉头，似乎不明白我的话。他从口袋里掏出一个机械小盒，对着它侧面的拾音格栅说起话来。“关于点唱机的话，就是刚才。”

“只是个玩笑。”小盒子里有个声音说。

“哦，这样啊。”那家伙说，他看着我，哈哈大笑。

我希望他只是在开玩笑，但事实并非如此。瑟菲斯提过人们对着袖口说话什么的，想必就是这个意思；我不禁打了个寒颤。我拿着三明治走到后面的桌前坐下，但我已经没了胃口。不过我还是吃了下去。吃完以后，我拿起杯子和包装纸，扔进门口的垃圾桶。垃圾桶奖励我一小截小号演奏的华彩乐段，这次我没有多说什么。来到店外，我在人行道上静静地站立了一分钟，把前后经过仔细地剔除出我的脑海。我的双手在颤抖，我将它们塞进衣袋。

接下来，按照我的看法，是找到居住的地方和交通工具，就我的状况而言，这只能意味着一件东西。你可以睡在车里，但不能开着廉价旅社的房间四处跑。我找到租车行，不情不愿地将调查员给我的百元大钞当作押金交给一个躺在草坪椅里的胖子，换得一辆饱经风霜的标准车，只附带半箱汽油。把那张完好无损的票子递过去的时候，我特地亮了亮口袋里那些很像百元大钞的东西，确保他看得一清二楚。

“请出示你的卡片。”他咕哝道。

把卡片递给调查员之外的人，这对我而言是全新的体验，但我想起了瑟菲斯的话——闭上嘴巴，看清规矩——于是掏出了卡片。我有种古怪的感觉，他这就要扣我的点数了，但他只是端详了片刻，抄下序列号后还给我。我第一次打量我的新卡片。上头有我的名字，但感觉不像是我的。太干净了。我的卡片上有成百上千个白痴留下的爪印，前前后后都是，我是多么怀念它啊。

抄完号码，那家伙又让我签了几张表格，然后放我开着那辆破车离开。那张百元大钞是我最后一张管用的真钞，现在我只有一辆车、半箱汽油和身上的衣服了。还有一小包促进剂，供我想快速遗忘过去的时候使用。事情越来越令人愉快了。

我开车进入丘陵地带，找到我喜欢的风景这才停下。我走出车门，抬眼望去。海湾方向吹起轻风，带来咸水的气味。这让我想起了大海，让我禁不住在白日梦中沉浸了一小会儿：驱车驶下半岛，找到一片沙滩，把促进剂和看起来像是钞票的东西扔进浪花中，或许连那七十五点羯磨也不要了，然后伸展四肢躺在沙滩上，等着瞧接下来会发生什么。我玩味着这个念头，因为我清楚自己永远不可能这么做。接下来，我又开始琢磨这个案件。

回到车里，我赶往蔓越橘街的那幢屋子。没什么特别的原因，只是想去而已。案件在那里开始，我受雇隔窗窥视塞莱斯特，或许我认为案件也将在那里结束。就我所知，那屋子多半已经被拆毁了，但我愿意拿一点儿汽油打个赌，看看实情究竟如何。

屋子仍在原处。我很难界定自己到底高不高兴。我停好车，步行绕到屋后，仅仅是出自恋旧情结而已。后院那片场地仍旧空荡荡的，六年前不管是谁绘制了那套蓝图，后来都改了主意，没有花费那笔金钱。我几乎绕屋子走了一圈，没有费神往窗户里张望。屋子的外表没有任何变化。

我有了勇气，走到前门口揿响门铃。等待的时间有些长，足够让我在门打开的时候都已经扭头准备离开了。开门的是潘茜·格林立夫，又名派翠西亚·安格韦恩。我不知道哪个名字更准确。她的模样比六年前老了很多，但我还是一眼就认了出来。她没有认出我。我连一天也没有老去——呃，差不多有一天吧——她站在阳光下眨着眼睛，满脸不知所以的表情。

“我叫康拉德·麦特卡夫。”我说。

名字带来的反应并不比我的面容更多。我等着，但她只是看着我。

“我想和你谈谈。”我说。

“噢，”她说，“请进。我可以查阅我的记忆。”

她领着我穿过门厅。屋子收拾得没有从前那么整齐，或者说没有它应有的那个样子，但等我走进客厅，透过宽大的观景窗面对阳光的时候，一切就都无所谓了。建筑师设计这个房间的意图是让你觉得既渺小又格格不入，结果很成功。潘茜仍旧像做贼似的在屋里悄然行走，在此居住至少已有八年，因此我知道这对她也同样有效。她领我进了客厅，抬手指了指沙发上的座位，呆站了足有一分钟之久，左右端详我的长相，皱起眉头的模样是在戏仿思索。

“我去去就来。”她的声音很轻。她看起来老了二十岁，但曾经背在身上到处走的负罪感和悲哀却仿佛完全消散了。

我在沙发上往后一靠，等待走进厨房的潘茜回来。就我的观察结果，屋里只有我和她两个人。我坐的位置很暖和，面前桌上是好几条促进剂的残余物、刀片和麦管。我不需要猜测就知道我揿响门铃时潘茜在干什么。我唯一的感觉是模模糊糊的嫉妒。

她回到客厅，在我对面坐下，把一个状如口袋计算器、带有麦克风的物件搁在我们之间的桌子上。

“康拉德 · 麦特卡夫。”她对麦克风说。

我险些应声，但桌上那装置里传出了她自己的声音，及时阻止了我。“很抱歉，”那声音说，“你不记得这个名字。”

她抬起头，对我露出笑容，有些迷惑。我尽量不像白痴似的看着她。“我认不出你的名字，”她说，“也许你该检查一下自己的记忆。你肯定找错了地方。”

我的脑子转得很快。“你听错了我的名字，”我说，“梅纳德 · 斯坦亨特。再试试。”

“哦。”她懊恼地说。她揿下麦克风上的按钮，说出我新给她的名字。

“梅纳德 · 斯坦亨特，”机器重复道，“那位好心肠的医生。他和塞莱斯特对你特别好，那是从前的事情，他们已经离开了。”

“你是那位好心肠的医生，”她天真无邪地说，仿佛桌上那东西没有在仅仅几秒钟前用她的声音说过这几个字，“好久不见。很高兴见到你。”

我一时语塞，花了好大力气才掩饰过去。“是啊，”我说，“能回来可真好。”

“嗯，”她说，“我真是高兴。”

“真好。”我说。这个字似乎很有传染性。“能高兴真好。”

“是啊！”她说。

“我想问你几个问题。”我说。

“哦，”她还是那个反应，“问题。”

我猜她肯定还揿着那个按钮，因为桌上的东西立刻说：“除非有百分之百的必要。”

“有百分之百的必要。”我赶在她有机会重复这句话前说道。

她疑惑地看看机器，然后抬头看我。我回答了机器录制的声音，这让她很不安。想必承认那东西摆在桌上是很不礼貌的行为。

“哦，”她说，“那我想应该可以。假如有百分之百的必要。”

“告诉我，你怎么负担得起维持这幢屋子的费用。”我说。

她皱起眉头，仿佛看见蛋糕从烤炉里掉出来了的家庭主妇。“维持这幢屋子的费用。”她对麦克风说。

“乔伊给你的。”她的声音立刻答道。

“是乔伊给我的钱。”她说，“他对我可真好。”

“乔伊，”我重复道，“丹尼怎么样了？”

“丹尼，”她对麦克风说。

那东西用她的声音答道：“丹尼·冯布鲁姆。他是个大块头胖子。他差不多曾是你最好的朋友。他累了，住进了养老院。他对乔伊很不错，当乔伊是他从未有过的儿子。威士忌加苏打水，只挤一片柠檬，这是他喜欢的喝法。”

“我想我不理解你的问题。”潘茜阴沉地说。

我开始明白过来了。允许存在的只有外部化后的记忆，而且还要经过严格剪辑。这给你的大脑腾出了更多空间，用以容纳最新的流行曲调——无疑来自最靠近你的喷泉或香烟贩卖机。

“忘了吧，”我说，“跟我说说，塞莱斯特的谋杀案最后钉在了哪个倒霉蛋的头上？”

“塞莱斯特的谋杀案。”

“塞莱斯特离开有一段时间了。”那声音答道。

“塞莱斯特离开了，”潘茜说，“这和被谋杀不是一回事。”

“不，”我承认道，“不是一回事。”

“你肯定弄错了，”她说，“请查询你的记忆。”

“没关系，”我说，“是我弄错了。跟我说说你的弟弟。他从冰箱里出来了吗？”

“我的弟弟。”她说。

“你不记得你的弟弟了。”她的记忆说。

她看着我，耸耸肩。

“奥顿·安格韦恩。”我说。

“奥顿·安格韦恩。”她说。

“这个名字对你没有任何意义。”她的记忆说。

“这个名字对我没有任何意义，”她说，“很抱歉。”

“没关系。”我说。我受够了这样的对话。信息冗余度有点儿偏高。我忍不住想，或许我该讯问那台记忆机器，而不是潘茜本人。我换了个思路。记忆中有太多断层。不如潘茜本人的多，但也实在太多了。

“你有很多有趣的问题，斯坦亨特医生，”潘茜说，“真希望我能明白。”

“很抱歉，潘茜。如果不是有绝对必要的话，我肯定不会来问你。”

“你该使用记忆仪。”

“我用的是新型号的记忆仪，”我说，“植入在头盖骨上，不需要大声对它说话。你只需要转一转念头，它就会在脑袋里用小小的声音回答你。”

“哦。”她说。她就此思考了一小会儿。“听起来很方便。”

“相当了不起，”我说，“非常感激你帮助我填补了这儿那儿的一些空白。我离开了一段时间，必须想办法跟上形势。”

“你和塞莱斯特，”她快活地说，“你们出去旅行了。”

“没错。现在跟我说说泰斯特法医生。你还记得他吗？”

“泰斯特法医生。”她对麦克风说。

“泰斯特法老医生。”记忆答道，听起来很像儿歌的开头。“他住在山丘顶上。他是斯坦亨特医生的合伙人，已经退休了。琴酒配奎宁水加冰块。”

“他是你的合伙人，”她对我说，“你们没有联系，这让我很惊讶。”

“我很想联系他，”我说，“他还住在原来的地方吗？”

“够了！”我背后有个声音说。巴里 · 冯布鲁姆站在门厅口。

“巴里，”自从我揿响门铃以来，潘茜的声音还没有这么温暖和真诚过，“你肯定还记得斯坦亨特医生吧。斯坦亨特医生，这是我的儿子，巴里。”

“我们见过。”巴里挖苦道。他的衣着很简单，朴素的小T恤和条纹长裤，这次没戴假发。他没有长高多少，但那张脸已经属于少年人了，他宽阔的前额比六年前多了不少皱纹。太阳穴的皮肤下，突起的血管仿佛蠕虫。

“潘茜，你上楼去，”他用不容置疑的语气说，“斯坦亨特医生和我要谈谈。”他在对潘茜说话，但眼睛从始至终都盯着我。这让我回忆起了塞莱斯特回到家、赶走小猫咪的场景。每次我向除了给出答案外不知该如何是好的角色提问时，总会被抓个正着。

“哦。”潘茜说。她抓起记忆仪，放进裙子口袋。刀片和麦管留在了桌上，但我估计她在楼上还有一套。现在她又有可供遗忘的新东西了。

“好的，”她说，“医生，日安。替我向塞莱斯特问好。”

我说我一定会的。

她踮着脚尖上楼，抛下巴里和我待在客厅里。巴里跳上我对面的座位，动作堪称干净利落，随后把两只脚垫在膝盖底下，免得它们荡来荡去。我想他已经习惯了用三英尺的身高在六英尺的世界中过活。他的手探进上衣内袋，我以为他要拿出记忆仪，但抽出来的是一柄枪。枪离开衣袋的时候，小提琴奏出了几个高低起伏的险恶音符，像是旧时广播剧里题名为“枪”的应景配乐。

“麦特卡夫，”他说，“袋鼠说你还得回来。我不相信。”

“你没用多久就认祖归宗了嘛，”我说，“看来进化疗法也不过如此。”

“去你妈的，我的动机超过了你的理解能力。”他说。“去你妈的”已经成了他的口头禅，或者他正在拿这句话当口头禅用。

“试试看。”

他只是嗤笑了两声。电话放在我们之间的桌上，他凑过去拿起听筒，但枪口始终瞄准我的心脏。我看着他揿下按钮。无论那是个什么号码，他细小的手指都记得很清楚。他把听筒夹在偌大的耳朵和肩膀之间，等待电话接通。

“是我，巴里，”对面铃响几声后，他说，“帮我接袋鼠。”

电话那头的人让他静候了一分钟左右。趁着等待的当口，我对他猛做鬼脸，可他就是不肯笑。

“妈的，”对面传来了答话声，他说，“算了，告诉他，我正拿枪指着麦特卡夫。他会明白这是什么意思的。”

他们又谈了几句别的，他放下听筒，恶狠狠地盯着我，皱纹从他宽大的前额往上一路爬向颅顶。

“看起来，你格外能忍耐刑罚。”他说。

“其实我在这方面是鉴赏家，”我说，“不够完美的话，我还要退货呢。”

他没有笑。“潘茜都跟你说了什么？”他问。

“跟对着砖墙说话没什么区别。我们想玩三连棋，可她总是忘记该打叉还是该画圈。”

巴里不喜欢我这么说话。我猜他对潘茜仍旧有着某种独占性的兴趣。他咬紧牙关，脸上没有被拉得发白的地方都涨得通红。“去你妈的，麦特卡夫。”他的声音颤抖起来，“要不是懒得收拾尸体，我现在就一枪崩了你。谁也不会怀念你。”

“去你妈的，冯布鲁姆。你现在敢扣动扳机，后坐力能折断你的脖子。”

他把枪移到面门之前。“别叫我冯布鲁姆。”他说。

“也许你在父亲节不买领带送他，”我说，“也许他从不带你去看世界联赛，但这也改变不了事实。”

“我忘记了你对宗谱学的爱好。”他有些恢复过来了，他有着硬汉黑话和婴儿脑袋说话方式之间的矛盾，这是他无法克服的矛盾。“这代表着可悲的残疾，你无法看穿肤浅的表面联系。”

“我明白你的意思，但我真正看不穿的是袋鼠的手和连在你的手脚上的绳线之间有何关系。”我一边说话，一边将双脚在地毯上一英寸一英寸地往前挪动，膝盖滑到了宽大的玻璃咖啡桌的边缘底下。“巴里，别让我瞧不起你。你的确让人厌烦不假，但至少还算体面。”

“你的猜测太愚蠢了，”他说，“我拿袋鼠的钱是要照顾我的母亲。除此之外没别的了。”

“你的母亲已经死了，”我说，“我曾在她的血泊中行走。”

这句话的目的是让他畏缩，事实上也确实做到了。我用膝盖猛地掀起咖啡桌，朝他压了下去。电话和刀片在促进剂的烟云中落向地面，桌子翻倒，但没有破碎，筑起一道玻璃墙，困住了缩在椅子里的巴里。枪仍握在他的手中，但有沉重的桌面压着他，他无法举枪瞄准我。

我抬脚隔着玻璃踩住他的脸。“把枪扔给我，巴里。玻璃要是碎了可是很难收拾的。”

他开始在囚笼中蠕动，但不肯放弃手里的枪。我用脚踩着玻璃往前推，直到他的座椅翻倒，巴里滚到了地毯上。枪落进了墙角。

玻璃向后滑动，最终靠着椅子在地毯上停了下来，没有破碎。

我走过去，抓住巴里的衣领一阵猛摇，直到我的怒火熄灭、他的衬衫碎裂为止，然后我放下了他。希望别给他留下我不喜欢他的衣着方式的印象。

抬起头来，我看见潘茜正站在楼梯半中腰看着我们，她的双手整整齐齐地叠在栏杆上。她看起来并不特别担忧。我不知道她觉得眼前发生了什么事，也不知道能帮助她进行推测的工具是否还在身边。我并不特别想去思考这件事情。我准备离开了。袋鼠或将到来并不是唯一的原因。

巴里蜷缩在地毯上，样子很像是流产的胎儿。我跨过他的身体，捡起手枪。枪再次奏响音乐。小提琴不知道动作场面已经结束了。我把枪放进自己的口袋，抚平上衣，走向门厅。潘茜一句话也没有说。

“你该给你的孩子买本涂色书或者集邮册什么的，”我说，“他那两只手的空闲时间太多了。很容易开始沉溺于手淫。”

出门的时候，我听见潘茜对小麦克风说出“手淫”二字，但在听见答案之前，我就已经离开了。

4

去泰斯特法家的路上，我在丘陵地带遇到了临检。他们在道路狭窄处守株待兔，我看见他们时已经太迟了。一名调查员挥手叫我停车，然后走过来，把头探进我的车窗。

“卡片。”他说。

我递了上去。

“看起来很干净嘛。”他说。

“是新的。”我说。我直视他的双眼，希望他没有注意到我的手在方向盘上颤抖。颤抖有几个原因。口袋里的枪是其中之一。循环系统里没有促进剂则是另外一个。

他示意另外一个家伙过来。“瞧瞧这位，”他说，“瑞普 · 范 · 温克尔[1]。”他把我的卡片扔给后面那家伙。真有意思：事前我对卡片没有多少依恋之情，但看见它在两个调查局的小伙子手里传来传去，爱意却忽地油然而生。

“漂亮，”二号说，“真希望我能多见到几张这样的。”

---

① 瑞普·范·温克尔（Rip van Winkle）：美国小说家华盛顿·欧文笔下一睡二十年的人物

我按捺住了想加以评论的冲动。

“这辆车有证件吗？”一号说。

“租来的。”我说。收据在手套箱里，我取了出来。

他看了两眼还给我。

“往哪儿去？”他说。

我耸耸肩。“想看两眼旧街坊。”

“有什么计划吗？”

我想了一会儿。如果我说我是私家调查员，正在查一桩六年前的旧案子，不晓得他们会笑成什么样。“还在找感觉呢。”

这让他露出了微笑。他扭头对二号说：“听见了没？他正在找感觉呢。”

二号笑着走到我的车边。“麦特卡夫，你干了什么坏事？”

“其实没什么，”我答道，“踩了几个人的脚趾头。都是陈年往事了。”

“谁把你送进去的？”

我的脑子转得飞快。他们非常可能是科恩菲尔德的手下。“摩根兰德。”我说。

他们交换了一个眼神。

“你的运气可太糟了。”二号的声音里有着货真价实的同情。他把卡片还给我。我说出了正确的话。

“真惨，”一号说，“他抓进去的最后几个人几年前应该都放出来了。”

我把卡片放进屁股兜，嘴巴闭得紧紧的。我在他们心里忽然变成了好人，这对摩根兰德可不是什么好兆头。我的心直往下沉，我没有预料到自己会有这样的反应。我不该感到惊讶的；早在六年前，摩根兰德显然就已经死到临头了。但我心中某个乐观主义的愚蠢部分始终希望他熬了过来。

“行了，”二号说，“记住别把你的钱都用在租车和怀旧上。你还年轻，找个工作吧。”

我道了谢，说了再见。他们回到路障前，我摇起车窗，继续 前行。

我想起了科恩菲尔德，决定我不在乎跟他再打一场。这次我能失去的东西更少了。不说别的，他还欠我肚子上的一拳，如果他的下腹部变得比六年前柔软了，那更是好上加好。

是的，科恩菲尔德在我脑子里的预约簿上占了个位置，但泰斯特法医生排在更前面。我需要格洛佛帮我补上几块缺失的拼图，他愿不愿意倒在其次。我找到他居住的街道，在车道尽头的空地停车。站在这块空地上，带回了许多记忆。三天或六年前——看你怎么计算时间了——我曾在这里吸食促进剂，这让我的鼻子又痒了起来。走向泰斯特法的住处时，我尽量把促进剂摈弃出我的脑海，但这个任务异常艰难。关于促进剂的事情就仿佛盒子里的吓人玩偶，弹簧上得太紧，只要一有风吹草动就会跳出来。

屋子看起来和从前没什么区别——我指的是主宅。左边的小房子像是荒弃了。泰斯特法在达尔丝之后想必不再碰绵羊了。我揿响门铃，泰斯特法隔了足有一分钟才来开门。

他总让我觉得他一过青春期就到了五十岁，六年光阴没有让他更显老态。他的面颊仍旧通红，仿佛刚刚跑上了几段楼梯，想充作头发蒙混过关的白色部分似乎更少了些，但考虑到原来就没有多少可供折腾的，他看起来很不错，不错得令人吃惊。上次看见他的时候，他正藏在两辆停着的轿车中间躲子弹，简直是离了水的鱼儿。站在自己住处的门口，他显得更有底气。

“格洛佛，你好呀。”我说。

他一脸空白地看着我。

我的胸口蓦地燃起了怒火。他也要跟我玩潘茜的那一套。

“进去。”我喝令道。我用双手按住他的胸口，推着他退进室内，反脚踢上了门。“去拿记忆仪。”

他挑起双眉，露出怀疑的表情。“快去。”我说着推了他一把，他跌跌撞撞地倒退着引我走进客厅。整件事情忽然散发出臭气，而且还臭不可闻。我想揍他，但他太老了，不经揍，因此我俯身用胳膊扫过一张摆满玻璃和陶瓷小玩意的桌子，物件在地板上摔成了成百上千块碎片。泰斯特法只是不停后退，直到一屁股坐进沙发为止。我转身想去拽倒摆放杂志的架子，但架子已不在那里了。

“记忆仪呢？”我说，“拿出来。”

厨房门悠然荡开，一个男人走了出来，两手各持一杯酒——琴酒加奎宁水，如果潘茜的记忆没有弄错的话。他和泰斯特法差不多老迈，但格洛佛有多胖、多红润，他就有多瘦、多白皙。我立刻想明白了。泰斯特法有个男朋友。这并不让我惊讶。他不执业以后，肯定很怀念成天把玩阳具的日子。我理解他，只是方式有些古怪。

我上前接过两杯酒。“出去走走。”我说。

他放开手，仿佛这两杯酒是为我和医生倒的。格洛佛开口说话，声音宛若耳语。

“你最好先离开，戴维，”他说，“我不会有事的。”

戴维轻手轻脚地踏着满地的玻璃和陶瓷碎片走向大门，顺从地消失了。格洛佛的兴趣从像人一般行走的绵羊换成了像绵羊一般行走的人。

等我回头面对他的时候，他已经把记忆仪摆在了身边，手里拿着连接麦克风的导线。我很快就学会了不去理睬眼前的这些东西。他用绝望的双眼看着我，有一瞬间，我的怒火消退了，取而代之的是怜悯，但那一刻没能持久。

“麦特卡夫。”我说。

他知道我要他干什么。他对记忆仪说出这个名字。他的声音传了回来，又平静又和缓，他在这个条目似乎耗费了相当长的时间。

“侦探，”记忆仪说，“个性危险，容易冲动。梅纳德犯了个错误，雇用他办事，他从此不肯放手。丹尼·冯布鲁姆的敌手和复制品，是你最不愿意见到的人。”

声音从机器里倾泻而出，泰斯特法愣愣地抬头看我，嘴巴周围绷得很紧。我发觉自己在微笑。我挺喜欢他的描述。见到我做的事情毕竟还是留下了些许痕迹，这委实叫人安心。我把一杯酒递给泰斯特法，他紧张兮兮地小口小口喝着，我们在等着看这个条目是否就此结束了。是的，就此结束了。

“那是非常古老的记忆了。”他轻声说，眼中充满恐惧。我打量着他，想找到他真的认出了我的征兆，想找到一星半点代表敌意或愧疚的表情，但一无所获。

“没事，”我说，“已经是最新的了。”

他没有听懂，也可能是听懂了，所以被吓住了。无论是哪个，结果都是相同的：他坐在那里盯着我看，茫然而惊愕，仿佛婴儿看见你对他做鬼脸。我坐进他对面的椅子，喝了一大口手里的酒。琴酒加奎宁水，没错。我正有些泄气，酒尝起来格外好喝。我不再感到愤怒，也并不特别想去寻找愤怒。对一个完全不知道你在说什么的人抛掷怒火是毫无意义的。过往的重量仿佛压舱石，只有我还愚蠢到将其带在身边的地步，似乎我也到该一劳永逸地斩断绳索的时候了。有那么一瞬间，我很羡慕他，甚至伸手拍了拍装着那一小包促进剂的衣袋。

也就是那一瞬间而已。紧接着，我思忖着我正在考虑的事情，深吸一口气，把酒杯放在地上，舔干净嘴唇上酒精的味道，将促进剂抛出脑海。我仔细地握紧饱含怒火的拳头，起身走过去，拿起泰斯特法的记忆仪。连接麦克风的软线在我和他之间绷紧。泰斯特法抬头看着我，两眼圆睁，嘴巴微微张开。此刻我感觉到了怒气，清晰而冰冷地感觉到了，我想让他也尝上一尝。我希望看见记忆被我握在手里能让他感到自己很脆弱。

“绵羊达尔丝。”我透过咬紧的牙关说。

他的眼中闪出第一缕比游乐场式恐惧更真实的表情。

“说。”我说。

他说了这个名字。

“你忠诚的伴侣，”他的声音在记忆仪中说，“她的生命悲剧性地夭折了。凶案始终没有解开。”

“撒谎，”我说，“绵羊遇害也栽在了奥顿·安格韦恩头上。”

泰斯特法显得极其不适，抓住麦克风的手在颤抖。“安格韦恩只被定了谋杀梅纳德的罪名。”他说。

“是谁杀了绵羊？”我说。

他紧闭双眼。

“是谁杀了绵羊？”我再次说道。

他凑上去，对着麦克风抿紧嘴唇。他闭上双眼，仿佛在对那装置祈祷。“是谁杀了绵羊？”他重复道。

“凶案始终没有解开。”记忆仪答道。

“凶案始终没有解开。”他对我说，但没有睁开眼睛。

“我解开了，格洛佛。睁开眼睛，告诉我，是谁杀了绵羊。”我伸出手，狠狠地攥紧他的手，直到他松开麦克风。这次他睁开了眼睛，但还是没有说话。

“你不需要这东西，”我说着举起记忆仪，“你一开始骗过了我，但你闭上眼睛的时候露了馅。是谁杀了绵羊？”我把盒子和麦克风扔在地上，用脚去踩。那东西无非是塑料壳、芯片和导线，即便在软绵绵的地毯上也很容易碾成碎片。我用脚趾几下将其踢散，残骸和我先前制造的碎片混在了一起。泰斯特法的面色涨得更红了，想放下酒杯，却洒得到处都是。我觉得他的眼角周围也湿润了，但他很快忍住，把泪水眨了回去。

“是我杀的，”等不再哽咽了，他说道，“告诉我，你是怎么知道的。”

“其实并不难，”我说，“刚开始我排除了你，因为你扯开了她的肚肠。要杀死她并没有这个必要，懂行的人肯定知道该如何避免弄得这么狼狈。但你不是外科医生，当然也不是兽医。如果你是因为聪明而这么做的话，险些就成功了，如果是因为愚蠢的话，你险些就走运了。险些。”

他没有告诉我究竟是哪样。我猜是愚蠢和走运。

“达尔丝知道某些能破案的线索，”我说，“我并没有从她嘴里问出来，而你却不知道。我离开后，你站在那儿感到又是狂暴又是受挫，终于惊慌失措了。我当时还想过你会不会揍她。从这一步到断定是你杀了她没有多远距离。”

我眼看着泰斯特法在我面前的沙发上崩溃、衰老。他把这些事情在记忆中锁了六年。很显然，他一直在使用遗忘剂，将记忆仪当作外在的幌子。但同样显然的是，从他如此崩溃的样子看得出，这还是他第一次面对这段记忆的深刻内在。

“老天在上，”他透过指缝说，“别再把这些事情都挖出来了。”他听起来像是与畜生的尸体对质——请从字面意义上理解。

“放松，”我说，“我对动物权利没什么坚持。你可以用几个问题的答案收买我。”

我这是实话实说。倒不是说我觉得他已经受了足够的煎熬——我不认为受苦能抵消罪错。但从此往后，我参加这场游戏只是为了让自己满足，就泰斯特法而言，我已经很满足了。

我等了他一分钟，让他恢复过来。

“八年前，塞莱斯特没有出城去，”我说，“她来这儿和你住在一起。你是她的家庭医生。你为巴里接生，她很信任你。冯布鲁姆开始虐待她，她必须离开。”

泰斯特法点头表示肯定。

“把梅纳德介绍给塞莱斯特的不是冯布鲁姆，而是你。你当时正在训练梅纳德接班，他们遇见后擦出了火花，没有理会你的提醒。”

“差不多就是这样。”他说。

“塞莱斯特隐居的那段时间内，她和绵羊处得很不错，成了好伙伴。达尔丝知道冯布鲁姆的所有事情，你以为我从她嘴里榨了出来。她说她的黑色小嘴唇闭得很紧，可你不相信，你把你对我和她的怒火全都发泄在了她身上。”

泰斯特法只是点点头。

“格洛佛，她对得起你，没有泄露秘密。你大概更希望她从一开始就不让我进门，但她没有告诉我任何重要的事情。”

他很安静。他哭过了一次，不打算再哭第二次。他打算故作镇定，回答我的问题。但我却没有提问的想法。那是拼图上的最后一块。我不需要泰斯特法告诉我任何事情，我也不需要坐在这儿看着他肥胖的红脸，看着他可怜兮兮地呼哧呼哧喘气。我需要前进，需要完成这个案子——我需要促进剂，非常需要。我站起来准备离开，忽然有了个主意。这个主意是这样的：泰斯特法是医生，泰斯特法很有钱，泰斯特法喜欢吸的促进剂比调查局配发的更好，至少六年前如此。

“你手头不会凑巧有旧配方的促进剂吧？”我问。“不像标准配方那么粗鲁的东西？里头没有那么多遗忘剂的配方？”

他凄然一笑。

“我也正要问你这个问题。”他说。

5

我坐在车里，没关车门，伸出双手搁在方向盘上，望着它们颤抖。颤抖不肯停下。我需要成瘾剂，马上就需要。

我驱车前往制剂店。灯亮着，某种类似于希望的可憎感情在心头暗自涌动。制剂师说不定还有些旧日配方留在手边，他可以撮合起来做出跟我的配方差不多的东西。如果没有的话，我也愿意就拿些纯粹的成瘾剂，不要别的，谢谢，有缘再见吧。走进室内，我的希望仿佛见了漂白水般褪色了。有位老兄正把他的卡片塞进后墙边的自动供货机。没有柜台，没有摆满一面墙的白色小瓶，没有友好的老制剂师。什么也没有。墙边的机器一字排开，像是火车站厕所里的小便器，我不用看他取出小纸袋就知道那些机器是干什么的。

我走了出去，觉得很恶心。调查局赠送的那一小包促进剂就快烧穿我的口袋了，但这东西并不是商品。很显然，只要我愿意，任何时候我都可以自己来拿一包。我有个很好玩的点子，那就是只吸一丁点儿试试看，但我知道这不过是个玩笑。只要开了头，恐怕就有一阵子停不下来了。

我开车深入丘陵地带，驶向冯布鲁姆的旧居所。夜幕正渐渐笼罩树木和屋顶，我试着让夜色驱走我的沮丧，但怎么也做不到。渴求攥住了我的肚肠。我把车停到路边，将那一小袋促进剂扔进树丛，免得我继续受到诱惑。以后想吸的话，那东西反正俯拾皆是，但我现在还有正经事要做。另外，我要烦恼的可不仅仅是自己的记忆。显然我还得帮许多其他人回想他们的往事。

刚开始我没有认出冯布鲁姆的地方。巨大的假屋子不复存在，只留下楼梯井孤零零地矗立在丘陵顶端。我就近停车，很确定我在这个地方有事情要办，顶上是什么模样根本不重要。这不是那种会经常易手的产业。

变化无疑反映出我离开时发生的权力转移，袋鼠接了冯布鲁姆的班。冯布鲁姆就仿佛投影在丘陵顶端那幢巨大的假屋子，虚张声势，流光溢彩，用奢华掩饰他的邪恶。而袋鼠——当我发现我在将袋鼠比作楼梯井的时候，忍不住哈哈大笑起来，放弃了这个念头。

我想对准袋鼠开上一枪，但我没有做好与他纠缠的准备，现在还没有。于是，我关掉引擎和灯光，望着月亮缓缓升起。我的手又动了起来，大拇指在抽搐，但我已经开始习惯了。

每逢监视我总是觉得很无聊，这次也不例外。我想起了梅纳德、塞莱斯特和那个旅馆房间，我想起了沃尔特·瑟菲斯，我想起了袋鼠。我想起了凯瑟琳·泰利普罗姆特，不知道现在她身处何方，成了什么样子。我想起了许许多多事情。最后，我想到了促进剂，我对促进剂想了很多，又想了很多促进剂。一大堆一大堆的促进剂。我当年取笑过很多瘾君子，但总要确保我想吸的时候能把麦管插进鼻孔，现在让我回到过去，我愿意向他们每一个人道歉。我的机体正在试图运转，但缺少了那种驱使它运转多年的感觉，结果仿佛置身地狱。

我能感觉到我的血流在向肥头大耳的储藏器官乞讨，问他们储藏的生死攸关的成瘾剂还有没有剩下一星半点，我还能感觉到肥头大耳的细胞把口袋翻出来，说对不住啊老伙计，我这儿也没有余粮了。

我不知道我这么坐了多久。视线肯定没在楼梯井的门上停留太久。双手从方向盘上滑了下来，落在膝头，我睡了过去。梦境浑浊，无法理解，仿佛婴儿脑袋的说话方式。直到太阳升起方才醒来，但唤醒我的不是阳光，而是袋鼠的说话声音，确凿无疑，离车窗很近，听起来格外刺耳。

我伸手去摸口袋里的枪，同时意识到他说话的对象不是我。

“到车里去。”他正在说。我稍微抬了抬头，发现这句话是说给巴里·冯布鲁姆和两条一看就很愚笨的壮汉听的。袋鼠打开我前面那辆车的乘客座车门，婴儿脑袋爬了进去。两条壮汉坐进后排，其中之一拔出手枪，检查是否装了子弹。我握住衣袋里巴里的枪，伏了下去。

“告诉过你，他不会来这儿的。”巴里说。

袋鼠绕到另一边，坐进驾驶座。他的车窗没有摇下来，因此我没有听清他是怎么回答的。

“他也许有更好的事情可做。”巴里又说。

真他妈希望实情如此。

袋鼠发动引擎，他们驱车离开。他们很显然正在找我。我骂了自己几句，因为我居然在乔伊的前院睡着了，接着又连忙编了几句祷词献给走运笨蛋和颤抖瘾君子的守护圣人。我跑到这儿来已经够愚蠢了。冯布鲁姆很关心几位他“喜爱的人”，他讲究格调感和运动精神，这是我和他打交道的时候享用的双重保障。跟袋鼠打交道可就一样也没有了。我还活着就很幸运了。

确定坡底没有旁人，我才坐直身子，飞快地清点了一下存货。两条腿因为塞在仪表盘底下而麻得没法动弹，嘴里有股呕吐物的味道；刚松开口袋里的枪，我的手又开始颤抖了。除此之外，我都挺好。我开车下了这座丘陵，找到电话亭给瑟菲斯打电话——对方付费。

不能再四处瞎折腾了。

6

老猿猴在电话上听起来不怎么有热情，但当我赶到调查局的时候，他已经等在了大楼门口，我踏着台阶走向大堂，他跟上了我的脚步。

“沃尔特，谢谢你能露面。”我说。

“别提了。”他咕哝道。

我们走进大堂。调查局总显得像是要对自己走进来的人发动突然袭击。他们没有接待区，但有斜坡可供探员把人从大楼里扔出去，在抵达斜坡之前还有很长一段毫无障碍物的小径让他们提升速度。至于进来，他们更希望拽着不停挣扎的你走后门，当然你也有可能不省人事地躺在调查局厢车的车厢地板上。走正门进入大楼，所有人都会扭头看你。现在也不例外。

我们踱到充当接待台的桌子前，桌子后面坐着一个男人，但那家伙恐怕从没接收过比楼上兄弟们叫的外送披萨更复杂的东西。

“我想找科恩菲尔德调查员谈谈。”我说。

他把这个名字敲进了电脑终端，这让我有些惊讶。

“找不到。”他说。

“好吧，”我说，“摩根兰德调查员。”

我们撞进了同样的死胡同。

我有一种古怪的感觉。科恩菲尔德和摩根兰德是我查案时的两个死对头，我离开的时候，科恩菲尔德在调查局内似乎正稳操胜券。困扰我的不是这两个人都没在楼里，而是这位兄台需要在电脑上查询他们的名字。

“泰利普罗姆特调查员。”我说。

他的双手离开了键盘。“让我看看她在不在。”他说着第一次仔细打量我和老猿猴。我对他绽放笑容，隔了几秒钟，他拿起内部通话系统的话筒，揿下几个按钮。

“泰利普罗姆特女士，”他说，“门口有位先生说他想跟你谈谈。”他听了一会儿，然后抬头问我，“请问你的姓名？”

我告诉了他，他转述给她听。

“在此稍等。”他说，眼睛瞪得有点儿大，他想必吃惊不小。

瑟菲斯和我从桌前退开，站在大厅里耐心等待，调查局的喽啰如潮水般涌出，一个个肩膀僵硬，横眉立目，他们围住我们，像弹性腰带收紧似的步步逼近。

“麦特卡夫先生？”其中一个人问。

“麦特卡夫和瑟菲斯，”我说，“我们是一伙儿的。”老猿猴没露出什么好脸色，但也没有纠正我。那群调查员揪住我俩的胳膊，拽着我们走向电梯。我觉得电梯塞不下这么多人，打算提议让瑟菲斯和我搭下一部电梯，但他们非常坚决，最终还是全都挤了进去。较胖的几个使劲吸气，缩小腰围，电梯带着我们开始上升。

电梯在三楼停下，他们带着我和瑟菲斯走向一间行政人员办公室。我深感敬佩，但凯瑟琳搬到了楼上实在算不得什么好兆头。据我所知，楼上的游戏不比街面上的干净。一名押送队员在门口键入口令，然后推着我们进入房间，有两个跟了进来，其他的人驻守在走廊里。

这间办公室相当不赖，有面对海湾的宽大观景窗，墙上挂了好些漂亮的照片和纪念品。凯瑟琳坐在一张宽大得夸张的办公桌后面，看起来老了六岁，但美丽未尝稍减。同样的头发挽到脑后，露出同样的喉咙，我在那里迷失了足有一分钟，这才注意到她严厉的视线。

“搜身。”她吩咐道。

她的手下摸遍我和瑟菲斯的全身。他们找到了我身上的枪和瑟菲斯口袋里的小笔记簿，连同我们的卡片一起交给凯瑟琳。她把这些东西全都扔进抽屉，叫两个打手去外面等。

“坐下。”她说。我们坐下。

“麦特卡夫，你该出城去的，”她说，“你明白事理。”

我迎上她的视线，可惜此路不通。她毫不退缩，眼睛连眨也不眨一下，也有可能是跟着我的节拍一起眨眼。得到的效果相当惊人。

“我才过了两天，凯瑟琳，”我说，“你就放我一马吧。”

“别叫我凯瑟琳，”她说，“允许你和你的猴子走进我的办公室，我已经放了你好大一马。”她的声音仿佛牙医钻头。

我们的视线再次相接。两天前的夜里，我和眼前这个女人共赴巫山，但我也必须提醒自己，她不可能躺在床上等我从卫生间回来，一等就是六年。这些记忆我埋藏得越深越好。

“好吧，”我说，“我明白了。你已经是核心成员了。祝贺你，我很抱歉。科恩菲尔德在哪儿？”

这个问题未能让她动容。我们之间至少还有这么多的默契。“早就完蛋了，”她说，“他做事太绝，这会儿正在冰箱里服刑呢。”她的语气仿佛科恩菲尔德是她亲手送上路的，也许确实如此。“如果你有事找他，那我劝你要有耐心。”

“我有肚子上的一拳要还给他，”我说，“暂且记下吧。谁接了他的班——莫非就是我面前这位？”

“你的猜想非常准确。”她说。

我瞥了一眼瑟菲斯，他投来最怨毒的眼神。

“那么，你就是我想与之谈话的人了，”我说，“和往事无关。”

“分你五分钟我的时间。”

“我保证你很快就会忘记时间，”我说，“故事越往后越精彩。”

“我很容易走神。”她说。

“其实很简单。有几桩谋杀案谁也懒得去好好解决，有个不该进去的家伙在冰箱里。”

“你要是敢说斯坦亨特这个名字，就只有三分钟了。”

“六分钟两个斯坦亨特，如何？”

“接着说。”

“我会用高音说得飞快，你可以录下来，以后慢放仔细听。我解决了斯坦亨特案件，两桩都解决了。”

瑟菲斯深深喟叹，好像他站在凯瑟琳那边。

“非常漂亮，”我说，“一套细心维持平衡的机制，却自行摇摆起来，最终坍塌。事情的开始和终结都是丹尼·冯布鲁姆。”

“你对冯布鲁姆有执念，”凯瑟琳说，“我研究过案子。没希望的，你不可能把冯布鲁姆硬塞进案件里。”

“我对真相有执念，”我说，“冯布鲁姆就是这个案子。冯布鲁姆和塞莱斯特。第一次遇见塞莱斯特的时候，我看得出她想甩掉不可能甩掉的过去。隔了一阵子才想到的，不过我还是想明白了。她是冯布鲁姆的情妇，持续了多久我不知道，但肯定有一段时间。冯布鲁姆很爱她，她也许也曾爱过冯布鲁姆。她给冯布鲁姆生了个儿子。泰斯特法是接生的医生。”

“我的轻信很快就要绷不住了。”凯瑟琳说。

“再给我一分钟。儿子名叫巴里。冯布鲁姆当时正在寻找继承人，他想让塞莱斯特留在身边，帮他养大这个孩子。但他虐待成性，喜欢打老婆，塞莱斯特离家出走，和医生住在一起。这些都是我昨天下午找泰斯特法核实过的。”

她做了个脸色。

“她带走了孩子，没有给冯布鲁姆留下信件转寄的地址。泰斯特法医生当时正在培养一个年轻人接手诊所，这个年轻人名叫梅纳德·斯坦亨特，斯坦亨特遇到塞莱斯特，两人擦出火花。泰斯特法私下里提醒过塞莱斯特，但没让金童知道他的浪漫对象是个离家出走的情妇，属于一个愤怒的黑帮头子。”

“麦特卡夫，这也太老套了。”

“准备听重头戏吧，”我说，“调查局就是在此处介入的。冯布鲁姆找到了他任性的圣母和孩子，气得火冒三丈。他想让塞莱斯特回到身边，但塞莱斯特说不，正准备抹杀梅纳德这个人的时候，胖子先生忽然有了个点子。他有一门生意，在你的老伙伴科恩菲尔德帮忙下，解冻零羯磨的躯体，装上奴隶盒子后放进他的小小妓院。他需要医生治疗冻伤的伤口。他先要回了孩子，然后勒索斯坦亨特和泰斯特法，让他们充当他的医疗队伍。”

我深吸一口气，接着说了下去。“冯布鲁姆手下有个染了毒瘾的姑娘，替他买卖禁药。他给这姑娘在蔓越橘街买了幢屋子，让姑娘担任孩子的保姆。”

“潘茜·格林立夫。”瑟菲斯说。

“正是。就这样，冯布鲁姆有了继承人，有了医疗队，还把塞莱斯特拉回了他的魔爪之下。到了这个时候，他想要的所有东西都在这些关系中了。”

凯瑟琳和瑟菲斯忽然都静悄悄地一动不动。我吸引住了他们的注意力。实际上，我也抓住了自己的注意力，现在只需要一口气说完就行了。希望我不会让我们三个人失望。

“唯一的问题，”我继续道，“是塞莱斯特有个逃跑的习惯。她收拾行李，离开了医生，这让斯坦亨特和冯布鲁姆都跟热锅上的蚂蚁似的坐立不安。她是配平两者之间的等式的因子。斯坦亨特和冯布鲁姆讨论一番，决定雇佣侦探监视塞莱斯特，试图保持这个三角关系不受破坏。”

“你和我。”瑟菲斯说。

“你和我，”我说，“结果到头来，塞莱斯特却没有变成三角形上永久失去的一条边。斯坦亨特被发现死在旅馆房间里，平衡顿时朝另一个方向倾斜过去。冯布鲁姆不再有理由与塞莱斯特保持距离。塞莱斯特很清楚这一点，她紧张起来，把每个正眼看她的人都视为冯布鲁姆的手下——我也包括在内。等她弄清楚我只为自己做事的时候，还试过雇我保护她，我碰了碰饵料，但没有咬钩。真是不应该。

她遇害的那晚，我碰见泰斯特法和袋鼠满城乱窜，在冯布鲁姆的命令下寻找塞莱斯特。”

“塞莱斯特 · 斯坦亨特是被她在性爱俱乐部搭上的陌生人杀害的，”凯瑟琳说，“那人奸杀了她。她自寻死路，怨不得别人。”

“那天夜里，冯布鲁姆找到了她，因为她离开自己而惩罚了她，”我说。“一旦失去医生，就没有任何事情挡路了。他始终把怒火憋在心里，因为他们几个人的安排相当合意。有科恩菲尔德和调查局在他的口袋里，他不需要害怕受到惩罚。我无法证明，但事情就是这样。”

“案件正在转回我的方向，”凯瑟琳说。“毒虫姑娘有个弟弟，他从洛城过来，在旅馆杀死了斯坦亨特。他仍旧是有罪的。其余的细节与此无关。”

“奥顿 · 安格韦恩要是不进城的话就跟这个案件一点儿关系也没有，”我说，“旅馆房间里的事情直到昨天早晨还纠缠着我。我没有花六年时间去思考它，但即便用了六年时间我也依然有可能一无所获。”

我指着瑟菲斯说，“是你昨天在厨房里说的话提醒了我。所有的线索顿时一一归位，只欠最后小小的一推帮助我完成概念的飞跃。”

“天哪，麦特卡夫，”瑟菲斯说，“你还真是喜欢磨嘴皮子。”

我没有告诉他，我正因为药瘾发作而汗流浃背。我太有自尊心了。假如我此刻停止说话，很可能就会昏过去。

“你们两位拿出的推测让我晕头转向。”我看着凯瑟琳说，“你说斯坦亨特在旅馆偷情，而你”——我看着瑟菲斯——“你说塞莱斯特在做同样的事情。”我哈哈大笑。“你们都对了一半。”

“说来听听。”凯瑟琳说。她想催我快说下去。我的五分钟肯定早就过去了，我知道现在全世界的时间都属于我。

“我会说到的。但首先请允许我回溯一下。斯坦亨特和冯布鲁姆雇用私家调查员的方式中存在渐进关系，这是非常重要的一点。我是先来的，跟斯坦亨特打交道，他只要我跟踪塞莱斯特和劝说塞莱斯特回家。然而，雇用私家侦探不是斯坦亨特的强项，他在我这儿碰了壁，于是把这项工作转交给冯布鲁姆。胖子先生接着雇用了沃尔特。”我对瑟菲斯打了个手势。“冯布鲁姆拿到报告，得知塞莱斯特身边有伴儿，他向瑟菲斯许了一大笔钱，要瑟菲斯找到塞莱斯特的新男人，让那家伙消失。但沃尔特拒绝了。他中途退出，从头到尾都没有见过斯坦亨特。是这样吧？”

瑟菲斯咕哝了两声，表示认可。

“冯布鲁姆在另外一条战线上也遇到了问题。他的儿子兼被保护人变成婴儿脑袋后，逃离电报大道的住所，跑去边喝威士忌边胡言乱语。冯布鲁姆一方面仍旧希望驯服亲生的继承人，他打算花钱在蔓越橘街大宅的后院建造供婴儿脑袋居住的营地，但另一方面，他也在寻找其他的候选人。他找到的是一只年轻的袋鼠，名叫乔伊·卡塞尔。乔伊是个意愿过于强烈的好学生。”

“这一点我同意。”瑟菲斯说。他肯定想起了他的胸口。

“请想象一下，”我说，“我和瑟菲斯接连拒绝以后，冯布鲁姆放弃了寻找外援的念头。他的新帮手是个袋鼠打手，手指总痒兮兮地想扣扳机。冯布鲁姆把跟踪塞莱斯特的任务交给他，跟他雇用沃尔特时的一样，而袋鼠也从来没有见过梅纳德·斯坦亨特。命令也完全相同：让塞莱斯特的新男友消失。”

我顿了顿，制造戏剧性的效果，两人都用眼睛射来利箭。

“梅纳德·斯坦亨特是重度遗忘剂成瘾者——至少按照六年前的标准是的。我受雇的时候曾经打电话到他家里找他，他却连我是谁都不知道。我提醒过安格韦恩，跟这些日常记忆中存在巨大空隙的人打交道很危险，但我自己却没有认真思考过其中的奥妙。梅纳德和塞莱斯特都在湾景汽车旅馆搞外遇，他们去的是同一个房间，各自把对方当成了外遇对象。”

我扭头对瑟菲斯说。“沃尔特，你看见了斯坦亨特，但你不知道他的身份。你在汽车旅馆看见的男人就是他。没错，塞莱斯特离开了他，但她的决心有所松动，事情总是这样。她答应和他找几个安静的下午去旅馆幽会——但他早晨的自我，那个雇用侦探的自我，却对此一无所知。”

瑟菲斯瞠目结舌。

“昨天你告诉我，如今在洛城连知道自己如何谋生都犯法，我就在这一瞬间恍然大悟。斯坦亨特是这种事情的早期原型。他脑子里跟塞莱斯特全无关系的那个部分，对塞莱斯特在湾景汽车旅馆见的情夫嫉妒得想杀人，因此请冯布鲁姆派手下去干掉那家伙。袋鼠和你一样，沃尔特，他也不知道斯坦亨特的长相。他只是按照吩咐杀死了塞莱斯特的男朋友。斯坦亨特雇用了他自己的杀手。”

我停了下来，让他们有时间理清思路。一连串各色表情刹那间闪过凯瑟琳的脸孔，多数与怀疑有关，但到了最后，聪明过人的她也不再假装认为这番解释缺乏令人满意的重量了，我的论述无可辩驳，只可能是真的。我望着她渐渐想通，又望着她提醒自己，我的卡片还放在办公桌的抽屉里，如果她不愿意的话，这些话根本不可能传出她的办公室。她很快冷静下来，过去这六年内她想必有过许多演练机会。比起巴里、瑟菲斯、泰斯特法以及我归来后打过交道的其他所有人，她的变化最大。现在的她与面前的办公桌和这个办公室相得益彰。

“这个故事很有意思，”她说，“你希望它能给你带来什么？”

“我想看见安格韦恩解冻，”我说，“否则的话，我就搅得你不得安生。”

她只是笑了笑。

“配合一下吧，泰利普罗姆特，”我说，“就让我觉得自己还有威胁。又不是从你的鼻头往下削肉。那家伙谁也伤害不了，而且还是清白的。”

她在桌面电脑终端上敲打了几个键。我猜她在调出安格韦恩的档案，但说到头也可能是其他任何东西。或许只是拖延时间。她眯着眼睛看了一会儿，我回忆起我们初次见面时她有多么不情愿让我看到她戴眼镜的样子。

“我尽量吧。”她说。

我琢磨着她的回答。安格韦恩的十四张百元大钞驱使我走了好长一段路。“不够好，”我说，“再多点儿。”

她死死地盯着我的眼睛。这次轮到我不眨眼了。

“好吧，”她说，“明天。我向你保证。”

“谢谢。”

“别谢我，”她说，“谢你他妈的幸运星。拿上东西给我滚蛋。”她拉开抽屉，把卡片和笔记簿还给瑟菲斯，把卡片还给我，把枪搁在桌上。我伸手去拿枪，但她的手仍旧盖在原处，她和我面面相觑，我觉得我或许瞥见了一丝最细微的笑意掠过她的脸孔。这一刻转瞬即逝，她松手让我拿起枪，将它放回外衣口袋里。

她揿下内部通话系统的按钮，对等在门外的打手说："把他们弄出去，扔回街上。"

他们完全按照字面意思执行，上帝保佑他们的好心肠。

7

我往白胡桃木养老院门外的咪表里投了个两毛五的硬币，它对我播放了几小节夏威夷吉他演奏的音乐，我没留下听完整首曲子。我开车朝丘陵地带深处走了很远，我的脑袋感觉不怎么舒服。我的循环系统还在哭闹请求，我已经用尽了拒绝它的法子。突然戒瘾把我送上了下不来的旋转木马，只是我屁股底下不是木马而是豪猪。

我走进养老院。地方不错，很安静，到处都是红木古董家具和花束。我找到了办公室。办公桌前的女人被我吓了一跳，不知道让她害怕的是我的红眼睛和苍白脸色，还是有人求见的事实。也许两者皆有。

他们把他放在一间娱乐室里，房间很漂亮，三面有窗，还有可供放置一杯杯柠檬水的柳条家具。他在看电视，或者该说他被放在面对电视的位置上，因为当我绕过轮椅、截断他的视线的时候，尽管他睁着眼睛，但并没有注意到任何不同。除了曾经充满勃勃生机的双眼如今变得死气沉沉之外，他看起来和从前一个样。他的胡子蓬乱不整，但头发仍旧浓密。我挥手让勤杂工离开房间，坐进了一把扶手椅。

我们就这么坐了好一阵子，我望着阳光中飞舞的尘埃，他似看非看地盯着电视。唯一的声音是他粗哑的呼吸。我伸手关掉电视。

“冯布鲁姆。”我说。

他喃喃低语，仿佛在沉睡。

我起身揪住他睡袍的衣领。他的双眼稍微亮起来了些。“给我醒来。”我说。他用两只肉乎乎的大手抓住我的手，将我推开。

我望着他使劲眨眼，驱走恍惚。他上下打量着我，前额泛起皱纹，仿佛一个问号。

“你是个调查员。”他说。声音仿佛二手雷声般滚滚而出，让人觉得很廉价。这声音来自过去，他居然还能发出这样的声音，我不禁有些讶异。

“没错。”我答道。

“很好。”他蜷起一根手指，用指节揉搓他的鼻头。“被提问让你不舒服？我这人不太喜欢受习俗约束。”

他的油箱快要耗尽了，但旧日习惯却很难死掉。我不得不向他脱帽敬礼。他在虚张声势，但嘴里的屁话也比很多人的快速球像样。换个场景，去掉电视机、轮椅和灰尘，我或许还会买账，或许还会相信他仍然大权在握。但他的眼神背后没了往日犀利的智慧。他不知道自己在跟谁说话。

“问题就是我的面包和黄油。”我答道。

他不记得这个答案了，只是点点头，说道 :“很好，我能为你做什么？”

“我想和你谈谈塞莱斯特。”我说。

我望着他咀嚼我的话。他显然认出了这个名字。它仿佛拉着冯布鲁姆从梦境朝现实走了一步。

“你记得塞莱斯特？”我说。

“怎么？记得。”他答道。他看的不再是我。“我记得塞莱斯特。当然记得。”

“我一直在调查她的谋杀案。”我说。

他的视线蓦地投向我的双眼，说：“那是很久以前的事了。”

“对我只是几天以前。她的血仍旧沾在我的鞋上。”

我的语气很随意，但看得出这句话取得了效果。他的眉头挑了起来。

“是的，”他轻声说，“我也是。”

“你杀死了她。”我提醒他。

“我不记得了，”他说，“我杀死了许多人。”

“你爱她。”

他的眼神模糊起来。我耐心等待。

“我不记得了。”他最后说道。他的面颊松弛下去。

“努力想想，”我说。“这个人很特殊。你爱她，你杀了她。”我再次揪住他的睡袍。

他的眼神变得清澈，下巴回到原处。“我想是的，”他答道，“这两件事情有时一起出现。”他透过胡须露出笑容。“女人嘛，你知道的，从下往上到一半的地方本来就是裂开的。我只是在完成任务而已。”

这句话很有效。我一直在跟自己争辩，但现在他让我更容易下决心了。我放开他的睡袍，后退一步，掏出外衣口袋里的手枪。我扳开保险，枪口对准冯布鲁姆宽阔的胸膛。这个目标很容易打中。

我眼看他挣扎着将视线对准手枪。他挤成对眼才做到这件事情。

他抓住轮椅扶手的手指紧了紧，但脸上毫无畏惧。

“你要杀我？”他问。

“也许吧。”我说。我很想杀了他。我不知道是什么在阻止我。

他眯起眼睛，望着我的双眼。“先生，我认识你吗？”

接下来漫长而艰难的一分钟里，我一直在逼迫自己扣动扳机。浮尘的动作似乎慢了下来，悬浮在从手枪尽头到冯布鲁姆宽大胸膛起始处的半空中，闪闪发光。最后，我确定我无法扣动扳机，于是闭上保险，收起了枪。

“不认识，”我恶心欲吐，“是我弄混了，找错了人。”

冯布鲁姆没有答话，甚至没有露出如释重负的表情。我弯腰重又打开电视，拉直外套，走出房间。

经过大堂的时候，我没有停步在访客登记处签字。我没那个心情。出了养老院，我呆坐在车里。汽油还够跑一个地方，我不确定该去哪儿。想着被我扔进树丛的那一小包促进剂，我又想到了制剂店。从这么遥远的地方看过去，自动供货机也显得不特别糟糕了。我努力告诉自己，这个活儿已经干完了，现在放手也没问题了。我花了很大力气说服自己，甚至都发动了引擎，把车头指向山丘下的制剂店。但我就是做不到。这个活儿还没有结束。我猛打方向盘，驶过山脊，朝“薄情缪斯”而去。

我来得太早，只得在停车场目送太阳落山，静候店家开门营业。天空仿佛一块淤青。等那家伙现身了，我走进酒吧，点了一杯酒，期待它能糊弄我的神经系统半个钟头。半个小时以后，我就不在乎了。酒保很面生，但我不需要认得他。长相虽然不同，但人还是这种人。

他把酒端给我。“今天的第一位客人。”他说，仿佛有什么深意。

“好像是。”我答道。

找好零钱，我走到屋角，用了趟投币电话，随后我折返吧台喝完酒，回到停车场继续等待。我没等多久。袋鼠似乎独自行动，但我也说不准，他毕竟不再骑着轻便摩托车四处跑了。

他端着手枪钻出车门。我一不惊讶，二不害怕。如果不弄清楚我知道什么和我想要什么，他是绝对不会杀我的。我则必须让他说出心里话。他穿过停车场，来到我的车窗前。

“请进。”我说。

他在我身边坐下，把拿枪的手横放在膝头。这令我不禁想起我们初次谈话的光景，那是在湾景汽车旅馆的停车场上。我现在知道了，那天晚上他还是刚入行的歹徒，前往他的第一个杀人现场朝觐。遇到我简直是他最可怖的噩梦成真了。但现在我只需要看一眼就能知道，袋鼠从那以后走过了很长一段路。形体上没有多少变化——领口或许粗大了几分，牙齿或许黄了点儿——但他不一样了。我能从他的眼神中看出来。

“麦特卡夫——”他开口说。

“别说了，”我说，“我知道接下来你会说些什么。现如今你是大佬了，你知道该怎么甜言蜜语哄骗别人。这是你的工作。你会告诉我，过去已经过去，不值得继续追究了。你会告诉我，我离开的这段时间里，理想主义已然彻底过时。你会把威胁和诱惑混成一小杯美丽的鸡尾酒，灌进我的耳朵。我知道得很清楚。你现在是冯布鲁姆了。”

他的黑色嘴唇扭曲出一个久经磨练的笑容。过去的他没有这个本事，我觉得这证实了我的猜想。“我是冯布鲁姆？”他说，“猜得八九不离十了。”

“这番对话我都背得出来，”我说，“你会试探我的价格标签，弄清楚要我消失的代价是什么。我告诉你，我不买账。你提醒过我，你没必要来听我废话，你可以派一车手下来解决我。”

“说得好，”他说，“我喜欢。”

“好吧，”我说，“你的台词我说完了，换你说我的台词了。”

他想了一会儿。“你告诉我，你知道我的一些至关重要的丑事，”他说，“我听得很耐心，还花时间跟你解释，你和你的情报都是六年前的老古董了。”他顿了顿。“明白吗？麦特卡夫，你这种鬼魂很有意思。你无法伤害我，但我可以伤害你，狠狠地伤害你。你是虚幻的单向鬼魂，方向是错误的。”

“说得也很好，”我说，“只是你完全搞错了。”

“怎么个错法？”

“是这样的，”我说，“告诉你，送我进冰箱是个大错误。六年前的事情对我来说不过是昨天。”

我看着他攥紧了握枪的手。我不在乎。他现在是我的了。在自家俱乐部的停车场里搞一场血腥谋杀，这让他有所顾虑，但我不会给他仔细思考的机会。

“实话实说，你没有派手下来干掉我，这是你一辈子最大的错误。”我接着说道，“我会揍得你满脸桃花。”

他举起手枪，但我一使劲把枪压了下去，死死地按在他的膝头。我用头顶猛撞他的鼻子，他在惊慌失措间想站起身，但租来的汽车没那么宽敞。我拿全身的重量将他摔回座椅里，用双手去扳他扣着扳机的手指。他不希望枪在膝头走火，只好松开了手，枪叮叮当当地落在他的双腿和尾巴之间的车厢地板上。

他一拳捣中我的下巴，但他的精神不够集中。自从六年前我们那场最后的华尔兹之后，他大概就没再跟别人打过架，而我唯一的问题是我的手仍旧痛得要命，两天前的那个夜晚，我在他的下巴上折断了指骨。他的主要武器一向是粗壮的腿脚，但此刻都被卡在了仪表盘底下。这是我的演出。我的手没法握拳，于是捡起他的枪，对准他的嘴巴接连砸了好几下。接着，我摇下车窗，把枪扔到了外面的砾石地面上。

我想说话，但我的嘴里全是鲜血。我想我大概也挨了几下狠的。我用手指清理干净污血。乔伊的模样不那么趾高气扬了。他的脑袋翻倒在椅背上，仿佛脖子失去了功用。但当我开口说话时，我能看见他在听。

“有个理由促使冯布鲁姆疯狂寻找继承人，”我说，“必须有人扮演他的这个角色，因为世界上永远有我这种人。”

我擦掉嘴里不断涌出的鲜血，掏出巴里的枪。手枪奏出《危险的主题曲》，难得如此恰当。“不是因为你杀害了斯坦亨特，”我说，“你是被哄骗了才扣动扳机的。这一点我想明白了。”

乔伊因为恐惧瞪大了双眼。他懂得我说的每一个字。

“而是因为你接过了支配权，”我说，“是为了‘薄情缪斯’里屋楼上的姑娘们，是为了我被困在冰箱里什么也做不了的六年悲惨人生。这是因为那些唯有你自己知道你做过的事情，是你放任自己继承了那胖子的事业而做出的那些事情。”

“麦特卡夫，”乔伊说，“老天在上。”

“今天下午，我将冯布鲁姆放在了同样的位置上，”我没有搭理他，“可惜我迟到了好几年。但对你来说，我来得正是时候。另外，我很想干掉一个还记得我是谁的家伙。”

我扣动扳机。第一颗子弹正中他的脸膛，将碎肉洒在座椅顶端，但他的双腿仍在动个不停。我对那两条腿怀有很大的敬意。我对准他的中腹部清空弹匣，一颗子弹打断了他的脊柱，终于让他的腿不再动弹了。我取出他的车钥匙，把他扔在我的车里，开着他的车扬长而去。这辆车比租来的玩意儿好开多了。

8

第二天早晨，我坐在乔伊的车里，等在调查局门口。我觉得挺不错。我在丘陵地带消磨了大半个夜晚，看看月亮，松松痛得痉挛的手指，在此期间显然戒掉了瘾头。我的体内此刻很干净。我摇下车窗，往后一靠，听着新一天制造出的噪音。我不在意等待。不知为何，所有东西在我眼中忽然都变得分外美好。我甚至发现自己在欣赏我被冰冻时拔地而起的建筑物。

隔了半个钟头，安格韦恩走了出来，阳光照得他直眨眼，他拨弄着新卡片，一边找着感觉。我并不特别怜悯他，他不比六年前更加与这个世界格格不入。他经过的时候，我伏下身子。仔细想来，我跟他实在没什么可说的，我只是想看他一眼而已。

我锁好乔伊的车门，走进调查局。我找到了一位调查员，把卡片和巴里的枪交给他，手枪再次奏出《危险的主题曲》。我都快喜欢上这首曲子了。

“我叫康拉德 · 麦特卡夫，”我说，“你们也许在找我。”

怎么说呢？我挣脱了这个世界的束缚，因此冷冻也不再是一种惩罚了。我仿佛流浪汉，朝橱窗扔砖头以换取过夜的地方。如果我不喜欢下次醒来的地方，我就再去招惹些麻烦，直到我发现一个适合我的地方或者调查局决定不再让我免费旅行为止。这一路上说不定我还会遇见科恩菲尔德，把我耿耿于怀的那一拳还给他的腹部。

在拘留区等待进冰箱的时候，有个调查员态度很友善，到了这一步他们总是很友善，他请我来一条他正在吸的促进剂。

“遗忘剂？”我问。

他摇头表示否定，纵容了我提问的行为。“个人配方，”他说，“不妨一试。”

这么说，调查局内部还有制剂师在工作。说得通。我接过麦管。这意味着醒来时背上会有只猴子[1]，但管他呢，那反正也是我的猴子。

一个很容易下的决定。太罕见了。

---

① 背上的猴子（the monkey on someone' s back）：指对某样东西有瘾，尤指毒瘾。